KB070777

생각하는 사람

생각하는 사람

김병관 산문집

잃어버린 나의 반쪽인
-나를 찾아 떠나는
실존철학 여행기

누구보다도 먼저 우리의 장작불로 태워 버릴 사람이 있다면,

그건 바로 너니까. 내일 너를 화형에 처하겠다.

- 대심문관 도스토옙스키

그래서 신은 죽었다.

- 니체

내가 신을 죽였다.

그래서 -나도 나를 떠났다.

- 예수 수난 성 금요일. 신이 죽어 무덤에 묻혀 계시던 그날

나서며

당신은 당신의 '-나'를 얼마나 생각하시나요

저는 아직 모두가 깨어나지 않은 새벽녘에 책상 스탠드 조명을 켜고 그 아래 눈이 부시게 깨끗한 공책과 만년필을 내려다보고 있을 때, '-나'와 가장 가까이 있는 듯한 느낌입니다. '-나'가 누구냐고요? 조용한 시간 '나'가 생각하는 바로 그 '나'가 '-나' 입니다. 이 글도 지금 그를 생각하며 이 새벽에 씁니다. 고흐Vincent van Gogh가 그랬지요, 하얀 캔버스 앞에 앉아 있을 때 가장 두렵다고. 정말 공감합니다. 그러나 그 '두려움'이란 낯선 감정은 아마도 그 백지 캔버스, 백지 공책을 바라본다는 행위가 '-나' 자신과 마주보는 일종의 시도여서 두려운 것이 아닐까 생각해 봅니다.

'-나'는 곧 '나'의 숨겨진 또 다른 '나'입니다. 숨겨진 마음입니다. 떠나버린 '-나'와 '나'가 조우할 때 이미 낯설어져 버린 서로를 잘 받아들일 수 있을까 염려하는 순수한 바람이 두려움 입니다. 멀리 떠나 있는 듯싶어도 일생의 중요한 순간들에는 꼭 그 '-나'가 지금 생각하고 있는 '나'와 만나야만 합니다. 그러나 일상에 쫓기어 너무나도 바쁜 우리들은 그렇게 가끔 만나는 '-나'가 무척 어색하기만 합니다. 김수환 추기경님이 말씀하셨듯이 '나'인

머리에서부터 '나'가 머물러 있을 가슴까지 가는 길이 인생의 가장 머나먼 여정인지도 모르겠습니다.

19세기 중반, 프랑스 파리의 시인 보들레르Charles Pierre Baudelaire는 이렇게 이야기합니다. '꿈이로구나! 언제나 꿈이로구나! 그렇거니 혼이 야심차면 야심찰수록 까다로우면 까다로울수록, 꿈은 저 혼을 가능한 현실에서 더욱 멀리 떼어놓는구나. 사람마다 탄생에서 죽음까지 우리에게서 실제의 향락으로, 과감하고 결연한 행동으로 채워진 시간이 도대체 몇 시간이나 되겠는가? 내 정신이 그린 저 화폭 속에, 너를 닮은 저 화폭 속에, 언제라도 우리 살 수 있을까, 언제라도 우리 들어 갈 수 있을까.'-『파리의 우울』〈여행에의 초대〉中 결연한 행동으로 채워진 시간, 멀리 떠나간 '나'와 만나는 순간. 그 순간을 많이 가질수록 삶은 가치 있다고 이야기들 합니다. 그래서 저는 새해를 맞이하는 초하룻날의 각오, 입학식, 첫사랑, 새 직장, 결혼, 출산, 절대자를 받아들이는 신앙 등 '나'와 '나'가 만날 수밖에 없는 인생의 중요한 순간들을 설레는 마음으로 노래한 정채봉 시인의 〈첫마음〉이란 시를 참 좋아합니다. 두 시인들의 말처럼 우리가 언제나 새로운 마음으로 항상 설렐 수 있다면 얼마나 좋을까요.

'나'는 참 바쁩니다. 살기 위해서 바쁠 수밖에 없습니다. 그러나 '나'를 대면하는 일 또한 마냥 미룰 수 있는 것만은 아닙니다. '나'는 '나'가 생겨났을 때부터 같이했던 존재이고, 또 끝까지 유일하게 남아 함께할, 어쩌면 죽음까지도 같이 넘어설 존재이기도 하기 때문입니다. 더 이상 미루지 말고, 지금부터 당장! 노력해

보시지요. 법정法頂스님께서도 평생을 '나는 누구인가'라는 화두話頭로 정진하셨습니다. 예수님께서도 어리석은 부자의 비유를 드시며 말씀하십니다. 아무리 많은 금은보화 재물을 쌓아 두고서 앞으로 즐기며 살 계획을 세울지라도 바로 오늘밤 네 영혼이 너에게서 떠나가 버린다면 쌓아 둔 것들이 무슨 소용이 있겠느냐고. 소중한 시간은 영원하지 않다고.

군중 속, 어쩌면 어두운 골목 한편에 홀로 앉아 있을, 바쁘다고 외면했던, 어디 있을지 모를 '-나'를 더 이상 잃어버리지 않도록 찾아보시지요. 소외된 나의 반쪽과의 온전한 합일은 내 삶을 두 배로 아니, 그보다 더 활짝 피어 세상을 다시 바라보고, 그 안에서 나의 존재의 소중함을 다시 깨닫게 해주리라 확신합니다. 이성으로만 돌아가는 반쪽짜리 내가 아닌, 이성과 감성이 조화롭게 어울리는 합일의 나를 이루어봅시다. 한쪽으로만 급하게 몰아붙이지 말고, 사방 시공간의 문을 열어 '-나'가 '나'를 다시 찾아올 수 있도록 해 봅시다. 그리고 '나'도 어느 시공간을 떠돌고 있을 '-나'를 찾아 방방곡곡으로 나아가서 '-나'의 눈을 마주보시지요. '-나'는 아마도 깊은 죽음의 신비 속을, 아니면 창공을 나는 연처럼 가벼운 환희 상을, 아니면 격론이 오고가는 역사의 광장 열기 한가운데, 아니면 눈발 흩날리는 고요한 호숫가를 거닐고 있을 것입니다.

잃어버린 나의 반쪽, '-나'를 만난다는 것이 두렵더라도 시작해 보시지요. 시작은 먼저 '무너짐'부터입니다. 움켜쥔 주먹을 풀기.

충분히, 완전히 무너져 주저앉기. 그리고 다시 열린 정신으로 생각하기. 그리고 꺾인 무릎에 힘을 주어 일어서기. 조급해하지는 말고, 그러나 게으르지도 않으며, 모든 이들이 나를 외면하더라도 나조차 나 자신을 무시하지는 않겠다, 나조차 나 자신을 포기하지는 않겠다는 무소의 뿔과 같은 정신으로. 실존철학의 영원한 아이콘인 20세기 중반 프랑스 소설가 알베르 카뮈Albert Camus의 말처럼, 각각 개인은 모두 다 개별 특권을 가진 유일한 존재입니다. 무너지고 생각하고 다시 일어섬이 바로 인간인 우리 모두에게 주어진 특권입니다.

익숙한 듯싶어도 낯선 시공간. 마찬가지로 익숙한 듯싶어도 낯선 '-나'. 두려운 마음으로 설레는 마음으로 가벼운 배낭 하나 메고 그를 찾아 생각 여행을 나섭니다. 입자와 반입자가 만나듯, 물질과 반물질이 만나듯 '나'와 '-나'가 만나면 공空이 될까요? 법정스님은 입적하실 때 다른 스님들처럼 열반송涅槃頌조차 남기지 않으셨습니다. 진정 '나는 누구인가'라는 화두를 깨우치셔서 '-나'를 만나 공空이 되어 아무것도 남기시지 않은 건 아닐는지요. 생각했던, 그리워했던 '-나'를 드디어 만나 참나-진아眞我-를 이루면, 너무 기뻐 어떠한 말로도 표현할 수 없는 무념무상無念無想의 환희 속으로 사라져 버리는 것일까요. 그것까지는 아직 잘 모르겠습니다. 일단 저도 당신도 각자 자신의 '-나'를 만나 보아야겠지요.

어떠한 어려움에서도 생각을 포기하지 않고 끝까지 나아가 보는 것, 그것이 부조리한 세상에서 실존주의자들이 지켜온 모습이라 생각합니다. 그리하여 결국 마주하게 될 '-나'의 눈빛에서 우리는 자신이 누구인지 알게 되리라 믿습니다.

세상의 눈으로 보면 모험은 위험한 것이다. 어째서인가? 모험을 하면 잃는 것이 있기 때문이다. 모험하지 않는 것, 그것이 현명하다. 그러나 모험을 하지 않으면 자기 자신을 잃는다. 모험을 했다면 무슨 일이 있어도 결코 잃어버리는 일이 없었을 자기 자신을, 마치 아무것도 아닌 양 너무 쉽게 잃는다.

- 쇠렌 키에르케고르Søren Kierkegaard
『죽음에 이르는 병』中

나서며

| 목차 |

나서며_ 당신은 당신의 '-나'를 얼마나 생각하시나요

눈 덮인 안개 숲 속 어딘가에 나의 불씨가 있을 것만 같아

검은 강물은 조용히_ 십이월

안개 내린 호수의 기억은_ 일월

습지는 아득히 펼쳐지고_ 이월

따뜻하고 눈부신 아침햇살을 듬뿍 받으며 걷고 있지

가지는 하늘로 뻗고_ 삼월

어린 잎사귀 반짝이며_ 사월

구름은 푸른하늘을 흘러_ 오월

이글거리는 정오의 붉은 광장에 우뚝 서기

햇살은 대지를 감싸고_ 유월

태양은 작열하며_ 칠월

푸른 불꽃이 나무에 의지하며_ 팔월

기울어가는 저녁노을을 한없이 바라보고 싶다

원광석이 빛을 빨아들이며_ 구월

농익은 과일이 떨어질 때_ 시월

날카로운 보석이 찬 빛을 발하며_ 십일월

눈 덮인 안개 숲 속 어딘가에 나의 불씨가 있을 것만 같아

검은 강물은 조용히_ 십이월

쓸쓸함

허무와 죽음의 벽 사이 공간. 마음이 비워지며 느끼게 되는 감정. 상념으로 가득 차 있던 그 공간이 비워질 때, 쓸려나가는 썰물의 속도를 느낀다. 그리고 그 쓸려나간 텅 빈 마음의 공간에 낯선 찬바람이 스며들며 마음의 벽들을 스친다. 허무와 죽음의 벽을 스치는 바람의 아릿함. 그것이 **쓸쓸함**이다.

다시 또 누군가를 만나서 사랑을 하게 될 수 있을까?
그럴 수는 없을 것 같아
도무지 알 수 없는 한 가지
사람을 사랑하게 되는 일
참 쓸쓸한 일인 것 같아

사랑이 끝나고 난 뒤에는 이 세상도 끝나고
날 위해 빛나던 모든 것도 그 빛을 잃어버려

누구나 사는 동안에 한 번
잊지 못할 사람을 만나고
잊지 못할 이별도 하지

도무지 알 수 없는 한 가지

사람을 사랑한다는 그 일

참 쓸쓸한 일인 것 같아

- 양희은, 이병우《사랑, 그 쓸쓸함에 대하여》1991

사랑만큼 쓸쓸한 것이 있을까. 마음의 벽을 아리게 하는 낯선
찬바람. 일상적인, 보편적인 것이 아닌 개별적, 절대적인 대상이
되는 것. 거기에는 '고독함'이 요청된다. '고독함'은 '쓸쓸함'의
동의어다.

이방인_ 방랑자

방랑자는 이방인이다.

고향으로부터, 지금으로부터, 과거로부터, 그리고 미래로부터조차
낯설어져 버린 사람.
그렇기에 남으로부터 그리고 자신으로부터도 멀어져 버린 자다.
우리 모두 이 세상에 태어나기 전 방랑자였고, 이 세상에서
이방인처럼 세상을 낯설어하다가, 언젠가 지금의 자리를 털고
일어나 다시 방랑의 길을 나서야 한다.

그렇기에 해질녘 창 밖 어둑해지는 하늘을 보면 쓸쓸해하고
안절부절 못한다. 청색 수채물감이 뚝뚝 떨어질 듯한 '푸른하늘', 그
위로 유유히 흘러가는 뭉게구름을 보면 나도 모르게 불안스럽지만
설레기도 한다. 우리 심장에 각인되어져 있는 나그네, 방랑자의
표식 때문일 것이다.

언젠가 때가 오면 풀었던 허리띠를 다시 매고 나서야 하는
우리기에 몸과 마음을 항상 가벼이 가져야 한다. 너무 깊이 잠들지
않도록 경계해야 한다. 누구에게나 홀로 나서야 하는 '푸른새벽'이

다가온다. 찬 이슬과 서리로 쌀쌀하지만 눈 비비며 나서야만 하는 이른 새벽.

우리의 영혼은 농경민이기보단 유목민에 더 가까운 듯싶다.

> 너는 도대체 무엇을 사랑하느냐, 기이한 이방인이여?
> 나는 구름을 사랑합니다…… 흘러가는 저 구름…… 저기
> 저…… 바로 저기…… 저 멋진 구름을!
>
> — 보들레르 『파리의 우울』〈이방인〉中

시인_ 방랑자

방랑자는 바람이 흔들리며 나아가는 방향을 느끼는 자다.

그 바람을 따라 흘러가는 자다. 그는 떠나온 곳도 없고 가고자
하는 곳도 없다, 모른다. 그는 바람과 같이 정처 없이 떠돈다. 그의
마음은 무심하게 흩어졌다가도 다시 격정적으로 휘몰아치기를
반복한다. 바람의 흉내를 내고자 휘파람을 불어보기도 하고 노래도
흥얼거린다. 가진 것도 없고 가지고 싶은 것도 없다. 그는 인생과
사랑을 노래한다. 그러나 그는 서서히 허물어져가는 존재다.
소멸해가는 존재. 그러면서도 저 멀리 창공을 나는 새와 들녘의
꽃을 찬양한다. 그러기에 그는 바람처럼 쓸쓸하다.

방랑자는 시인이고, 진정한 시인은 방랑자여야 한다. 그리고
결국엔 우리 모두가 그 방랑자다. 각자의 길을 가는, 바람처럼.

> Über allen Gipfeln
> Ist Ruh',
> In allen Wipfeln
> Spürest du

Kaum einen Hauch;

Die Vögelein schweigen im Walde.

Warte nur, balde

Ruhest du auch.

모든 산봉우리에

휴식이 있고,

모든 나뭇가지 끝에는

바람 한 점도

느낄 수 없네.

새들은 숲 속에서 조용하네.

기다리게, 잠깐만

그대도 쉬게 되리니.

- 슈베르트Franz Schubert 《Wanderers Nachtlied II 방랑자의 밤노래》
괴테Johann Wolfgang von Goethe 시에 곡을 붙임

키켈하인 산, 외딴 오두막집 나무 벽면에 31세 청년 괴테가 적었다. 그 후 30여 년이 지나 다시 와서 고쳐 쓴다. 그리고 다시 20여 년이 지나 노인이 되어 돌아온다. 그는 흐린 눈으로 나무 벽면의 그 시가 아직 지워지지 않아 읽을 수 있는지 살펴본다. 그리고 반년 후 또 다른 세상으로 방랑을 떠났다. 그리고 아마도 다시는 그 오두막에 찾아오지 않았을 것이다.

원더러_ 방랑자

그는 **여기**로부터 떠나는 자이다.

그렇지만 목적지 **저기**도 없다. 지금 여기, 현실이라는 거대한 톱니바퀴의 하중을 견디지 못하고 튕겨져 나온 불량한 용수철이다. 그러기에 더 이상 '여기'는 돌아갈 수 없는 낯선 곳이 되어버렸다. '여기'도 '저기'만큼 차가운 곳이 되어버렸다. 누군가가, 아니면 그 어떤 사건이 그를 밀쳐내 버렸는지 모른다. 그러나 그것은 그저 핑계일 뿐, 자신 스스로가 원인이다. 결국은 타인이 아닌 스스로가 자신을 내몬 자이다.

더 이상 '저기'가 없기에 피해야 할 지옥도 저 높은 천국도 없다. 연옥처럼 의혹이 있을 뿐. 낯선 곳에 던져진 고통과 비참함만이 그의 호주머니에 든 전부이다. 해가 저무는 쌀쌀한 저녁, 먼지 날리는 신작로 시외버스 정류장에 홀로 서 있다. 우두커니 서서 이미 떠나가는 텅 빈 버스의 뒷모습을 바라보고 서 있다.

'여기'와 '저기' 사이, '낮'과 '밤' 사이, 그 모호한 중간 지점 어딘가에 우두커니 서 있는 자, 방랑자, 원더러-Wonderer-, 의심하는 자.

피니스테레

피니스테레 - Finisterre, finis 끝, terra 땅, 세상의 끝 -
에스페히스모 - Espejismo, 신기루, 환영幻影 -

눈앞에서 계속 후퇴하는 지평선 너머 신기루, 환영을 쫓아, 죽음의
순간인 세상의 끝까지 달리는 경주. 인생은 피니스테레로 달리는
자기 혼자만의 기차여행이다. 기차는 경적을 울린다, 메멘토 모리
- Memento Mori, 죽음을 기억하라 -. 당신만의 기차를 타라고
경고한다. 남을 위한 여행이 아닌, 자신을 위한 여행. 세상의 끝,
바다 위 절벽에서 우리가 볼 수 있는 것은 무엇일까. 또다시 수평선
너머 신기루, 환영 - 에스페히스모 -.

우리 인생은 바람이 만들었다가 다음 바람이 쓸어갈 덧없는
모래알, 완전히 만들어지기도 전에 사라지는 헛된 형상.

- 파스칼 메르시어Pascal Mercier 『리스본행 야간열차』中

칼레의 시민

명동성당 앞 카페에서 릴케Rainer Maria Rilke의 『릴케의 로댕』 중
'칼레의 시민- Les Bourgeois de Calais'- 부분을 읽고 있는데,
정오임에도 불구하고 하늘이 점점 어두워지더니 번개를 치고 비를
쏟는다.

13세기 영국과 프랑스의 100년 전쟁 당시 프랑스 해안도시 칼레는
영국군에 의해 봉쇄되었고, 항복의 조건으로 그 도시의 고귀한
사람 여섯을 내놓으면 도시의 봉쇄를 풀고 철수하기로 동의한다.
그 옛이야기를 로댕François-Auguste-René Rodin이 작품화한 것이
《칼레의 시민》이다.

타인에 의해 지목되었고 또한 스스로 나선 여섯 사람. 그들은
쫓겨난 자. **호모 사케르**Homo sacer. 자신의 집과 사람들과 소유와
과거와 현재로부터 추방된 자. 이별한 자. 누구나 언젠가는
그들처럼 갑자기 모든 것들을 내려놓고 떠나야만 할 것이다,
자의든 타의든.
문득 천둥치며 비를 쏟는 명동성당 앞에서 두려움을 느낀다.

나는, 이 세상에서 언젠가는 추방되어야 할 '호모 사케르'.

그는 "삶을 통과해가는" 남자의 마지막 표정을 만들었다. 그는 손을 허공 속에 펼치고, 새에게 자유를 주는 것처럼 무언가를 풀어놓아주고 있다. 그것은 이별이다. 불확실한 모든 것과의 이별, 아직 맛보지 못한 행복과의 이별, 이젠 그 기다림이 헛되이 되어버린 고뇌와의 이별, (…)
그리고 그것은 또한 멀리만 있을 것이라고, 길고 긴 시간의 끝에서 온화하게 조용히 만나게 될 것이라고 생각했던 저 죽음과의 이별이다.

- 릴케 『릴케의 로댕』 中

진정 그래야만 하는가

Der Schwergefasste Entschluss 괴롭게 각오한 결심

"Muss es Sein?" "그래야만 하는가?"

"Es muss Sein!" "그래야만 한다!"

- 베토벤Ludwig van Beethoven《현악4중주 제16번 F장조, op.135》中
4악장 표제

그의 모든 곡들에는 질문과 답변이 있었다. 그러나 그의 후기 작품들에서 질문은 더욱 무거워지고, 답변은 더욱 가벼워진다.

우리는 살아가면서 무엇을 묻고, 무엇에 대답하는가.

어릴 적 질문과 대답은 자신이 어떠한 경계 안에 있는지에 대한 탐구이다. 경계 안에 규정지어진 골목골목과 신호와 교환방식을 이해하는 것. 그러나 점차 어른이 되면서 경계의 모서리에 다가간다. 높은 산에 오르려 하고, 절벽에 다가서며, 망망대해로 출항을 한다. 그 경계에 몸을 맞부딪치며 부수려 애쓴다. 베토벤의 《교향곡 제3번 '영웅'》,《교향곡 제5번 '운명'》과 같이 영웅적이고 운명처럼 감동적이길 바란다. 투쟁하며 돌파하려하고 운명에 맞서려 한다.

그러나 아도르노Theodor Adorno가 말하듯 말년에 접어들면 - 그 말년의 시기란 꼭 절대적 시간의 흐름과 비례하지는 않는다. 개인에 따라 상대적 시간의 속도는 너무나 차이가 크다 - 나 자신을 포함한 모든 대상들에 대한 질문과 대답의 방식을 규정하던 경계와 질서 자체가 흔들린다. 나와 우리를 규정짓고 있는 그 '경계'에 대한 의심이 고개를 든다.

스피노자Baruch Spinoza는 *경계*에 의해서 안과 밖이 구분되고 차단됨으로써, 내적 자기동일성을 유지할 수 있다고 하였다. 김춘수 시인이 '꽃'이라 이름 불러주었을 때, 대상은 나에게로 다가와 꽃이 되는 것이다. 더 이상 그 대상은 나비도 아니요, 나무도 아닌 바로 그 '꽃'이라는 자기동일성을 확보하게 되는 것이다. 무엇인가를 그 무엇이라고 규정하는 것, 그것이 바로 '경계'이다.
그러나 그 '경계'는 우리를 힘들게 하는 단점을 지니고 있다. 확고부동하지 못하고 '유동적'이라는 깊이 숨겨두었던 치명적 약점. 단단한 껍질인 듯싶지만, 결코 단단하지 않다. 차라리 모든 인간의 뇌리 속에 고정불변의 경계가 구축되어 있었다면 인간은 삶과 죽음에 대한 고통도 고뇌도 없었을 터인데.
말년에 접어들면 철옹성 같이 나를 지켜주던 그 '경계'에 균열이 가고 귀퉁이가 조금씩 허물어져 내리는 것을 목격하기 시작한다. 토마스 만Thomas Mann은 그의 소설 『파우스트 박사』에서 작중인물 크레치마의 입을 빌려, 더 이상 꾸밈이 없는 경지, 소진된 경지, '나'를 벗어난 경지에 이르렀을 때, 이러한 구도에서 주관과 규범-경계-은 새로운 관계를 맺는데 이를 '소멸'에 의한 관계라고 했다.

검은 강물은 조용히_ 십이월

'나'에 대한 정의도, '너'에 대한 정의도, '꽃'이라는 대상도 이제껏 내가 인식-생각-하고 있던 그 의미가 아닐 수 있다는 회의감, 무너짐, 부서짐을 말년에는 직면하게 된다.

마치 싯다르타가 카필라 성을 나와 6년 고행으로 육신에서 모든 살들이 빠져나가 배와 등뼈가 달라붙어 생존에 꼭 필요한 조직과 뼈만이 단아하게 남았듯이, 베토벤도 장엄한 《미사 솔렘니스》와 《교향곡 제9번》 이후, 이미 완전한 귀머거리가 된 지 오랜 암흑의 고통 밑바닥에서 최후의 여섯 개 현악4중주곡들을 작곡한다. 오케스트라나 합창의 화려함과 웅장함을 모두 거둬내고 단 네 개의 현악기들-바이올린 두 대, 비올라, 첼로-로 부처님의 모든 것을 비운 해탈의 수행처럼 경계를 허물고, 자신의 눈앞에서 스스로 부서져 내리는 모든 경계와 벽을 지그시 관조한다.

아도르노의 말처럼 베토벤은 그 자신 앞의 객관적이라고 했던 단단한 것들이 깨어지는 풍경을 지긋한 눈빛으로 바라보고 있으며, 해리-解離, Dissoziation-의 힘으로 조화로웠던 합일의 시간들을 찢어버린다. 말년의 작품들은 파국破局들이다. 모든 경계를 해체시킨다. 말년성이란 모든 것이 부서져 버리는 것이다. 즉, 말년의 양식은 개별적인 것, 현존재적인 것이 **아무것도 아님**을 깨닫는 자의식이다. '아무것도 아님', 개별적인 것의 무無, '나다 이 뿌에스 나다. Nada y puse Nada. 아무것도 아니야, 그리고 어, 아냐, 아무것도.'

가슴이 찢어지는 것은 또 다른 문제이다. 그런 일은 절대로 일어나지 않는다고 말하는 사람도 더러 있다. 가슴이 없는 사람은 당연히 가슴 찢어질 일도 없을 것이다. 그러나 가슴이 있는 사람에게 가슴이 찢어지는 일이 벌어지는 데에는 여러 가지 요소가 복합적으로 작용한다. 물론 가슴 속에 아무것도 없을 수도 있다. '나다.' -Nada, 無- 그것을 믿어도 좋고, 믿지 않아도 좋다. 그리고 그것이 진짜일 수도 있고, 아닐 수도 있다.

- 헤밍웨이Ernest Hemingway 『파리는 날마다 축제』
〈나다 이 뿌에스 나다〉 中

헤밍웨이가 이야기하는 '가슴'이란, 존재에 대한 질문을 받아들일 수 있는 통로이며 답변을 담을 수 있는 그릇일 것이다. 그런데 그 질문과 답변의 구도 자체가 찢어져 버리고 파국에 이르게 된 말년에 질문과 답은 어찌되는가? 베토벤은, 부처님은 파국에서 도대체 무엇을 보았는가? 파국으로 무너진 경계는 대립을 소멸시키고 안과 밖을 소통시키며 스스로 사라져 간다. 이제 그 말년의 대답은 더 이상 질문을 수용하거나 반박하는 내용이 아닌, '없음', '끝나지 않음' 그러나 무너진 경계의 밖에 무한히 펼쳐진 더 많은 가능성을 향하는 마음을 품고 있다. 무언가 구체적인 의지를 갖는 것이 아니라, 무한을 바라보는 '영혼의 불을 지핀다.' - 아도르노 - 베토벤의 후기 현악4중주곡들은 무너진 경계 너머 무한한 지평선을 향해 울려 퍼진다. 움켜쥐었던 모래를 흘려 내버린 **빈손**이다.

검은 강물은 조용히_ 십이월

아도르노와 에드워드 사이드Edward W. Said는 '망명亡命'이라 표현을 하였다. 자신이 구축한 모든 것들을 뒤로하고 맨몸으로 나서는 모습. 망명하는 그는 무엇을 향해 나서는지 구체화하지 않는다. - 빈손, 열린 마음. - 자신이 이룬 구체적인 결과물들과 답변들. 그러나 말년에 무너져 내린 존재 문답의 양식들, 구체적이지 못한, 어눌해져가는 응답, 어쩌면 혼자만의 독백일 수도 있는…… 열린 마음 그대로. 말년의 존재는 이 모순되는, 정리되지 못한, 허물어져 내리는 정-正, 테제-과 반-反, 안티테제-의 양식들을 있는 그대로 꼭 붙들고 있다. 같은 극끼리 서로 밀쳐내려는 자석을 꼭 붙잡고 있는 형국.

베토벤의 《현악4중주 제16번 F장조, 작품번호 135》. 그가 죽기 6개월 전 마지막으로 작곡한 곡의 마지막 장에 써넣은 표제, "그래야만 하는가? Muss es Sein?", "그래야만 한다! Es muss Sein!" 모든 것을 내려놓고 부서진 경계 밖의 무한한 지평선을 바라보는 응시. 다시 어딘가에 자신의 경계, 음악의 경계를 세워야 할지 모른다. 그저 자신의 업적과 그것이 또한 아무것도 아님을 스스로 받아들이고 지평선을 바라보는 눈빛만이 남는다. 그러나 그 눈빛은 또 다른 영혼들의 불을 지필 것이다. 이러한 변증법적인 테제Theses, 안티테제Antithese의 모습은 다시 진테제Synthese의 모습으로 발전할 것이다. 비록 그 자신에 의해서는 아닐지라도, 또 다른 그 누군가의 존재 안에서. - 무한히 뒤로 물러서는 경계들 -

　죽은 자들이 살아 있을 때

말로 꺼내지 않은 것을

죽은 뒤에는 말할 수 있다.

죽은 자들의 전달은 살아 있다

인간의 언어를 넘어 불로서

드러난다.

\- T. S. 엘리엇Thomas Stearns Eliot

《FOUR QUARTETS 네 개의 사중주》中

메르시어_『리스본행 야간열차』

메멘토 모리Memento Mori, 죽음을 기억하라

영원한 젊음. 젊은 시절 우리는 우리가 불멸의 존재라고 생각하며 산다. 죽을 운명이라는 인식은 종이로 만든 느슨한 끈처럼 우리를 감싸고 있어 피부에 거의 닿지 않는다. 인생에서 이런 상황이 바뀔 때는? 이 끈이 점점 우리를 휘감아 오고 마지막에는 목을 조일 듯하는 건 언제인가? 절대 느슨해지지 않으리라는 것을 깨닫게 하는, 부드러우면서도 굽히지 않는 압박을 느끼는 때는 언제인가? 다른 사람들에게서, 그리고 자기 자신에서 이런 압박을 깨달을 수 있는 징후는 무엇인가?

죽음에 대한 인식. 젊은 시절에는 언젠가 나에게도 죽음이 닥치리라는 사실이 와 닿지 않았다. 그러나 며칠 전 아버지처럼 모셨던 신부님의 선종 1주기 추모미사로 묘소를 다녀온 이후 죽음이 단지 앎이 아닌 느낌으로 다가온다.

어쩌면 우리에게 살아 있는 시간보다 죽음이라는 시간이 더 긴 것이 아닐까. 아니면, 죽음은 하나의 관문일 뿐이고 그 후에 또 다른 무언가가 있는 것인가. 그것도 '삶'이라고 말해도 되는 것일까.

만일 죽음도, 그 이후도 나의 존재의 한 모습이라면, 현재의 삶은 단지 잠깐 지금의 육신을 취했을 뿐, 육신 없는 영혼이 원래 본 모습일지도 모른다는 생각을 해 본다. 나란 존재는 과거와 현재와 미래, 그 넘어가는 시간들 속에서 끊이지 않고 지속되는 그 무언가이고 싶다. 그것을 영혼이라 부르든 다른 무엇이라 부르든. 그것도 욕심일까, 부질없는 욕망이라고 해야 할까. 육신의 생명은 짧으나 영혼은 영원하다. 그렇게 믿고 싶다.

> 현재에 아름다움과 두려움을 부여하는 것은 죽음이다. 시간은 죽음을 통해서만 살아 있는 시간이 된다. 모든 것을 안다는 신이 왜 이것을 모르는가? 견딜 수 없는 단조로움을 의미하는 무한으로 우리를 위협하는 이유는 무엇인가? …… 죽음에 대한 공포는, 자신이 원하는 사람이 되지 못하는 것에 대한 공포라고 표현할 수 있을 것이다. …… 유한에 대한 선명한 인식은 사람들을 당혹하게 한다.

유한함의 아름다움. 끝이 있기에 시작과 과정이 의미가 있으며 죽음이 있기에 생이 의미가 있는 것이 아닐까. 그러나 그 유한의 마침표인 죽음이 내가 준비되지 못했을 때 닥친다면? 그것이 사람을 당혹스럽게 하는 것이다. 사람이 과연 준비된 마음으로 유한을, 죽음을 받아들일 수 있을까. 죽음에 대한 공포 없이 그것을 받아들일 수 있는 이가 있을까. 하느님의 아들조차 되돌리고 싶어 했던 그 쓰디쓴 잔을. 그렇다면 유한에 대한 공포, 불안은 우리가 벗어날 수 없는 숙명인가. 마침표가 있다는 것은 새로운 시작을 의미하며, 그 새로운 시작은 지금의 체계와는 전혀 다른 차원일 것이라고 믿고 싶다. 그저 지금과 같이 연속되는 영원한 삶이란 고통이다.

"내 영혼아, 죄를 범하라. 스스로에게 죄를 범하고 폭력을 가하라. 그러나 네가 그렇게 행동한다면 나중에 너 자신을 존중하고 존경할 시간은 없을 것이다. 누구에게나 인생은 한 번, 단 한 번뿐이므로. 네 인생은 이제 거의 끝나가는데 너는 살면서 스스로를 돌아보지 않았고 행복할 때도 마치 다른 사람의 영혼인 듯 취급했다……. 자기 영혼의 떨림을 따르지 않는 사람은 불행할 수밖에 없다."

메멘토 모리, 죽음에 대한 경고. '자기 영혼의 떨림을 따르지 않는 사람은 불행할 수밖에 없다.' 로마의 철인황제哲人皇帝 마르쿠스 아우렐리우스Marcus Aurelius의 『명상록』 속 이 글귀가 소설의 주인공 그레고리우스가 여행을 떠나도록 한 메멘토 모리였다면, 나의 메멘토 모리는 무엇인가.

우리 인생 기차여행에서 나의 잠을 깨우고, 차창 밖 눈발 날리며 빠르게 스쳐 지나가는 대지를 내다보도록 기차의 경적소리는 울려댄다. 자신이 하고 싶은 일을 해야 한다. 가치 있는 일, 가치 있는 일을 찾아야 한다. 하기 싫은 일 그만두기, 여행 가기? 그것은 잠시 벗어나는 것일 뿐이다. 여행을 모두 마치고, 집으로 돌아와 짐을 풀고 휴식을 취한 후 그 다음 계속해서 흘러가는 시간 속에서 내가 해야

할 일은 무엇인가. 하기 싫은 모든 일들에서 벗어난 후 우리는 어디로 향해 가야 하는가. 그 방향을 찾아야 한다.

검은 강물은 조용히_ 십이월

안개 내린 호수의 기억은_ 일월

무제

한 글자도 내려 쓰지 못했다, 6개월째.

안개 내린 호수의 기억은_ 일월

악몽

머리에 재를 뿌리며 시작하는 사순四旬 시기. 가톨릭은 부활시기
-예수님이 죽음의 무덤에서 부활하시어 하늘에 오르시고 성령으로
강림하시기까지의 50일간- 전 수난의 40일을 지낸다. 다시 그
고통과 인내의 시기 전 며칠간 사육제謝肉祭의 시간을 가진다. 그
시기에는 술과 고기를 즐기고 가면을 쓰고 노는 고난의 행군 전
휴식, 출정식이라고나 할까. 물론 지금의 모든 그리스도교인들이
그렇게 질펀하게 즐기지는 않지만, 의도는 그러한 것이고 그것이
일부 확대되고 대규모 행사화된 것이 브라질의 리우 삼바 카니발
같은 것이다.

어느 날 괴테의 『파우스트』 비극 제2부 제1막 '사육제' 부분을
읽다가 책상에서 깜빡 잠이 들었는데 악몽을 꾸었다. 내 작은
서재의 방문과 창문 틈으로 마치 파우스트의 서재에 언제인지
모르게 숨어 들어온 메피스토텔레스의 분신, 검은 삽살개처럼
악령과 정령들이 스며들어온 것이었다. 나는 내 눈 앞의 모든
것들을 보고 있으면서도 소리도 지르지 못하는 가수면 상태,
가위에 눌리고 있었다.

『파우스트』의 '사육제'에는 운명의 여신들-클로토, 라케시스, 아트로포스. 이 세 여신들은 한 인간의 운명의 실을 잣고, 뽑아내고, 어느 정도 길어졌다 싶으면 생명의 실을 자른다-과 복수의 여신들-살인에 대한 복수를 하는 티지포네, 쉬지 않고 덤벼드는 알렉트, 질투하는 메게라. 이들의 복수는 현세에서만이 아니라 죽은 자에게도 이어진다- 그리고 또 다른 세 여인들이 등장한다. 그 세 여인의 이름은 '두려움', '희망', '지혜'이다. 이 '지혜'라는 여인은 '두려움'과 '희망'이 인류의 최대 적이라고 이야기한다. 특히 '희망'이란 여인은 우리가 아무 걱정 없이 포기하지 않고 늘 노력하며 살면 언젠가는 큰 행운을 얻게 될 것이라고 항상 '희망'을 불어넣는다. 우리는 그 미래에 대한 희망으로 고통의 지금 이 순간을 참아 넘기고, 또 넘긴다. 그렇지만 그 '희망'이란 여인은 마치 하늘을 나는 푸른 종달새처럼 항상 우리 앞에 멀리, 멀리 날아갈 뿐이다. 우리 인간은 결국 그 '희망'을 쫓다 운명의 막내 여신 아트로포스에 의해 생명의 실이 잘린다. 계속 앞을 보며 현재를 유예시키며 주어진 생을 허망하게 소진하고 끝내기. 이보다 더 두려운 것이 또 있을까.

괴테라는 사람의 가상의 무대『파우스트』에 등장한 여신과 여인들이 내 꿈이라는 또 다른 무대에 악령과 정령으로 나타나 나에게 의미를 전달한다. 시간과 공간, 현실과 가상을 넘어서 괴테와 내가 연결되고, 그 연결선을 통하여 의미가 마치 전류와 같이 나에게 흘러온 것이다. 그렇다면 괴테의 서재는 파우스트 박사의 서재이고, 파우스트 박사의 서재는 나의 방과도 통하는 시공간의 웜홀Wormhole 같은 것이 있는 것인가. 의미-정보-가 전달되는 세계는 하나이며 연결되어 있는 것이 아닌가.

파우스트 박사는 자신의 서재를 좀 슬고 먼지투성이의 천장까지 빼곡히 쌓인 책들, 실험용 가재도구, 그을음과 곰팡이로 뒤덮인 동물 뼈와 해골들로 가득한 움막이라고 했다. 악몽에서 아직 덜 깬 나도 내 서재를 두려운 눈빛으로 둘러본다. 산 이들보다 죽은 이들의 목소리가 더 많지 않은가. 그들의 목소리를 담은 책들이 가득하다. 몇십 년 전, 몇백 년 전, 그보다 더 몇천 년 전에 죽은 이들의 목소리. 그들의 눈빛이 나의 눈빛과 마주친다.

괴테는 파우스트로 변신하여 '연금술사'가 되기를 희망했는지도 모르겠다. 그가 비록 구리나 납, 주석과 같은 금속으로 금을 만들어내는 연금술을 해내지는 못했어도 그의 이야기는 가상의 꿈을 통해 시간과 공간의 한계를 넘어서서 불멸의 의미로 세상을 흘러 다닌다. 그렇다면 내가 내 꿈을 통해 가상의 파우스트를, 그리고 그 뒤에 서 있는 괴테를 만난 것인가. 아니면 지금도 어느 시공간에 있을 괴테가 거주한 파우스트의 서재에 가상의 내가 초대되어 잠시 머물렀던 것인가. 무엇이 현실이고 무엇이 가상인가. 시간은 미래로 흐르는가, 과거로 흐르는가. 이 꿈은 나의 것인가, 다른 이의 것인가.

　"정령들의 세계는 닫혀 있지 않다.
　네 마음이 닫혀 있고, 네 가슴이 죽었다!
　제자여, 어서 일어나 이승에 절은

가슴을 아침노을에 씻어라!"

- 괴테 『파우스트』《비극 제1부》'밤' 中

안개 내린 호수의 기억은_ 일월

11

맞선 자_ 패러독스

욥

> 모든 원수들 때문에 저는 조롱거리가 되고, 이웃들을
> 소스라치게 하나이다. 아는 이들도 저를 무서워하고, 길에서
> 보는 이마다 저를 피해가나이다. 저는 죽은 사람처럼
> 마음에서 잊히고, 깨진 그릇처럼 되었나이다.
>
> - 『성경』《시편》 31:12~31:13, 성금요일 화답송 2절

불시에 일곱 아들과 세 명의 딸자식 모두를, 그리고 전 재산을 잃고 자신의 육신마저 발바닥에서 머리 꼭대기까지 고약한 부스럼으로 뒤덮인 당대 저명인사 욥. 그가 대체 무슨 잘못을 했는가? 하느님께 순종하고 남들에게 덕을 베풀던 자가 왜 이런 절망과 고통을 당해야만 하는가?

갑작스런 불행을 당한 친구를 위로하기 위해서 사회적 지위도 있고 덕망 있는 친구 셋이 욥을 찾아온다. 그러나 그들은 결코 욥을 위로할 수 없다. 그와 같은 불행 앞에서 당사자 이외에는 어느 누구도 그 고통을 깨달을 수가 없기 때문이다. 결국 그 친구들의 겉돌던 위로는 욥에게 훈계가 되고, 지금 자신이 당한 고통은

자신의 과거 죄악에 대한 형벌이라고까지 지적한다. 회개하라고 한다.

그런데 욥은 이 윤리적 보편적 충고들을 받아들이지 않는다. 그는 구약의 시절에는 전혀 어울리지 않을 듯한 신세대적 반응을 보인다. 즉 무조건적 용서를 비는 것이 아니라 반항하듯 **맞선다**. 일대일, 단독으로 절대자와 맞선다.

> 저는 싫습니다. 제가 영원히 살 것도 아니지 않습니까?
> 저를 내버려 두십시오. 제가 살 날은 한낱 입김일 뿐입니다.
> 사람이 무엇이기에 당신께서는 그를 대단히 여기시고 그에게
> 마음을 기울이십니까? 아침마다 그를 살피시고 순간마다
> 그를 시험하십니까?
>
> - 『성경』《욥기》 7:16~7:18

물론 그는 안다. 자신이 맞선 그분은 인간이 아니시고 더더욱 절대자이시기에 그분께 항변할 수 없고 그분과의 다툼을 심판해 줄 심판관도 달리 없음을. 그렇기에 더더욱 그에게 주어지는 선택지는 없다. 그저 절대자를 마주보며 앞으로 나아가는 길 뿐이다. 나락으로 떨어진 그 늪 깊은 수렁 밑바닥에서 할 수 있는 것이라곤 오직 외침이고 맞섬이고 매달림이다.

상대가 되지 않는 존재와의 맞섬을 회피하지 않고 선택할 수 있는 용기를 필요로 하는 때가 있다. 눈을 돌리지 말고 마주 볼 수 있는

용기가 필요한 때가 반드시 있다. 이레 밤낮을 잿더미 위에서 침묵하던 욥이 선택한 최후의 길은 친구들이 제시한 보편적 윤리가 아닌 그 모든 것을 초월하는 '맞섬'이다. 단독의 존재로서 단독의 절대자와 일대일 만남의 요구이다. 절망 속에서 목숨을 내놓고 그 끝까지 다다른 욥. 그는 결국 영원을, 절대자를 만난다.

당신에 대하여 귀로만 들어왔던 이 몸.
이제는 제 눈이 당신을 뵈었나이다.

- 『성경』《욥기》 42:5

12

존속살인_ 패러독스

아브라함

아브라함이 손을 뻗쳐 칼을 잡고 자기 아들을 죽이려 하였다.
그때, 주님의 천사가 하늘에서 "아브라함아, 아브라함아!"
하고 그를 불렀다. 그가 "예, 여기 있습니다." 하고 대답하자
천사가 말하였다. "그 아이에게 손대지 마라. 그에게 아무
해도 입히지 마라. 네가 너의 아들, 너의 외아들까지 나를
위하여 아끼지 않았으니, 네가 하느님을 경외하는 줄을 이제
내가 알았다."

- 『성경』《창세기》 22:10~22:12

이성의 너머에서 울려오는 소리, 그에게는 하느님의 명령이
있었다. '늦둥이 외아들을 번제물로 바쳐라.' 그는 아들을 데리고
사흘 밤낮 머리 숙이고 땅만 바라보며 간다. 그리고 사흘째 되는 날
그 제단을 세울 산을 올려다본다. 그리고 그 산 위에 올라 제단을
쌓고 장작 위에 아들을 묶어 올린다. 그는 절대자의 명령을 의심치
않고 묵묵히 수행한다.

몇천 년도 더 지난 옛 사건이지만, 그는 우리 기준으로는 분명
존속살해미수범이다. 그러나 그는 이성의 너머에서 전해오는

소리를 절대자의 소리로 오롯이 **믿는다**. 인간은 주관적이지 객관적인 존재가 절대 아니다. 그 주관적 인간 정신에는 순간과 영원이, 유한과 무한이, 삶과 죽음이 공존하며 우리를 괴롭힌다. 그곳에서 우리는 '선택'해야만 한다. 그 선택은 당연히 논리적일 수 없다. 이성의 논리 자체가 그 정신의 일부일 뿐이기에.

그 선택의 순간은 타인들이 인정하는 사회적 윤리의 작동이 중지되는 순간이며 도약의 순간이다. 그 자신만이 소명-절대자의 지시-을 깨달을 수 있다. **도약-비약**-은 역설의 상황을 넘어설 수 있는 유일한 방법이다. 역설은 결코 타협될 수 없다.

헤겔Georg Wilhelm Friedrich Hegel은 매개에 의해 사적인 문제를 공적으로 전체와 연관시키며 보편적인 것으로 대체시킨다. 사회는 점진적으로 발전하는 역사를 통해 진화할 수 있다고 보았다. 그에게 인간 개개인은 진화하는 거대한 시대정신의 일부일 뿐이다. 그러나 키에르케고르의 '도약'은 내면적 독자성을 유지하며 '지양'이 아닌 '양자택일'을 요구한다. 그리고 각각 개인 존재는 유일하여 도저히 화해에 이를 수 없는 역설들을 날것 그대로 드러내는 분투의 광장이 된다. 화해와 타협은 불가능하다. 둘 중 하나, 아니 수십 수백 개 중 오로지 하나의 선택만이 가능하다.

또한 우리 서로는 어느 순간 어느 광장에서 동지로서 우연히 마주칠 수 있다. 그리고 경우에 따라선 광장으로부터 뻗어나가는 수많은 길들 중 같은 길을 잠시 같이 갈 수 있다. 그러나 끝없이 이어지는 길과 또 다시 만나는 새로운 광장들에서 언제까지나

동일한 선택을 하는 것은 불가능하다. '선택'이란 결정만 하는 것이 아니라, 그 결정한 길로 *기투-己投, 자신을 던짐*-하여 나아가는 것이기 때문이다. 우리 각자는 우리 앞에 끝없이 이어지는 광장과 길들 중 선택을 해가며 자신만의 역사를 써나가고 있는 유일한 존재이다.

> 오랜 세월이 흐른 후에
> 나는 한숨지며 얘기하겠지요.
> 두 갈래 길이 숲속에 나 있었지, 그래서 나는 -
> 나는 사람들이 덜 밟은 길을 택했고
> 그건 아주 중대한 일이었다고.
>
> - 프로스트Robert Lee Frost 〈가지 않은 길〉 中

13

해 지는 강가 잿빛 아틀리에

죽음의 강가-망각의 강변- 아틀리에.

짧았던 삶의 순간에서 다시 영원한 죽음-무無-으로 돌아가는 나루터. 이미 그도 그 강을 건너갔지만 생전 작업한 그의 아틀리에 조각상들은 죽은 자들에게 바쳐지는 작품들이었다. 현세대도 아니고 미래세대도 아닌 모두가 다시 돌아가야 하는 죽음의 세계에 거주하는 이들에게 바쳐지는 작품들.

점토에 청동을 입힌 그의 조각상들은 죽음에 직면한 사람들의 모습이다. 문득 아버지가 생각난다. 폐암으로 돌아가시기까지 모든 살이 빠져나가 뼈와 거죽만이 남았던 고통의 모습. 두려웠던 모습이지만 모든 인간 삶의 마지막 내면이 드러나는 순간이 아닐까. 누구나 그때를 맞이한다. 해지는 강변 서늘히 불어오는 바람을 맞으며 모두가 그 자리에 설 것이다. 그들은 아무것도 손에 쥔 것이 없고, 아무것도 몸에 걸친 것이 없다. 그들의 모습은 고독하다. 그렇다고 그 고독이 슬프거나 두려운 감정만은 아니다. 모든 인간은 고독하다. 고독한 순간, 모든 존재는 단절되고 불연속적인 자신만의 공간 안에 머문다. 그 망각의 강변, 빛으로 무너져 내릴 듯한 그의 아틀리에에 고독한 이들을 닮은 조각상들이 기우는 엷은 석양빛을 받으며 서있다.

그가 스무 살이었던 어느 날 이탈리아를 여행하던 중, 기차 안에서 반 뫼르소라는 네덜란드 노신사와 동석하게 되었는데, 그 여행에서 돌아온 지 얼마 후 한 친구가 신문에 난 광고를 그에게 보여주었다. 반 뫼르소가 '기차 안에서 만났던 청년을 다시 만나고 싶어 한다.'는 내용이었다. 그는 독신인 그 노인을 다시 만났고 함께 베네치아 여행을 떠나자는 노인의 제의를 받아들였다. 비용은 노인이 대기로 했다. 그런데 그 노인이 여행 도중 감기에 걸려 죽게 된다. 그 청년은 여관 방 안 자신의 바로 앞에서 죽어가는 노인을 보게 된다. 젊은 그는 혐오스러운 함정에 빠진 기분이었고 죽음에 관한 모든 것을 부정하고 싶었다.

난 죽음이란 것을 늘 장엄한 모험처럼 생각하고 있었다……. 그런데 그것은 단지 무無이며, 보잘것없는 부조리한 것일 뿐이었다……. 몇 시간 후 반 뫼르소는 아무것도 아닌 하나의 사물이 되어버리고 말았다. 그때 나는 알게 되었다. 만남, 기차, 광고……, 수많은 우연들이 있었다. 마치 내게 이 비참한 종말을 보여주려고 그 모든 것이 미리 준비되어 있었던 것처럼……. 내 삶은 바로 그날 완전히 흔들려 버렸다. 그렇게 생각지 않는 사람이 누가 있을까. 스무 살의 내게 갑자기 모든 것이 덧없는 것이 되고 말았다.

- 장 클레이 『레알지테』 215호,
〈알베르트 자코메티Alberto Giacometti〉 中

그 이후로 그는 35년간 파리의 가장 비참하고 더러운 아틀리에에서
살아간다. 그리고 고독하게 망각의 강을 향해 걸어가는 망자들을
위해서 조각을 한다. 뼈대만 앙상한 가느다란 몸체로 영원히
앞으로 걸어갈 듯한 수많은 조각상들. 그들의 모습은 나의
모습이고 이미 죽은 모든 이들의 모습이었으며 또한 미래의 모든
이들의 모습이기도 하다.

자코메티는 동시대 사람들이나 다가올 미래의 세대를 위해
작업하지 않는다. 그는 결국 죽은 자들의 넋을 사로잡을
조각상을 만들고 있다.

- 장 주네Jean Genet 『자코메티의 아틀리에』 中

14

지옥의 문

이승으로 향하는 길목. 망각의 문

방랑자가 자신의 생을 끝내고 죽음의 골짜기를 지나고 허무의 광야를 지나 해지는 서쪽으로 계속 나아가면 광야의 끝, 과거의 세계로 들어가기 위한 마지막 관문과 마주서게 된다.

그 관문의 이미지는 아마도 로댕의 《지옥의 문Porte de l'Enfer》과 같은 모습일 것이다. 그 문 상인방에 〈생각하는 사람Le Penseur〉이 앉아 있다. 그는 우리 자신의 모습. 자신의 밑, 문에 매달려 있는 형상들의 질문에 대해 고뇌한다. 로댕의 비서였던 릴케의 말처럼 우리는 그 지옥의 문에 새겨진 장관의 위대함과 모든 경악을 직시해야만 한다. 그리고 〈생각하는 사람〉처럼 우리도 몸 전체가 두개골이고 혈관 속의 피는 모두 뇌수인 것처럼 격렬히 고뇌해야 한다. 그 문을 통과하기 위해서는 문에 달린 그 하나하나의 형상에 답해야 한다. 자기 삶의 기억을 그 형상들과 짝 맞추어야 한다. 그래야만 그 문이 열릴 것이고 우리를 품어줄 고향으로 돌아갈 수 있다. 그렇지 못하면 비참하게 허무의 광야를 영원히 떠돌아야 할지도 모른다.

되돌아보면, 우리의 삶은 오이디푸스의 귀향길과 같다. 어린 시절 버려진 그는 델포이 신전에서 '아비를 죽이고 어미와 침하리라'는 비극적인 신탁神託을 받고, 고향으로 돌아가던 중, 예언대로 길가에서 자기 아버지인 줄 모르고 왕인 친부를 살해하고, 고향 테바이의 문턱에서 도시 재앙의 사신死神인 스핑크스로부터 '땅 위에서 네 발로 걷고, 두 발로 걷고 또 세 발로 걷는 것이 무엇이냐'라는 목숨이 걸린 질문에 대답해야만 했다. 그 대답은 델포이 신전 문 상인방에 새겨진 '그노티 세아우톤, 너 자신을 알라' 즉 인간 자신이었다. 스핑크스를 물리치고 고향에 평화를 되찾아주는 영웅이 된 듯싶었지만 그것도 잠시, 자신의 어머니인줄도 모르고 남편을 잃은 왕비인 친모와 동침하게 되는 비극의 주인공이 된다.

우리 모두는 오이디푸스의 후손들이다. 오이디푸스의 운명은 우리 삶의 알레고리이다. 복잡하게 얽히고설킨 콤플렉스를 풀려고 애를 쓰며 사는 존재, 그 자신을 알아가는 것이 우리 삶의 숙제이다. 그렇지만 그 미완의 삶을 마무리하고 과거로 되돌아가야만 할 때 또 다시 우리는 로댕의《지옥의 문》상인방에 부자연스러운 모습으로 앉아 있는〈생각하는 사람〉을 바라보게 된다. 그〈생각하는 사람〉은 바로 나이고, 오이디푸스이다. 그리고 또 다시 나, 오이디푸스는 문에 매달려 있는 온갖 군상들의 질문에 대답해야 한다.

〈파올로와 프란체스카〉, 〈우골리노〉, 〈돌아온 탕아〉, 〈사랑의 도피〉, 〈추락하는 자〉, 〈아담〉, 〈이브〉, 〈절망〉, 〈창녀〉, ……

300개가 넘는 군상들, 질문들, 절규들. 생을 시작할 때 물어지는 스핑크스의 질문과는 비교가 되지 않을 더 난해한 질문들. 이승의 모든 과업을 털고 떠남이 쉬울 수는 없지 않겠는가.

나는 저 군상들의 추궁에 얼마나 떳떳이 답변을 할 수 있을까? 로댕이 《지옥의 문》을 제작하면서 항상 탐독했던 단테Durante degli Alighieri-Dante의 『신곡』, 그 『신곡』의 지옥의 문 앞에 새겨진 글귀. 우리는 천상고향의 영원에 도달하려면 이 관문을 통과해야만 한다.

이승의 악행뿐 아니라 선행도, 슬픔뿐 아니라 기쁨도, 절망뿐 아니라 희망도 모두 이 문 앞에서 내려놓아야만 할 것이다, 망각의 문 앞에.

슬픔의 나라로 가고자 하는 자 있거든 나를 거쳐 가라.

영원의 가책을 만나고자 하는 자 나를 거쳐 가라.

파멸의 사람들에 끼고자 하는 자 나를 거쳐 가라.

정의는 지존하신 주를 움직여

주의 위력, 지상의 지혜, 그리고

사랑의 근본이 나를 만들었노라.

내 앞에 창조된 것이 오직 영원 말고는 없나니,

나는 영원으로 이어지는 것이니라.

나를 거쳐 가는 자는 모두 희망을 버려라.

- 단테 『신곡』 《지옥편》 제3곡 中

15

노아의 세 아들

철학자나 역사가가 아닌 신비가, 시몬 베유Simone Weil의
〈노아의 세 아들과 지중해 문명사〉에 덧붙여서 배에 얽힌 사연.

깊은 숲 위 뜬 배, 노아의 방주

노아는 아담과 이브의 셋째 아들 셋의 자손이다. 아담의 첫째 아들 카인이 동생 아벨을 살해하자, 하느님이 아벨을 대신하여 셋을 아담에게 주신다. - 『성경』《창세기》4:25

셋으로부터 노아에게까지의 족보.

셋, 그의 아들 에노스, 그의 아들 케난, 그의 아들 마할랄엘, 그의 아들 예렛, 그의 아들 에녹, 그의 아들 므두셀라, 그의 아들 라멕, 그의 아들 노아. - 『성경』《창세기》5:6

노아는 나이 오백 세 되었을 때, 셈과 함과 야펫을 낳았다.

- 『성경』《창세기》5:32

노아의 방주 제작.

하느님께서 노아에게 말씀하셨다.

"나는 모든 살덩어리들을 멸망시키기로 결정하였다. 그들로
말미암아 세상이 폭력으로 가득 찼다. 나 이제 그들을
세상에서 없애 버리겠다. 너는 전나무로 방주 한 척을
만들어라."

- 『성경』《창세기》 6:13

홍수가 그치고 방주를 나온 후 일어난 노아의 음주사건 사실.
노아는 '포도밭을 가꾸는 첫 사람'이 되었다. 어느 날 포도주를
마시고 취하여 벌거벗은 채 자기 천막 안에 누워있었는데, 둘째
아들 함이 자기 아버지의 알몸을 '보고' 다른 두 형제에게 알렸다.
첫째 셈과 셋째 야펫은 겉옷을 집어 어깨에 걸치고 뒷걸음으로
들어가, 아버지의 알몸을 덮어드렸다. 그들은 얼굴을 돌린 채
아버지의 알몸을 '보지 않았다.' - 『성경』《창세기》 9;20

아들들의 행위에 대한 노아의 판결.
술이 깬 노아는 둘째 아들 함을 저주한다. 아담과 이브가
선악을 알게 되고 하느님 앞에서 벌거벗은 자신의 몸을 가렸다.
부끄러움과 수치심을 알게 된 것이다. 함은 아버지의 알몸을
부끄럼 없이 보았다. 반대로 셈과 야펫은 노아의 알몸을 보지
않으려고 했다. 노아의 판결의 근거가 '보았다', '보지 않았다'에
대한 것이었다면 함의 행동이 오히려 더 순수한 모습이 아닐는지.
시몬 베유는 이 사건이 매우 중요한 의미를 품고 있으며, 가나안
종족-함의 후손-을 전멸시킨 살해자 히브리 종족-셈의 후손-에
의해서 후에 왜곡된 내용일 수 있다고 주장한다.

첫째 셈은 히브리, 페르시아, 시리아, 앗시리아, 아라비아, 한민족, 몽골족의 조상이 된다. 둘째 함은 가나안, 이집트, 에티오피아, 리비아 그리고 페니키아, 수메리아, 힛타이트의 조상이 된다. 셋째 야펫은 유럽과 지중해의 아카이아, 코카서스, 아리아 백인, 북해, 러시아인들의 조상이 된다.

둘째 함의 후손들이 종교의 원류를 유지해간다. 특히 이집트가 종교의 기원을 발전시켰고, 야펫과 셈에게서 나온 민족들은 함의 교리를 적극적으로 받아들였다. - 벌거벗은 순수함으로 절대자와 대면하기 -

야펫의 후손들, 특히 그리스인들-아카이아-에게는 『성경』의 존재들이 다양한 이미지로 변신한다. 하느님은 제우스-심판자-, 프로메테우스-인간을 만든 창조자-로 나타나고, 노아는 프로메테우스의 아들 데우칼리온으로 환생한다. 데우칼리온은 제우스의 심판으로 헬라스 땅이 물에 잠길 때 프로메테우스의 조언에 따라 방주를 만들어 홍수에서 살아남는다.

시몬 베유에 의하면, 셈의 후손들 중 히브리민족-이스라엘-은 순수한 영혼의 신이 아닌 국가 집단에 현존하며 전쟁이 났을 때 그들을 수호해 줄 신을 필요로 했다. 사랑을 통해 영혼이 신과 합일될 수 있다는 믿음을 받아들이지 못했다. 그랬기에 예수 그리스도도 사형시킬 수 있었던 것이다. 예수님은 율법 보다는 순수 신앙에 더 근접한 에세네파에 가까웠다. 세례자 요한도 이

부류였다.

구약의 노아가 포도주를 마시고 취해 벌거벗은 것처럼, 그리스 신화의 갈기갈기 찢어졌다 다시 부활하는 포도주의 신 디오니소스-바커스-처럼, 그리스도께서는 물로 포도주를 만드는 첫 번째 기적을 시작으로 최후의 만찬에서 포도주를 신의 보혈로 만드는 성찬의 신비를 완성하셨다.

노아, 데우칼리온, 디오니소스,…… 예수 그리스도의 신화와 종교와 민족들의 역사가 얽혀있다. 우리 민족 그리고 나의 존재사는 이런 계보들과 어떻게 연관되는가. 『성경』에 의하면 우리 민족은 셈 족속과 연관이 있다. 요즘 들어 인터넷으로 세상이 가까워졌다고 이야기한다. 그러나 의외로 애초 근원부터가 아주 가까웠는지도 모른다. 생물학적 측면에서만 호모 사피엔스로 하나이고 그 외의 모든 것들은 개별적인 것이 아니라, 신화도 종교도 모두가 한 원류일지도 모른다는 생각이 든다. 그것이 오히려 진화론적 입장에서도 자연스러운 것이 아닐까.

16

안개의 숲 속 언덕 위 두 그루 나무

신의 시간과 인간의 공간
신의 공간과 인간의 시간
그 경계의 모호함.

안개 속에 묻혀 있는
단절의 시공간 경계의 영역은
단순히 넘어설 수 있는 모서리가 아닌
광활한 광야, 중간대륙.

그 경계의 영토에서
시간은 아득히 단절되고
공간 너머로 신은 신비롭게 감추인다.
짙은 안개 속 인간은 신을 찾아 헤맨다.

그 중간계 '네미의 숲' 두 그루의 나무
한 사내가 밤낮을 가리지 않고
두 그루의 나무 주위를 경계한다.

그 사내 이전, 그 이전, 그 이전, 아주 오래전부터
수만 년 내려오는 음성,
"생명의 나무, 지혜의 나무
두 그루의 나무가 신의 동산에 서 있었지.
우리 조상은 지혜의 나무 열매를 훔쳤어.
신은 생명의 나무 열매마저 위태롭게 될까
그들을 신의 동산 밖으로 내쫓아 버렸다."

그리고 그 후 어떤 사내가
그 먼 조상들의 유언을 좇아
지혜의 나무와 생명의 나무를 찾아 나섰다.
지혜의 나무는 탐욕과 과오의 본보기로
생명의 나무는 희망과 영생의 본보기로
삼기로 했다.

광야의 중간계 안개 낀 숲 속
신의 동산이라 해도 어울릴 듯한 어느 언덕에서
두 그루 나무를 발견했다.

그래서
하나는 지혜의 나무라
하나는 생명의 나무라
이름 붙여주었다.

안개 내린 호수의 기억은_ 일월

그는
지혜의 나무 밑에서
모두가 자기 가슴을 치며 탄식하게 하였고
생명의 나무 아래서는
영생의 희망을 바라는 합장을 하게 하였다.

그 후 사내들은
이전 사내들이 그러했던 것처럼
그 두 그루 나무 주위를
한시도 허술함이 없이 경계하는
파수꾼이 되었다.
그는 그렇게 지키는 자였고
그 지키는 자가 되기 위해서는
바로 앞 파수꾼을
신의 동산에서 쫓겨난 이의 장자가
살인자였던 것처럼
살해하는 살인자가 되었다.

그가 그러했듯이
언젠가 또 다른 그 누군가가
그 사내를 죽이고
그 자리를 차지할 것이다.

살해되는 사내.

그는 신과 인간의 세계 사이에 놓인

영생과 지혜의 나무를 지키는

파수꾼.

살인의 원죄를 진

파수꾼.

그리고 그 후손들을 위하여

자신의 목을 내놓는

어린양.

인간 세계 거주자들은

그 사내의 입을 통하여

신의 자비와 징벌의 음성을 들으며

그 사내들의 죽음을,

감사 제물을

신께 바친다.

- Before Christ -

17

카프카Franz Kafka_ 『성城, Das Schloss』

존재를 찾아가는 미로

"이 무슨 떠돌이Landstreider 작태란 말이오!"

"나는 백작님이 불러서 온 토지측량사Landmesser란 것을 말해 두겠소."

K는 누구인가, 나는 자신을 어떻게 정의할 수 있는가

주인공 K가 누구인지 명확히 입증할 수 있는 것은 별로 없다. 30대의 남자로 몹시 남루한 옷차림에 옹이 박힌 지팡이와 조그마한 배낭이 그가 가진 전부이다. 그가 늦은 저녁 성의 아랫마을 여관에 도착했을 때 성의 한 보조집사의 아들인 슈바르츠가 떠돌이와 같이 무례하다고 그를 다그친다. 그에 맞서 K는 자신이 베스트베스트 백작이 불러서 온 토지측량사라고 응대한다. 전후 상황을 따져 보았을 때, K는 토지측량사이기보다는 떠돌이에 가깝다. 그러나 이 성의 마을에 도착하여 자신을 토지측량사라고 선언함으로써 그때부터 그는 토지측량사가 '된다.' 그가 토지측량사라고 대답한 것은 슈바르츠가 떠돌이-Landstreider-라고 몰아붙이자 그와 유사한 발음의 토지측량사-Landmesser-라는 직업을 떠올렸을지 모른다. 어찌되었든 첫날 밤 그는 그렇게 자기 스스로를 정의하고 공표한다.

K는 과연 누구인가? K로 대표되는 모든 사람들은 과연 스스로를 누구라고 정의할 수 있는가? 도대체 '나'라는 존재를 어떻게 표현할 수 있을까? 나의 이름, 직업 아니면 그 무엇으로 나를 정의할 수 있는 것인가? 그것이 이 소설의 끝까지 이어지는 K에 대한 질문이고 모든 인간 존재에 대한 물음이다. 어쩌면 슈바르츠가 이야기하는 '떠돌이'이라는 단어가 K 아니 모든 존재를 가장 잘 표현해 주는 정의는 아닐는지. K의 이름조차 우리는 알지 못한다. 그저 K일 뿐. 우리 인간은 태어나는 순간부터 떠돌이가 아니었던가. 우리 자신이 누구인지를 찾아 헤매는 떠돌이.

자신의 존재는 더 이상도 더 이하도 아니다. 자신의 표현이 자신의 존재를 정의한다. 주변 환경은 표현되는 존재를 합리화시킬 수 있을 정도의 여러 가지 선택 가능한 상황들을 항상 제공한다. 그러나 그러한 존재 표현이 반드시 내 자신 존재라고 말할 수는 없다. 또한 역으로 그러한 존재의 표현이 반드시 내 존재가 아니라고도 이야기할 수는 없다.
그의 존재 정의는 언제든지 상황에 의해서 바뀔 수 있는 매우 유약한 표현일 뿐이다.

하룻밤만 늦게 왔어도 모든 일이 다르게, 조용히, 사람들에게

거의 알려지지 않은 채 진행될 수 있었을 텐데. 어쨌든 아무도 그에 관해 몰랐을 것이고 의심도 품지 않았을 테니, 적어도 그를 뜨내기 일꾼쯤으로 여겨 하루 정도 묵게 하는 데 주저할 사람은 없었을 것이다. 그러다 보면 그가 쓸모 있고 신뢰할 만한 사람이란 것을 알아보았을 테고, 주변에 소문이 돌아 십중팔구 그는 곧 어느 집의 하인이 되어 거처를 얻었을 것이다.

성-Das Schloss-은 닫혀있다, 속을 드러내 보이지 않는다. 그러나 모든 것을 통제한다.

독일어 'Das Schloss'의 동사 'geschlossen'이 '닫히다'라는 의미인 것처럼 성은 자신의 존재를 결코 드러내지 않는다. 마을 사람들은 함부로 성에 들어갈 수 없다. 오직 허가받은 메신저들만이 성에 드나들 수 있다. 그러나 그 메신저들조차도 성의 전체 구조와 체계를 파악할 수는 없다. 단지 자신에게 주어진 임무만을 수행할 뿐이다. 주인공 K는 집요하게 성과 접촉을 하려고 안간힘을 쓴다. 성에 속한 인물인 클람을 포함한 관리들조차도 거대한 그 성으로부터 주어진 하나의 역할만을 수행하는 대리인일 뿐이다. 성주인 베스트베스트 백작도 소설의 도입부에 한 번 이름이 거론될 뿐 더 이상 나타나지 않는다. 그만큼 성이란 자신을 드러내지 않는다.

성은 순간적으로만 볼 수 있고 느낄 수 있는, 결코 온전히 다다를 수 없는 대상이다. 모든 이가 누구든 쉽게 성에 드나들 수 있다면 성을 중심으로 생활하는 마을 주민, 비서들, 심부름꾼들의 특별한 존재 의미는 없어질 것이다. 그러나 그 대상이 함부로 침범할 수 없기에 오히려 그 성과 연관된 모든 존재들은 그 이유를 갖는다.

클람은 멀리 있었다. 전에 한 번 여주인이 클람을 독수리에 비유했을 때 K는 그것을 우습게 생각했는데 지금은 더 이상 아니었다. 멀리 떨어져 닿을 수 없는 그의 존재, 난공불락의 요새와 같은 그의 거처, 아마도 K는 아직 한 번도 들어보지 못한 외침에나 중단될 것 같은 그의 침묵, 결코 입증할 수도 반박할 수도 없는 내리꽂는 듯한 그의 시선, 그가 저 위에서 불가해한 법칙에 따라 그리고 있는, 그래서 K가 있는 낮은 곳에서는 결코 파괴할 수 없고 단지 순간적으로만 볼 수 있는 그의 권역을 떠올려 보았다 - 그 모든 것이 클람과 독수리에게 공통된 점이었다.

성에 대해서는 확신할 수 있는 것이 없다. 단지 클람이란 대리인에 의해 추측만이 가능할 뿐이다. 우리 주변에 확신할 수 있는 것이 과연 있는가. '닫혀있는' 성, 그것은 우리가 생각하는 모든 존재 대상의 비유일 수 있다. 추측만이 가능하여 두려운 불확실한 대상들. '생각하는 나'를 벗어나면 모든 것이 성과 같다. 생각하는 '나'라는 존재 또한 그 안과 밖의 경계를 정의하기도 모호하지 않은가. 그러고 보면 어느 것 하나 확실하게 장담할 수 있는 것이 없다는 것이 옳은 판단일 수 있다. 이 판단조차도 시간이 흐름에 따라 불확실해지겠지만.

등잔불을 향해 달려드는 불나방처럼 모든 이가 성을 향해 달려든다.

K가 성으로 더 가까이 다가가고자 하는 이유는 무엇인가? 자신이 측량사임을 입증받기 위해서? 아니면 무엇 때문에 그는 그렇게도 성에 가고 싶어 하는 걸까? 성이란 그에게 그만큼의 의미가 있는 존재인가. 어떻게 해서 K에게 성은 그러한 존재로 부각이 되었는가.

그것은 자신의 존재를 성으로부터 명확히 인정받을 수 있다고 확신했기 때문이다. 자신의 존재가 불명확한 것보다 괴로운 것은 없다.

어떠한 목표를 향해 나아갈 때 우리는 길을 잃는다. 열심히 목표를 쫓다보면 어느 순간 나 자신은 사라지고 불명확한 목적만이 남는다. 그런데 그 목적-대상-조차도 도무지 이유가 무엇인지 알 수 없어진다. 그저 무의식중에, 아니면 응당 당연히 존재하리라고 믿고 갈 뿐이다. 무언가는 있으나 무언지 모르는 안타까움. 그 확신적 느낌과 불확실한 이성 사이의 간극은 더욱 넓어진다. 그러한 목적-대상-에 대한 혼란스러움을 겪으며 차츰 자기 자신조차 누구인지 잃어버린다. 목적과 자아가 혼란스럽게 뒤섞인다. 그저 성에 다다르기만 하면 무엇이든 얻을 수 있을 것이라고 생각한다.

대상이 무엇인지 모르면서 더욱더 집착해 가는 것. 모든 것을 희생하고 이용하면서 쟁취하고자 하는 그 대상이 모호하다. 결국 얻고자 하는 것이 별 의미가 없을 수 있다는 것. 그 대상은 나에게 의미를 전혀 두지 않고 있고, 나만 골몰하며 애를 쓴다. 성의 의미가 결국은 K에 의해 가정되어지고, 허물어지기를 반복한다. 우리에게 모든 의미인 성은 자신이 세우고 또한 허무는 것이다. 그렇지만 이제 더 이상 포기할 수도 없다.

> 클람은 이곳에 넘쳐흐를 지경이에요. 너무 많이 있다고요. 그에게서 벗어나기 위해 이곳을 떠나려는 거예요. 클람이 아니라 당신이 없어서 안타깝단 말이에요. 나는 당신 때문에 떠나려는 거예요.
> 결국 모든 점에서 자신이 잘못 생각했다는 것을 깨닫게 될 거라고요. 이제까지 당신이 품었던 가정과 희망, 클람에 대한 관념과 그와 나의 관계에 대한 상상, 그런 게 모두 틀렸다는 것 말이에요.

목표를 향해 나아간다는 것은 결코 만족을 주지 않는다. 성을 향해 부단히 나아가고 일부 성취를 한다. 그것은 주변의 사람들에게 분명 인정받을 수 있는 결과이다. 그러나 당사자는 거기서 의미를 찾고 만족하지 못한다. 결코 다다를 수 없는 '목표-성-'라는 것이 모든 대상 자체의 본성이 아닐까. 끝없이 갈구하게 하지만, 결코 만족을 선사하진 않는 것. 그럼으로써 목표-성-는 자신만이 신비하고 고상하게 남는 것일까.

우리들은 불나방과 같지 않은가. 끝없이 달려들고 애를 써서 조그마한 성취를 얻으나, 다시 지쳐버리고 의욕을 잃는다.. 그러나 포기하지 못하고 다시 그곳에서 의미를 찾고자 무모하게 덤벼든다.

그 절대적인 대상은 가끔씩 우리에게 사소한 '의미'를 던져준다. 그 사소한 의미는 온갖 열정과 기대를 모두 걸고 기다리고 있던 자에게는 새로운 세계를 열어주는 문고리와 같은 희망이다. 사람의 일이라는 것이 모두 그러한 기대와 실망의 확대와 감소라는 끊임없는 파동 속에 갇혀 있는 듯하다. 심부름꾼, 메신저에겐 단조로웠던 그 의미가 K에게선 다시 증폭되어진다. 그 절대적 대상-성-으로부터 무언가 의미-편지-가 전달되어진 것만은 사실이다. 그러나 그것이 성의 관청에서의 의미와 심부름꾼에게의 의미와 마지막 K에게서의 의미는 각기 다르다. 어떤 이에게는 단순한 몇 마디를 적은 쪽지일 수 있으나 어떤 이에게는 새로운 세계를 열어줄 정도의 큰 의미일 수 있다.

어떻게 이러한 의미의 파동이 이루어지는가. 그 전달되어지는 작은 편지의 이면을 이루는 모든 인간들의 사연과 존재를 상상하는 것은 불가능하다. 누군가 편지를 썼을 것이고, 또 누군가가 심부름꾼에게 전달했을 것이고, 다시 그 편지는 K에게 전달되어 새로운 기대를 갖게 한다. 편지라는 매개체는 시간을 따라 흘러가면서 그 편지와 연관된 사람들의 행동과 감정들을 일으킨다. 그러나 그 드러나는 현상 이면에 또 얼마나 많은 사연들이 얽혀 있겠는가.

> 편지들은 스스로 끊임없이 스스로의 가치를 변화시키고,
> 편지들이 불러일으키는 생각은 끝이 없어요. 그러다가
> 생각이 어디에 멈추는지는 우연에 의해 정해질 뿐이므로,
> 어떤 의견을 갖는 것 역시 우연한 것이지요.

떠돌이Landstreider는 자신의 존재를 찾고 싶어 한다. 자신의 존재를
확인할 수 있는 길은 '성Das Schloss'에 접촉하는 것이다. 그러나
그 성은 항상 겨울과 같이 어둡고 춥다. 자기 스스로를 닫고-
geschlossen- 감추고 있다.
우리는 자신의 존재를 찾아 떠나는 눈 덮인 어두운 여행길에서
어느 순간 비추어지는 가녀린 빛으로 기뻐한다. 그러나 그 고난의
여정 속에서 내가 찾고자 하는 것이 무엇인지를 다시 잃어버리기도
한다. 우리는 자신의 존재를 결코 찾을 수 없을지도 모른다.
그럼에도 불구하고 우리 인간의 운명은 자신의 존재를 찾아
끊임없이 나서야만 하는 떠돌이인 것이다.

> 여기는 겨울이 길어요. 아주 길고 단조롭죠. … 글쎄,
> 언젠가는 봄이 오고 여름도 올 테니 그 모든 게 나름의 때가
> 있는 법이겠죠. 그러나 지금, 내 기억 속에서는 봄과 여름이
> 어찌나 짧은지 이틀 정도밖에 안 되는 것 같아요. 그리고 그
> 이틀조차 아무리 화창한 날이더라도 눈이 내리곤 해요.

안개 내린 호수의 기억은_ 일월

습지는 아득히 펼쳐지고_ 이월

18

그리그 바이올린 소나타

새해 아침 겨울바다

겨울 새벽 정적의 바다
그 위에 달빛만이 은은하다.
북유럽 노르웨이의 겨울바다
고요하고 찬 기운이 하늘과 해변을 얼렸다.

새해를 겨울로 맞이할 수 있다는 것이 어쩌면 행운인지도 모른다.
차가운 겨울은 나를 웅크리게 하지만, 그만큼 나의 내면을 들여다
볼 수 있도록 이끌어준다. 만약 새해 1월의 시작이 여름이었다면,
가을이었다면, 봄이었다면 어땠을까? 모든 잎사귀들이 떨어지고
앙상한 뼈마디를 드러낸 겨울나무를 보고 있노라면, 찬바람이
가득한 겨울바다를 바라보고 있노라면 모든 겉치레를 벗어 버릴
수밖에 없다.

노르웨이 출신의 작곡가 그리그Edvard Hagerup Grieg의 《바이올린
소나타 3번》은 북유럽 노르웨이의 춥고 고요한 바다를 연상케
한다. 곡은 당연히 바이올린과 피아노의 이중주이다. 차갑고
예리한 겨울을 표현하기에 바이올린만큼, 피아노만큼 적절한

악기가 또 있을까?

월광月光이 비치는 춥고 고즈넉한 겨울바다를 바라보며 서 있다. 스칸디나비아 반도 바다의 서늘한 한기가 들이닥치며 전해져 오는 기분을 1악장에서 느낄 수 있다면, 2악장에서는 가요풍의 로만짜Romanza가 부드럽게 이어진다. 바이올린 소나타에서 많이 볼 수 없는 도입부 피아노의 긴 독주로 시작된다. 그리고 이어서 어울려 들려오는 바이올린의 소리는 북유럽 바닷가 어느 작은 마을의 아름다운 이야기를 들려주는 듯 애절하기도 하고, 감미롭기도 하다. 이어지는 3악장은 열정적으로 시작하여, 더욱 자신의 내면을 들여다보도록 이끌어 준다.

눈 덮인 하얀 겨울은 나의 가식 없는 속마음이다. 새해가 모든 것들을 내려놓고 벌거벗은 모습으로 시작할 수 있도록 우리에게 마련되어져 있음에 신께 감사드린다. 다시 시작이다. 지난 환희와 슬픔들을 다 차가운 바다에 던져버리고, 모든 것을 비우고, 다시 새롭게 시작이다.

19

아파트

오전 11시… 12시… 1시… 2시……
콘크리트 건물 사이로
흐르는 시간이 두텁다.

나를 둘러싼
빈틈없이 꽉 차 있는 회색의 공기
그 무거운 공기는 1시간에 10센티도
움직이지 않는 듯싶다.

그래도
시간은 동에서 서로 계속 굴러간다
무거운 시공을 힘겹게 가로지르는
새 한 마리
땅 위의 사물들은 변함없이 대지에 붙어서
서에서 동으로 돌아갈 뿐이다
그 거대한 중력에 현기증이 인다.

아파트의 하루는

습지는 아득히 펼쳐지고_ 이월

3시가 넘어가면서 다시 시작된다
초등학교 아이들이 돌아오면
새들을 몰아내고
아이들의 움직임이 아이들의 소리들이
채우기 시작한다.

잠잠히 눌러 앉아 있던 대기가
회오리 돌며 흩어져 날아오르고
새들은 푸드덕거리며 멀리
뒷동산으로 숨어들어간다.

아버지와 바다

이제는 낚시를 해 봐야 할 때가 된 듯싶다.

아버지는 낚시를 사랑하셨다. 아니, 어쩌면 사랑하였다는 말로써는 부족하다. 낚시에서 마음의 휴식을 찾았고, 자신만의 시간을 가졌으며, 자신을 만나신 듯싶다. 그래서인가, 우리 가족은 바닷가로 이사를 많이 다녔다. 어렸을 적 아버지가 낚시를 다녀오실 때의 인상이 기억에 남아 있다. 아버지는 주로 홀로 밤낚시를 즐기셨는데, 낚시를 가시기 전에도 많이 지쳐 계셨고, 돌아오실 때도 지쳐서 오셨다. 그러나 출발하시기 전은 색깔이 번잡하고 조화롭지 못한 얼룩으로 덮여 있는 걸뜨고 곤두선 회색 기운의 모습이셨다면, 집에 돌아오셨을 때의 모습은 짙은 황갈색과 같은 묵직하지만 분명한 색깔의 기운을 띠셨다. 마치 온 몸과 마음에 산란하게 펴져있던 더러움과 혼란스러움을 응집시켜 하나로 모아 토해내듯 했다. 해 뜰 녘에 귀가하신 아버지는 더러운 기운을 뱉어 버리고 맑은 모습으로 기절하듯 쓰러져 잠이 드셨다.

그때는 몰랐다. 아버지에게 바다가 무엇인지, 그리고 낚시가 무엇인지. 솔직히 이야기하자면, 지금도 모른다. 나에게 바다란 관념

속의 두려운 존재일 뿐, 그 바다를 느껴보지도 깊이 들여다보지도 이해하지도 못하고 있다는 것이 솔직한 고백일 것이다. 그저 해안가를 맴돌며 바라볼 뿐이다.

사람은 누구나 갈망하는 대상이 있다. 나에겐 아버지가, 바다가 그러한 존재이다. 아버지 생전에 나에게는 아버지가 이 세상에서 대하기 가장 두려운 존재였다. 그 두려움을 깨고 깊이 만나 뵙기 전에 아버지는 이 세상을 떠나셨다. 그러나 그 두려운 만큼 진정으로 느끼고 싶고 더 알고 싶고 하나가 되고 싶은 존재였다.

헤밍웨이가 나이 52세에 쓴 소설인 『노인과 바다』를 읽으며, 아버지의 낚시하시는 모습을 간접적이나마 엿볼 수 있었다. 해안이 보이지 않을 정도로 멀리 나간 노인 산티아고의 모습이 현실의 번잡함에서 벗어나고 싶어 하셨던 아버지의 모습과 중첩된다. 산티아고의 독백 그리고 청새치와의 대화는 아버지의 것이기도 했을 것이다. 며칠 밤낮에 걸친 청새치와 상어들과의 결투 끝에 빈손으로 돌아와 자신의 침대에 쓰러져서 깊고 깊은 잠 속으로 침잠해 들어가는 산티아고 노인의 모습은 밤낚시에서 모든 혼탁한 더러움을 다 털어내고 녹초가 되어 귀가했던 나의 아버지의 모습이기도 하다.

너무 거대한 존재는 두렵다. 그러나 두려움은 그 대상에 깊이 낚싯대를 드리우고 그 안에서 꿈틀거리는 대상을 느끼고자 하는 감각의 노력으로 차츰 사그라들 것이다. 직접 접하고 들어가 보지 않고서는 그 두려움은 더욱 막막해질 뿐이고, 갈망은 더욱더 나를 갈증 나게 할 것이다.

돌아가신 아버지에 대한 갈증을 온전히 풀 수는 없다. 아버지와 취하도록 술을 마시고 싶다. 아버지를 있는 힘껏 안아 보고 싶다. 그리고 아버지의 넓은 어깨에 기대어 울고 싶다. 그러나 이제는 할 수 없다. 그러나 깊고 넓은 푸른 바다를 생각한다. 나에게 물려주신 '바다'. 아버지는 유언대로 한줌 재가 되어 바다에 뿌려지셨다.

올가을에는 바다에 낚싯대를 드리워 봐야겠다. 낚싯대에 감각을 예민하게 집중하며 깊은 바다 속 움직임을 느껴봐야겠다. 그리고 바다 건너 저편 어딘가에서 낚시하고 계실 아버지를 그려봐야겠다.

아침에 소년이 오두막 안을 들여다보았을 때 노인은 여전히 자고 있었다. 바람이 너무 거세게 불어서 큰 유자망 어선들조차 바다로 나가지 않을 상황이었으므로 소년은 늦게까지 잠을 자고는 매일 아침 하던 대로 노인의 오두막을 찾아온 것이다. 소년은 노인이 숨을 쉬고 있는지 확인했다. 그런 다음 노인의 두 손을 보고 울기 시작했다. 소년은 아주 조용히 오두막을 나와 커피를 가지러 갔다. 길을 따라 내려가는 내내 소년은 울었다.

- 헤밍웨이 『노인과 바다』 中

21

세상에서 가장 나약한

아버지의 이름-Nom du père-은 아버지의 부-否, Non du père-
이다. 아버지는 '아니다'라는 부정과 '하지 마라'는 명령을 내리는
자이다.

엄마를 두고 어린 아이가 아버지와 맞서려고 하지만
아버지는 위협하고 엄마와 아이의 유착관계를 끊어버린다.
아버지는 아날로그적인 유착관계를 규정과 기호에 의해서
분절articulation시킨다. 근친상간을 금지하는 근거나 기준이
무엇인지도 모른 채 아이는 그것을 받아들이도록 강요당한다.
이렇게 아이는 부조리를 승인하고 받아들이는 오이디푸스
콤플렉스의 극복과정을 통해서 어른이 된다. 즉, '할 수 없음',
'해서는 안 됨'이라는 외부의 규정에 굴복하는 자신의 무능력을
인정함으로써 비로소 어른이 되는 것이다. 이러한 규정에 굴복하지
못할 때, 근친상간적 성 본능에 고착되고 유아기로 퇴행하는 모습을
보이는 정신병자가 될 수 있다.

그만큼 최고의 위치에 있던 '아버지'의 위상은 사회에서 물러나야
하고 아이들이 커가면서 급격히 떨어진다. 사회적 위치의 역할이

강했기에 그 사회에서의 지위 상실로 인한 추락도 심하다. 오히려 어머니의 위치는 시간이 흘러도 변함이 없다. 상대적으로 주변의 모든 것이 허물어져 내릴 때 유일하게 남아 더욱 강해 보이기까지 한다.

아버지는 단단한 알껍데기와 같다. 그 안에서 생명이 생기도록 해주고 무르익고 단단해질 때까지 외부로 나갈 수 없도록 금하지만, 그만큼 외부의 공격도 막아준다. 그러나 시간이 흘러 그 어느 때가 다가오면 껍질은 균열을 일으키고 갈라져버린다. 그 말라비틀어져버린 알껍데기만큼 초라한 것도 없다. 그것이 어쩌면 모든 아버지들의 마지막 모습일지도 모르겠다.

하이데거Martin Heidegger는 현대를 **_고향상실의 시대_**라고 이야기했다. 세계가 황폐해지고 신들이 떠나버렸으며 대지는 파괴되고 인간들의 정체성과 인격은 상실된 채 그저 대중의 일원으로 전락해 버린 시대. 뿌리를 잃고 부유하는 먼지 같은 존재에게는 고향도, 그리고 고향집을 지키는 아버지도 더 이상 없다. 그러나 그러한 현대사회는 더 많은 것들을 아버지들에게 요구한다. 그렇지만 그들은 더 이상 규정과 기준을 잡아주는 부정否의 역할을 못하는 처지가 되어가고 있다.

  아버지가 위대한 분이라는 건 아니다. 윌리 로먼은 돈도 많이 벌지 못했고, 그리고 신문에 이름이 난 적도 없어. 출중하게 잘나지도 못했고 정말 좋은 분도 아니지만 네 아버지 역시 인간이야. 그런 아버지에게 지금 무시무시한 일이 일어나고 있다는 사실을 알아야 해. 그래, 아버지가 늙은 개처럼 땅속에 묻혀야 옳단 말이냐? 그건 안 돼. 그런 불쌍한 분을 저대로 내버려 두다니, 안 된다.

- 아서 밀러Arthur Asher Miller 『세일즈맨의 죽음』 中

현대라는 세계에서 나약한 한 사람일 뿐인 상대적인 존재. 아이들이나 마찬가지로 자신의 중심을 잡지 못하고 부유하는 존재. 아버지가 이제는 아이들에게도 이해해 주어야 하는 나이든 사람일 뿐이라고 설득해야만 하는 대상이 되어 버린 듯싶어 씁쓸하다.
자녀에게 이해를 구하게 되면 더 이상 부조리한 규정을 그대로 승인하라는 강요는 할 수 없을 것이고, 자녀들이 가정과 사회에서의 책임과 역할을 제대로 몸에 익혀야 하는 오이디푸스 콤플렉스의 극복도 제대로 할 수 있을는지 의심스럽다.

아버지 존재의 무너짐은 그래서 씁쓸한 시대 현상일 뿐만 아니라 중대한 인간 성장, 사회구성의 위협이 되는 체계의 붕괴와 같다. 가정의 테두리 밖에서 아버지의 절대적 부정좀의 역할을 대신해 줄 수 있는 존재를 과연 찾을 수 있을까.

#22

사진_ B40Y

빛바랜
사진
속

아버지는 나보다
어리다
나는 아들보다
어리다

시간은 빛바래
어리어져 간다.

23

나와 아들

사랑하면서 사랑받지 못하는 것처럼 무서운 일은 없어요!

- 이반 투르게네프Ivan Turgenev 『아버지와 아들』 中

나도 아버지를 어려워했었다. 아니, 더욱 솔직히 말하자면, 아버지를 꽉 막힌 답답한 인간이라고 여겼다. 그는 내 마음을 전혀 이해해 주지 못했으며, 자신의 주장만을 강요하였다. 극과 극이 대립하듯, 대립하는 사상들이 서로를 수용하지 못하여 서로를 황폐화시키고 말살시키듯, 나와 아버지는 그러했다. 그 앞에서 나는 항상 질 수밖에 없었다. 그가 모든 권력을 쥐고 있었기 때문이다. 그는 나를 낳고 먹였고 입혔으며 가르쳤다. 그래서 어쩌면 더욱 그의 주장을 받아들일 수 없었는지도 모른다. 아니다, 받아들이고 싶지 않았다. 아무리 올바른 이야기를 한다고 해도.

어느 날 아들을 훈계했다. 아들은 계속되는 나의 꾸중을 견디다 못해 동물 같이 소리를 질렀다. 그리고 자신의 방 안으로 깊숙이 들어가 자신의 물건들을 마구 집어 던졌다. 나는 나의 훈육을 받아들이지 못하는 짐승 같은 아들의 모습에 미칠 것만 같았다.

'내가 이 놈을 어떻게 생각하는데, 이 놈이 나한테 이렇게 한단 말인가.'

아들을 이겨내지 못하는 나 자신의 한계를 느꼈다. 이미 아들은 나에게 맞설 수 있을 만큼 자랐다. 시간은 흐른다. 유물론자들은 과거도 없고, 미래도 없고 단지 현재만이 우리에게 존재한다고 하지만, 그렇지 않다. 지금 나의 현재의 모습은 과거도 미래도 함께 담고 있다. 시간은 어두운 저 멀리로부터 다시 반대편의 암흑으로 끝도 없이 뻗어 있는 일직선의 모습이 아니라, 나를 중심으로 휘감겨 있는 실타래와 같다.

짐승처럼 울부짖는 아들 앞에서 나는 또 다른 아들이기도 했고, 아버지이기도 했다. 그리고 내 아들이 먼 훗날 또 다른 짐승 같은 자신의 아들 앞에서 당황할 모습을 떠올린다.

아버지와 아들 사이에는 사상도 시간의 단절도 없다. 그들은 구분할 수 없는 하나이다. 과거의 나 자신이 현재의 아들이고, 미래의 아버지가 된 아들이 현재의 나 자신이다. 그들은 조각난 거울과 같아 깨어진 부분이 서로에게 상처를 줄 수 있지만, 신표信標와 같이 서로 그 상처를 맞물려 결합하였을 때, 온전히 상대를 받아들여 하나가 될 수 있는 존재들이다.

24

사순四旬

그리하여 사십 일 동안 밤낮으로 땅에 비가 내렸다.

- 『성경』《창세기》 7:12

너는 잘 알아두어라. 너의 후손은 남의 나라에서 나그네살이 하며 사백 년 동안 그들의 종살이를 하고 학대를 받을 것이다.

- 『성경』《창세기》 15:13

모세는 그곳에서 주님과 함께 밤낮으로 사십 일을 지내면서 빵도 먹지 않고 물도 마시지 않았다. 그는 계약의 말씀, 곧 십계명을 판에 기록하였다.

- 『성경』《탈출기》 34:28

엘리야는 일어나서 먹고 마셨다. 그 음식으로 힘을 얻은 그는 밤낮으로 사십 일을 걸어, 하느님의 산 호렙에 이르렀다.

- 『성경』《열왕기 상권》 19:8

그때에 예수님께서는 성령의 인도로 광야에 나가시어, 악마에게 유혹을 받으셨다. 그분께서는 사십 일을 밤낮으로

단식하신 뒤라 시장하셨다.

- 『성경』《마태오 복음서》 4:1

이스라엘 민족에게 40은 절대자가 부과해준 단련과 정화의 숫자이다. 가톨릭은 지금도 40을 중히 여겨 매년 부활절 전까지 사순 시기를 지낸다. - 정화淨化의 사순시기 - 그 40의 첫 번째 날은 머리에 재를 얹으며 시작된다.

왜 40이냐는 이방인의 질문은 무의미하다. 그들에게는 그들의 지나온 역사에서 그 숫자가 특별히 나타나 도드라져 보이고, 중요한 사건들에 그 숫자가 따라 붙었다. 그렇다면 나에게 중요한 숫자, 중요한 사건은 무엇이었고, 앞으로 무엇일까. 40이 지난 나, 인생의 중턱에 서서, 지금까지는 무엇이 되기 위해서 지내온 날들이며, 앞으로 남은 날들은 무엇을 위한 날들인가. 나도 또 한 번의 정화의 시기를 맞을 준비를 해야 하는가. 그렇다면 그 정화의 목적은 무엇인가. 절대자를 만나기 위함인가, 나를 만나기 위함인가 아니면 그러한 의식-의미-조차 필요 없는 것인가. 나이는 그저 숫자에 불과하다고 무시해 버리면 그만일까.

절대 그렇지 않다. 나이는 중요한 숫자이며, 숫자가 나이에 의미를 부여한다. 그 나이에 해야 할 무언가가 반드시 있는 것이다. 우리는 뜨겁게 달구어진 붉은 인두로 한 해 한 해 숫자를 이마에 새겨가고 있다. 우리는 그 숫자에 책임을 져야 한다.

습지는 아득히 펼쳐지고_ 이월

25

건너뜀_ 초월

百尺竿頭進一步 백척간두진일보
十方世界現全身 시방세계현전신

100척이나 되는 장대 끝에서 한 걸음 더 나아가면
시방세계가 자신 전체를 드러낸다.

- 도원桃源 『경덕전등록 景德傳燈錄』 中

키에르케고르의 **절대적 초월-*depassement absolu*-**. 텅 빈
영혼의 불안이 주는 죽음의 고통으로부터 벗어날 수 있는 '신앙', 신
앞에 단독자로 마주서서 믿는 행위.

하이데거의 **초월, 탈존-*Transzendenz, Ek-sistenz*-**. 세인Das Man이
아닌 단독자인 나에게 불안을 통하여 다가오는 심연적 존재의 말에
응답함으로써 존재자 전체가 그 자체로서 자신을 드러내는 사건.

불안에서 '한 발만 나서면' 세계 모든 사물이 내 안에서 그 의미를
드러내며, 자기 존재의 깊은 진실에 마주할 수 있게 된다. 그런데
그 '한 발 나서기'가 결코 자발적 의지로써만 가능하지는 않다는

사실이다. 신이 내린 은총이고, 심연의 존재가 말을 걸어 주어야 하는 것이다.

그 부름에 어떻게 응답하며 나서느냐에 따라 모든 존재, 세상과 내가 하나가 될 수도 있고 아니면 불안의 궁극적인 원인인 '죽음'의 나락으로 떨어질 수도 있다.

그가 말했다.
벼랑 끝으로 오라.
그들이 대답했다.
우린 두렵습니다.
그가 다시 말했다.
벼랑 끝으로 오라.
그들이 왔다.
그는 그들을 밀어버렸다.
그리하여 그들은 날았다.

- 기욤 아폴리네르Guillaume Apollinaire
〈벼랑 끝으로 오라〉최인호 譯

26

예수 유다_ 패러독스

빛과 그림자

> 그분께서는 근심과 번민에 휩싸이기 시작하셨다.
>
> (…)
>
> "아버지, 하실 수만 있으시면 이 잔이 저를 비켜가게 해
> 주십시오."
>
> - 『성경』《마태오 복음서》 26:37, 26:39

예수님께서 수난 전날 밤 겟세마니 동산에서 '근심과 번민'에
휩싸이셔서 세 번을 반복하여 위와 같이 기도하신다. 한역 성경의
'근심과 번민'은 라틴어 성경의 원어 'contristari et maestus
esse'로 이를 좀 더 직역하자면 '압박과 슬픔의 심정'이다. 예수님은
아버지-Pater-를 애타게 찾는다. 그러나 아버지는 아무 응답이
없으시다. 그 절대 단절의 상황에서 예수님은 지극히 인간적으로
죽음을 고통스러워하고 슬퍼하신다.

파스칼Blaise Pascal이 그랬다, 인간은 위대했기에, 그 추락은 더
비참하다고. 주님은 가장 높은 곳에서 가장 낮은 곳으로 인간을
대신하여 추락하신다. 임마누엘-Immanuel, Immanu 우리와

함께 계신, El 신-, 그는 홀로 버려진 고아와 같이 가장 비천한 인간이 되신다. 모든 제자들이 그를 배신하며 떠나가고, 대사제의 심문을 받고 빌라도 총독의 사형선고를 받으신다. 그리고 온갖 모욕과 채찍질, 가시 면류관을 쓰고 십자가를 지고 골고타-Golgotha, 해골터-에 오르신다. 그리고 십자가에 못 박히신다. 한 줄기 비참한 외침과 함께 돌아가신다.

"엘리 엘리 레마 사박타니?"

"저의 하느님, 저의 하느님, 어찌하여 저를 버리셨습니까?"

- 『성경』《마태오 복음서》 27:46

겟세마니의 기도에서부터 비아 돌로로사-Via Dolorosa, 슬픔의 길-, 골고타 십자가상 죽음까지, 그분은 철저하게 비천한 인간이셨고 철저하게 고독하셨다. 최후 십자가상에서는 아버지를 아버지라 부르지도 못하고 하느님God이라고 불렀을 뿐이다. 모든 것이 단절된 하루, 어둠의 하루가 그렇게 지나가고 죽음이 들이닥친다. 그분은 우리 죄를 대신하여 철저하게 던져진 보속補贖의 어린양이셨다.

우리는 그분에게서 배울 수 없다. 그분은 홀로 지극히 고독한 한 인간의 고통을 겪으셨기 때문이다. 단독자의 고통을 배울 수는 없다. 이성 너머의 그 길은 오직 믿고 따를 수 있을 뿐.

"나와 함께 대접에 손을 넣어 빵을 적시는 자, 그자가 나를
팔아넘길 것이다. 사람의 아들은 자기에 관하여 성경에
기록된 대로 떠나간다. 그러나 불행하여라, 사람의 아들을
팔아넘기는 사람! 그 사람은 차라리 태어나지 않았더라면
자신에게 더 좋았을 것이다." 예수님을 팔아넘길 유다가
"스승님, 저는 아니겠지요?" 하고 묻자, 예수님께서 그에게
"네가 그렇게 말하였다." 하고 대답하셨다.

- 『성경』《마태오 복음서》 26:23~26:25

역사상 가장 지탄받는 사람, 영적으로 가장 소외된 사람.
누구에게도 가장 조롱거리가 되고, 아는 척을 두려워하며 피하고자
하는 사람, 영원히 깨져버린 그릇, 유다 이스카리옷. 이성의
논리로는 그 사람이 없었다면 예수님의 구속救贖 사업 자체가
이루어지지 못했을 것이고, 하느님의 계획하에 정해진 악역을
맡은 억울한 사람으로 볼 수도 있다. '왜, 저 자신이었어야만
했느냐.'라고 '왜, 제가 영원한 형벌을 받게 하셨느냐.'라고.

그가 바로 이성과 신앙의 경계에서 배회하고 있는 문제아이다.
우리는 어떻게 그를 초월할 수 있을 것인가. 그의 눈빛을 회피하는
것만이 능사는 아니다. 그를 무조건적으로 욕만 하는 것도 옳은
일은 아닐 것이다. 그에게 족쇄 채워진 이성과 신앙의 얽히고설킨
모순의 굴레는 우리들의 것이기도 하기 때문이다.

왜냐하면, 우리의 이성과 신앙 또한 골고타 언덕 위 나무 십자가에
매달리신 예수님과 아겔다마-Akeldama, 피밭-에 목매단 유다, 그
두 죽음 사이 어딘가를 계속 배회하고 있기 때문이다.

27

사라마구José Saramago_ 『카인』

진리란 무엇인가?

이것에 대해서 사라마구는 성경 구약의 인물 카인을 주인공으로 줄기차게 하나님-가톨릭에서는 '하느님'이라고 하지만 본 번역서에서 '하나님'으로 번역하였기에 그대로 따른다. 영어는 God, 독일어는 Gott, 포르투갈어, 라틴어는 Deus로 모두 동일하게 쓴다. 유독 우리나라만 '하나님', '하느님'을 구분하여 편을 가른다-과 씨름한다. 구약의 많은 사건들을 소재로 카인은 하나님의 온전함-무오류성-을 공격한다. 소설의 제사에서도 언급하였듯이 작가는 성경을 '도무지 말이 안 되는 책'이라고 비아냥거리면서 글을 시작한다.

'선악을 알게 하는 나무 열매를 먹은 가증스러운 죄'를 지어서 에덴동산에서 쫓겨난 아담과 하와의 첫째 아들로 태어난 카인은 농부였다. 그러나 하나님은 카인의 제물을 기꺼워하지 않고 그의 동생인 아벨의 제물인 어린 양만을 받아들인다. 결국 카인은 그런 동생을 시기하여 인간 최초의 살인자가 된다. 그것도 동생을 죽인 친족살해자.

이쯤에서 하나님이 카인에게 눈에는 눈, 이에는 이로 갚는 벌을 내려 그만한 응당한 대가인 죽음을 언도했다면 아마도 하나님은 비정하고 잔인하다는 욕은 들을지언정, 당신의 무오류성은 유지할 수 있었을 것이다. 그러나 하나님은 카인에게 유죄판결을 내렸으나 그의 이마에 표식을 해 준다. 그러면서 이렇게 말씀하신다.

이것이 네가 유죄판결을 받았다는 표다, 여호와는 덧붙였다, 하지만 동시에 네 평생 네가 내 보호와 책망을 받을 것이라는 표이기도 하다.

하나님은 카인의 이마에 표식을 그어주었다. 어떤 모양이었을까, 별모양, 아니면 삼각형, 사각형? 과녁과도 같은 십자 모양이 아니었을까. 그리고 그 표식은 평소에는 드러나지 않는다. 카인이 위험한 상황에 처하면 빛을 발한다. 하나님은 그에게 벌을 주었고 그러면서도 그를 보호하신다.

카인은 선악을 알게 된 이성을 가진 존재다. 이성을 가진 존재는 '하나님한테 등을 돌리는 자', '하나님을 부정하는 자'이며 그런 자들은 하나님의 권한 밖이라고 한다. 그리고 그러한 자는 더 나아가 '혁명적인 자'가 된다. 카인은 이렇게 이야기한다.

미래는 이미 적혀 있어요, 우리가 그것이 적힌 페이지를 읽는 법을 모를 뿐입니다, 카인은 그렇게 말하면서도 자신이 어디에서 이런 혁명적인 생각을 발견했는지 의아했다.

습지는 아득히 펼쳐지고_ 이월

'도무지 말이 안 되는' 많은 구약의 사건들을 '이성적인' 카인은 신랄하게 비판하며 하나님에 맞선다. 자신의 부모가 선악과를 따먹은 사건, 아벨 친족의 살인, 아브라함이 자신의 아들을 산 제물로 바친 사건, 바벨탑의 멸망, 소돔과 고모라의 파멸, 시나이 산 아래서 우상을 숭배한 이스라엘 동족을 무자비하게 죽임, 롯과 그의 딸들 간의 근친상간, 여호수아의 여리고 공격으로 남녀노소 몰살, 욥을 두고 악마와의 내기, 노아의 방주사건 등등 이 모든 것들이 하나님의 용인하에 이루어졌다고 카인은 조목조목 따지며 대든다.

카인은 인간 이성을 대표한다. 그는 뫼비우스의 띠와 같이 돌고 도는 공간을 건너뛰고, 현재, 과거, 미래의 시간을 넘나든다. 그래서 혁명적이다. 그리고 그 이성의 혁명은 하나님도 막을 수 없다고, 당신의 권한 밖이라고 말씀하신다.

이성적 판단, 오류가 없는 논리, 정의로부터 시작해서 공준과 공리를 거쳐 추론하여 '정리'에 이르는 것. 인간의 이성을 대표하는 유클리드Euclid 기하학. 이성의 고향, 그리스에서는 눈에 보이는 것의 가치를 매우 중요하게 생각했다. 아마도 그리스의 지중해 날씨와 환경의 영향이 클 것이다. 이글거리는 태양의 하늘, 푸른 지중해와 그 위의 알록달록한 섬들. 그래서 그들이 아름다운 조각상과 구조적인 신전들을 만들어냈던가.

성경에서도 예수님의 제자 토마스가 '보는 것'과 관련해서 유명한 일화를 남겼다.

"나는 그분의 손에 있는 못 자국을 직접 보고 그 못 자국에 내 손가락을 넣어 보고 또 그분 옆구리에 내 손을 넣어보지 않고는 결코 믿지 못하겠소."

(여드레 뒤 부활하신 예수님이 직접 그의 앞에 나타나 토마스에게 이르신다.)

"네 손가락을 여기 대 보고 내 손을 보아라. 네 손을 뻗어 내 옆구리에 넣어 보아라. 그리고 의심을 버리고 믿어라."

(…) "너는 나를 보고서야 믿느냐? 보지 않고도 믿는 사람은 행복하다."

- 『성경』《요한 복음서》 20:25~20:29

토마스가 예수님으로부터 핀잔은 들었지만, 이미 다른 제자들은 예수님을 직접 '보았다.' 비록 토마스가 의심 많은 사람의 표본이 되었지만, 보는 것만큼 믿음을 확실히 할 수 있는 방법도 극히 드물다. 그러기에 성경의 많은 부분에서 현실 또는 꿈속에서 하나님과 천사들이 등장하지 않는가.

'눈으로 보는 것'을 원칙으로 정리한 사람, 유클리드. 그의 저서 『원론』의 내용을 잠깐 보면,

정의(定意)의 예 : 점이란 부분을 갖지 않는 것이다.
공준(公準)의 예 : 임의의 점에서 임의의 점으로 직선을 그을 것.

공준은 자명한 명제로 요청되는 것이다. 이러한 단순하고 자명한 부품들과 구조의 레고 조각으로 성을 만들고 로봇을 만들어 가는 것이 이성의 모습이다. 그러나 그러한 이성의 구조에도 '임의성'들이 잔존하여 있다. '점'을 정의하는데 '부분'이라는 용어가 쓰였다. 그렇다면 과연 이 '부분'이란 또 무엇인가.

카인의 이성적 접근의 방식에는 근본적으로 이러한 임의성, 모호함, 무너질 수 있는 틈새가 존재한다. 굳건한 듯 보이고 또한 그 논리의 결과물들이 화려하게 만들어져 우리 눈앞에 서 있지만 그 결과물들을 무너뜨릴 수 있는 조그마한 틈새, 그 틈새가 항상 공존한다. 카인은 모든 사건에서 그의 이성으로 하나님을 공격하고 비판한다. 어찌 보면 너무 '인간적인' 하나님, 구약의 절대자는 마치 나이든 할아버지가 손자에게 꼼짝 못하듯이 이 소설 속에서 카인에게 쩔쩔맨다.

그러나 카인은 절대 하나님의 테두리를 벗어나지 못하고 있다. 그를 만든 이가 하나님이고, 절대자에 맞서 모든 것을 주장할 수 있을 뿐 새로운 것은 없다. 하나님이 만들어 놓은 세상 안에서 그 세상을 거부할 수 있을 뿐이다. 어쩌면 카인은 말도 안 되는 코미디 같은 연극 무대의 주인공일지도 모른다.

같은 구조와 정의 속에서만이 참과 거짓을 논할 수 있다. 장기와 체스가 한 판에서 대결할 수 없듯이 하나님과 카인의 논리는 너무나 달랐다.

인류의 역사는 우리와 하나님 사이의 오해의 역사이니,
하나님은 우리를 이해하지 못하고 우리는 하나님을 이해하지
못하기 때문이다.

이러한 서로 이해 못하는 관계를 청산하기 위해서 하나님 쪽에서
큰 결단과 행동을 하신다. 자신의 독생자를 처형하는 일이다,
그것도 인간의 손에 의해. 모순을 모순으로 돌파하려는 시도. 이
순간 다시 한 번 상기하고 싶다, '진리란 무엇인가?' 가장 최고의
정답은 하나님의 독생자 예수님이 총독 빌라도에게 심문 시에 한
답일 것이다, *아무 답을 하지 않은 답, 침묵*. 타인과 관계 지워지는
것들, 판단자가 사건에 포함되는 경우 그의 변론의 말과 글들은
결코 진리가 될 수 없다.

논리의 패러독스 : "모든 크레타인은 거짓말쟁이다."라고
크레타 사람인 에피메니데스가 말했다.

그들 가운데 한 사람, 바로 그들의 예언자가 이렇게 말한
적이 있습니다. "크레타 사람들은 언제나 거짓말쟁이, 고약한
짐승, 게으른 먹보들이다." 이 증언은 참말입니다.

- 『성경』《티토에게 보낸 서간》1:12

괴델의 〈제 2 불완전성 정리〉
수학이 모순이 없는 한 수학은 나의 무모순성을 자신으로는
증명할 수 없다.

습지는 아득히 펼쳐지고_ 이월

자기모순, 거짓말쟁이의 패러독스, 에피메니데스의 패러독스에서 빠져나올 수가 없다. 사건에 관여한 자는 결코 무오류하게 사건을 인지할 수 없다. 모순이 있어야만 무모순성을 증명할 수 있다.

빌라도가 예수님께 말하였다. "진리가 무엇이오?"

- 『성경』《요한 복음서》 18:38

니체Friedrich Wilhelm Nietzsche가 모든 역사를 통틀어 가장 세련된 말 - die grosste Urbanitat aller Zeiten - 이라고 부른 질문. 그만큼 가장 세련된 답변, 예수님의 침묵. 어쩌면 자기모순에서 탈출할 수 있는 최선의 방법이 아니었을까. 무오류로 나아가는 길, 침묵. 그 답이 진리일 것이다.

또한 우리가 '믿는다'면 구약의 하나님-무모할 정도로 인간의 사건에 건건이 개입하는-이 당신이 사랑하는 독생자 예수님의 간곡한 질문에 침묵했다는 패러독스를 믿는 것이다. 예수님은 십자가 처형 전날 밤, 하나님 아버지께 세 번이나 거듭하여 질문했다. 그러나 그의 아버지는 침묵한다.

"아버지, 하실 수만 있으시면 이 잔이 저를 비켜 가게 해 주십시오. 그러나 제가 원하는 대로 하지 마시고 아버지께서 원하시는 대로 하십시오."

- 『성경』《마태오 복음서》 26:39

주제 사라마구의 카인은 그가 죽인 동생 아벨의 반쪽이기도 하였고 혁명적인 자, 하나님을 부정하는 이성적인 존재이기도 하였다. 그리고 그를 벌하고 용서하며 많은 구약의 사건에 개입하는 하나님은 카인의 눈에 보기에는 오류투성이였다. 그 이성적 공격과 무모한 관여와 용서의 자기모순을 넘어서는 새로운 합일의 길은 침묵의 하나님, 자기 아들을 십자가에 처형하는 모순을 모순으로 대응하는 하나님을 믿는 것이다. 하나님은 이제 구약에서처럼 자신의 모습을 마구 드러내지 않으신다. 아들의 피 묻은 십자가 뒤에서 침묵하실 뿐이다.

부모의 선악과로부터 지식을 얻고 자신의 동생을 살해한 경험을 한 카인은 무오류에 덤빌 수 있는 무모한 용기를 얻었다. 그리하여 그와 그의 후손들은 과거와 현재와 미래를 계속하여 넘나들며 하나님을 판단할 것이다. 그러나 하나님은 약속하신대로 그들의 이마에 그어준 십자가 표식을 기억하며 그들을 보호할 것이다. 영원히.

따뜻하고 눈부신 아침햇살을 듬뿍 받으며 걷고 있지

가지는 하늘로 뻗고_ 삼월

28

니체의 아버지

여기 앉아, 기다리고, 기다린다 —

하지만 무無를 기다린다

선악의 저 너머, 햇살을 즐기기도

그늘을 즐기기도,

그저 장난 삼아서,

호수, 정오, 시간을 즐긴다 아무런 목적 없이

그때 갑자기 하나가 둘이 되었고 —

— 그리고 차라투스트라가 내 앞을 지나갔다……

- 니체 〈질스 마리아〉

그의 방황, 은둔, 고립. 아름다운 질스 마리아 실바플라나 호숫가 커다란 바위 그늘에서 시원한 바람이 그의 땀을 식혀주며 스쳐지나갔다. 홀로 가는 고독한 구도자 차라투스트라는 그에게 그렇게 다가왔다.

차라투스트라는 그에게 죽음에의 충동-Jouissance, 주이상스-을 느끼게 했다. 주어진 현재의 쾌락-선과 악-을 넘어서 태양을 향해 나아가라고 메피스토텔레스처럼, 광야의 사탄처럼 그를 유혹했다. 켈트의 전설을, 고귀한 주인의 도덕을 곁눈질하고, 비천한 자의 복음, 구원의 필요성을 저울질하며 극장을 열어 대중을 현혹하고 위협하고 조직한 바그너Wilhelm Richard Wagner, 그의 정신적 아버지에게 반항하라고 그를 유혹했다.

일찍이 다섯 살에 생부를 여읜 그는 28세에 자신의 최초 역작인 『비극의 탄생』을 바그너에게 헌정했다. 서문에서 그는 바그너에게 최고의 존경을 표했다.

> 내가 예술을 지상과제로, 예술을 인생의 본격 형이상학적
> 활동으로 여긴다는 것을, 이 길에서 앞서 간 나의 숭고한
> 선배 투사이자 이 자리를 통해 이 책을 헌정하고자 하는
> 사내를 본받아
>
> - 니체 『비극의 탄생』中

그러나 그는 어른이 되기를 거부했다. 오이디푸스 콤플렉스를 극복하지 못한 자, 아버지의 음악을, 통일 조국의 영광을 받아들이지 못한 자. 그는 예술미학을 추구하는 학자로서 바그너의 음악과, 그리고 프로이센의 아들로서, 비스마르크Otto Bismarck의 독일과 하나가 되었어야 했다. '아버지에 의해서 규정된 것들, 조상들로부터 물려받은 율법을 그대로 받아들여라. 불합리하더라도 그대로 승인해야 한다.' 그러나 그는 황금으로

건설되는 프로이센의 바벨탑을 등지고 돌아섰다. 눈을 부비며 그의 선각자가 달려간 바람 먼지 이는 황야 건너편 지평선을 바라보았다.

그는 전쟁과 통일의 국가적, 민족적 유토피아 건설 운동을 뒤로 하고 태양빛 빛나는 남국으로 도피했다. 아버지의 목소리, 아버지의 그림자를 벗어난 반항아. 그는 눈부신 정오, 반짝이는 물결의 호숫가에서 구도자가 부르는 소리를 들었고, 그 즉시 모든 것을 버리고 그를 따라 나섰다.

아버지를 거부한 왜곡된 오이디푸스. 그러나 그가 따르고자 한 구도자의 발걸음은 너무나도 빨랐고, 육신을 짊어진 그로서는 산과 들을 뛰어넘고 강과 바다 위를 나는 그를 쫓아갈 수가 없었다. 바벨탑을 등지고 날으는 차라투스트라를 육신이 만신창이가 되도록 쫓아 달렸건만, 그가 지쳐 멈춰선 곳은 환락의 유토피아도 아니요, 세상을 내려다보는 산정상도 아니었다. 그는 도시도 산도 보이지 않는 광야 한가운데 홀로 서있었다.

그는 그 광야에서 10여 년을 버티고 또 다른 10년 광인이 되었다. 그는 광야에서 도시를 욕하고 구도자를 애타게 찾았다. 그러나 다시 한 번 왜곡된 오이디푸스. 바그너의 음악을 비판할 수는 있어도 심정의 뿌리에서 그를 부정할 수는 없었던 것일까. 광야 20년. 그에게 버티며 투쟁할 수 있도록 해 준 힘은 그 아버지에 대한 반어법 같은 강한 부정否定이었다. 그 부정의 반작용으로 육신과 정신의 병고를 견뎌냈다. 그가 마지막으로 쓴 글도 『니체와 바그너』였다.

끝까지 아버지에게 맞서는 아들. 그 반항이 어쩌면 그 누구보다 아버지를 잘 알고 자신의 내부에 우뚝 세워 두었음은 아닐는지. 그 거대한 아버지의 모습에 두려움을 느끼며, 그리고 비판하고 불신하며 구도자의 고독한 도정에 열정의 불을 피울 수 있었던 것은 아닐까.

> 나는 이제 이전의 어느 때보다도 더 깊이 불신하게 하고, 더 깊이 경멸하게 하며, 더 깊은 고독 속에 홀로 있도록 선고해 버린 양심에 대해 비탄하면서. 왜냐하면 내게는 리하르트 바그너 외에는 아무도 없었기 때문이다……. 나는 언제나 독일인이기를 선고받았다…….
>
> - 니체 『니체 대 바그너』 中

29

그림 그리기

개별화 · 선 · 유혹 · 도취 그리고 그리기

개별화個別化

포효하는 바다, 사방에서 산더미 같은 파도가 끊임없이
솟아오르고 곤두박질치며 부서지는 바다에서 뱃사람이
나룻배, 허술한 조각배에 몸을 의지한 채 앉아있다. 이와
같이 인간은 외로이 개별화의 원리에 몸을 기대고 의지한 채,
고통으로 가득한 세계에 고요히 앉아 있다.

- 쇼펜하우어Arthur Schopenhauer
『의지와 표상으로서의 세계』 中

젊은 시절, 고전문헌학 교수로서 니체는 그의 첫 책 『비극의
탄생』에서 쇼펜하우어의 글을 인용하며 염세적인 색깔의 미학을
이야기한다. 험한 바다 한가운데에서 고요히 자신을 지키고 있는
인간의 모습. 현실세계와 거리를 두는 관점을 통한 고독. 이것이
고독한 예술가의 모습이다.

선禪

'있는 그대로' 바라보기

관찰자와 관찰되는 것이 모두 침묵상태에 있을 때 그 침묵 속에는 전혀 다른 아름다움이 있다. 거기엔 자연도 관찰자도 없다. 있는 것은 완전히 고독한 마음상태 뿐이다. 그것은 고립이 아닌 고요 속의 고독이며 그 고요가 아름다움이다.

- 크리슈나무르티Jiddu Krishnamurti
『아는 것으로부터의 자유』中

그녀를 그리는 일은 '망막에 맺힌 상을 순순히 기록하는 손'을 통해 확인하는 것으로 충분하다. 그것은 절대 '자기표현'이 아니다. 내가 그리는 사람이 나를 통해 자신을 표현하는 것이다.

- 프레데릭 프랭크Frederick Franck
『Zen of Seeing 연필명상』中

선은 세상과 자신의 엄격한 이분법적 경계를 허물며 자신을 세상 속으로, 자연 속으로 던져 넣으며 하나가 되려 한다. 대상은 없고 '나'도 없이 주체와 객체의 구분이 사라진다. 고요 속에 거주하며 자신의 신체 기관들-망막을 통한 봄. 손놀림을 통한 그리기-을 통해서 사물이 스스로를 표현-드러냄-한다.

유혹

"모래 한 알에 깃든 '영원'이 내 눈에는 보여"

- 실비아 플라스Sylvia Plath
『실비아 플라스 드로잉집』中

새벽 4시면 잠에서 깨어나 창가에 앉는다. 그리고 목초지와 목수의 작업장, 일터로 나서는 사람들, 들판에서 커피를 끓이기 위해 불을 피우는 농부들을 스케치하지. 그런 내 모습을 상상할 수 있겠니? 하얀 비둘기 떼가 연기가 피어오르는 굴뚝 사이의 붉은 타일지붕 위로 날아오르고 있다. 그 너머로 섬세하고 부드러운 초록의 초원이 수백 미터 펼쳐지고, 코로, 반 호이엔 등의 그림에서 볼 수 있는 평화롭고 조용한 회색 하늘이 보인다. (…)

화가는 눈에 보이는 것에 너무 빠져 있는 사람이어서, 살아가면서 다른 것은 잘 움켜쥐지 못한다는 말.

- 고흐 『반 고흐, 영혼의 편지』中

'나-자신-'이 나타나기 시작하며, 그 '나'가 미소한 사물들로부터 우주를 바라본다. 나를 중심으로 세상을 바라보고 교통한다. 그 바라보고 교통함이 증폭되어 사소할 수 있는 주변의 움직임, 빛의 변화, 후각, 청각 등 모든 감각들이 생생하게 살아나서 나에게 달려든다. 그리고 '나'는 그 달려드는 대상을 와락 안으며 몰두하여 사랑에 빠진다. 자신을 모두 바쳐 불태운다. 이제 예술-

그리기-은 나에게 적극적인 유혹이 되고, 나는 그 유혹에 완전한 포로가 되어 죽을 때까지 그 손아귀에서 벗어나지 못한다. 강렬한 정오의 태양과도 같은 불타는 유혹.

도취

예술이 존재하기 위해서는 도취가 필수적이다.
도취에서 본질적인 것은 힘의 상승과 충만의 느낌이다.
이런 느낌으로부터 사람들은 사물들에게 베풀고, 사물들은
우리에게서 가져오도록 강요하며, 사물들에게 폭력을
가한다. 이런 과정이 '이상화'라고 불리는 것이다. 이상화는
주요한 특징들을 크게 드러내어 강조하는 것이 결정적이다.

- 니체『우상의 황혼』中

'나'가 적극적으로 사물을 변형시킨다. 사물을 특징지으며 부각시킨다. 예술을 통해서 존재의 힘과 충만을 표현한다. 그러한 표현의 원동력은 '도취'이다. 도취에는 온갖 종류가 있다. 절대자에 대한 신앙의 도취, 계절과도 같은 기상의 도취, 벅차오르는 의지의 도취, 투쟁적 승리의 도취, 열병과도 같은 애정에의 도취, 잔인한 파괴의 도취, 술과 마약의 환각으로 인한 도취 그리고 무시할 수 없는 성적흥분.
예술은, '그리기'는 이러한 모든 도취-열정-의 형상화이며 이상화이다.

종로1가_ 버스 단상

내가 이렇게 살고 있는 지구가 질풍신뢰의 속력으로
광대무변의 공간을 달리고 있다는 것을 생각할 때
참 허망하였다.

- 이상 『날개』 中

지구 공전속도 시속 10만7천 킬로미터.
지구 자전속도 시속 1천6백 킬로미터.
우리는 정신없이 돌며 어둠 속으로 쏘아 올려진
작은 돌가루에 악착같이 붙어있다.

- 이상이 금홍이와 살았던 종로1가를 지나며

이카루스_ 견자見者

그는 자신이 떠나온 나라에 대해서 말했다.

잃어버린 행복에 대한

수천 가지 기억을 떠올렸다.

- 아르튀르 랭보의 여동생, 이자벨 랭보Isabelle Rimbaud

『랭보의 마지막 날』中

밤새 숲속에는 파도소리가 요란했다. 남색의 새벽하늘에는 회색구름의 테두리가 빛의 아우라로 빛났다. 안경 너머 하늘을 바라 볼 수가 없었다. 너무나도 무자비한 원시 색채들의 폭격에 낡아버린 조리개는 망막에 초점을 제대로 맞추지 못했다. 조리개는 계속 움직이며 떨리고 있었다.

지각의 문-The door of Perception- 너머의 세상은 아마도 우리의 평범한 오감으로는 제대로 응대할 수 없을 것이다. 원시의 색깔, 원시의 검은 숲 나뭇가지들이 울려대는 파도소리에 겁에 질리는 것도 같은 이유일 것이다. 그곳에서 불어 넘어 온 기체 분자들은 독성 유화물감처럼 코를 자극한다.

가지는 하늘로 뻗고_ 삼월

지각의 문 너머로 눈을 뜨면 모든 것을 볼 것이라는 예수님의 가르침을 두려워하면서도 그 문을 넘어서는 모험에 나섰던 견자들- Voyant. 천리안. 견자見者는 보는 자이고 예언자이다. 미래로부터 온 메시지를 사람들에게 전하는 것이 그의 몫이다. - 랭보Arthur Rimbaud-. 그들은 무엇을 보았기에 다시는 범인凡人의 삶으로 되돌아오지 못한 것일까.

그들이 보았던 것은 무엇인가. 그들이 들었던 소리는 무엇인가. 그들이 맛보았을 과실과 그 공간에 가득했을 바람의 향내는 어땠을까. 인공의 날개 단 이카루스와 같이 지각의 문 너머로 날아올랐다가 녹아내리는 날개로 인해 추락할 수밖에 없었던 천사들.
그래도 그들이 보았던 것들은 영원한 것, 아름다운 것, 천국이었다. 그들이 보았다는 것은 순간적으로 소멸해 버릴 행복도, 끝없는 절망도 불행도 슬픔도 죽음도 추락도 아니었다는 것. 그래서 견자들은 우리네 진정한 삶 자체는 '여기가 아닌 다른 곳', 어쩌면 지각의 문 너머에 있다고 했던가.

그러기에… 그 견자들의 복음을 믿으며, 이 부조리한 시공을 버텨낸다.

> If the door of perception were cleansed, everything
> would appear to a man as it is, Infinite.
> For man has closed himself up, till he sees all things

thro' narrow chinks of his cavern.

인식의 문이 닦여지면, 인간에게는

모든 것이 선명하게 드러난다, 무한함.

인간은 스스로를 닫고 있기에, 여전히 그의 동굴 좁은 틈으로

모든 것을 보고 있다.

- 블레이크William Blake 『천국과 지옥의 결혼』
〈기억할 만한 상상〉中 (1793)

나는 구름을 사랑합니다…… 흘러가는 저 구름…… 저기

저…… 바로 저기…… 저 멋진 구름을!

- 보들레르『파리의 우울』〈이방인〉中 (1869)

나는 보았다.

무엇을?

영원을.

그것은 푸른 바다에 녹아드는 붉은 태양

- 랭보 〈L' Eternite 영원〉中 (1872)

언제쯤이면 늘 마음속으로 생각하고 있는,

별이 빛나는 하늘을 그릴 수 있을까?

(…)

우리는 삶 전체를 볼 수 있을까?

아니면 죽을 때까지 삶의 한 귀퉁이밖에 알 수 없는 것일까?

- 고흐 『반 고흐 영혼의 편지』中 (1888)

나는 불현듯이 겨드랑이가 가렵다. 아하, 그것은 내 인공의 날개가 돋았던 자국이다. 오늘은 없는 이 날개, 머릿속에서는 희망과 야심이 말소된 페이지가 딕셔너리 넘어가듯 번뜩였다.

나는 걷던 걸음을 멈추고 그러고 어디 한번 이렇게 외쳐보고 싶었다.

날개야, 다시 돋아라.

날자. 날자. 날자. 한 번만 더 날자꾸나.

한 번만 더 날아 보자꾸나.

- 이상 『날개』中 (1936)

32

춤

3월 초 아직 쌀쌀한 어느 날이었다. 휴일이었지만 아침 일찍 일이 있어 서초동 예술의전당에 간 적이 있다. 음악당 앞 큰 광장은 아직 이른 시간이라 그런지 주변에 사는 사람들이 산책삼아 드문드문 다닐 뿐 한가했다.

볼 일을 다 보고 지하 주차장으로 가기 위해 광장을 가로질러 걸었다. 서늘한 새벽 공기가 채 가시지 않아 상쾌했다. 지하 주차장 입구 계단으로 막 내려서려는 때였다. 어딘가에 반사된 아침 햇살이 내 안경 렌즈에 부딪쳐 부서졌다. 그 순간 마치 무엇에라도 홀린 듯이 주변에서 그 빛을 반사한 원천을 찾아 두리번거렸다.

고개를 돌리는 순간 다시 한번 아침 햇살이 더 강하고 굵게 내 망막을 자극했다. 어디서 빛이 오는지 직감은 곧바로 알아차렸다. 광장 건너편 한국예술종합대학 1층의 전면 유리창이 눈부셨다. 그곳에서 빛이 반사되어 내 눈까지 닿았던 것이다. 그런데 더 자세히 보니, 그 통유리벽 안쪽에서 반복되는 움직임들이 있었다. 나도 모르게 그쪽으로 끌려갔다.

아, 학생들이 무용연습을 하고 있지 않은가. 그 눈부신 아침 햇빛 속에 젊은 남녀 학생들이 발목을 올렸다 내렸다 하고 양팔을 높게 치켜 올리고 손끝을 응시하면서 소리 없이 사뿐히 움직였다. 차이콥스키Pyotr Ilyich Tchaikovsky의 웅장한 발레공연을 어두운 콘서트홀에서 본적은 있지만, 신선한 아침 햇살을 받으며 새벽 찬 기운이 채 가시지 않은 청명한 아침에 소리 없이 움직이는 학생들의 모습은 연주회에 비할 수 없는 순수 그 자체, 아름다움이었다.

천상의 춤은 어쩌면 저러한 모습이 아닐까 싶었다. 조직적인 조명과 장중한 오케스트라에 맞추어 추어지는 훈련된 군무이기보다는, 그저 가볍게 움츠린 몸을 풀어주고, 기지개 펴듯 마음대로 기분을 표현해보고, 같이 시선을 맞추고 웃을 수 있는 아침 햇살과도 같은 투명한 무용 말이다.

그들의 가볍고 날렵한 몸동작과 어울리는 음악이 뭐가 있을까. 음악의 지시에 일방적으로 따라야 하는 것이 아니라, 음악과 무용이 느낌 그대로 서로 어울릴 수 있는, 그들의 마주치는 눈빛들처럼. 바흐Johann Sebastian Bach의 예리하면서도 가볍고 투명한 바이올린 파르티타-Partitas, 춤곡 모음-가 어울릴까? 아마도 천상의 존재들은 이러한 단아한 선율을 배경으로 음악원의 학생들처럼 자유롭게 춤추지 않을까 상상해 본다.

나는 나 자신을 찬양한다.
나는 만족한다…… 나는 보고, 춤추고, 웃고, 노래한다.
나는 내 영혼 너를 믿는다.
풀잎 위에서 나와 함께 건들거려라……

네 혀로부터 멈춘 것들을 풀어내어라.

- 월트 휘트먼Walt Whitman 《나 자신의 노래》 中
자유무용의 창시, 현대무용의 어머니,
이사도라 던컨Isadora Duncan이 사랑한 시

사람들은 말하고 노래 부르고 춤을 추어야 한다.

그러나 말하는 것은 두뇌이고 생각하는 인간이다.

노래 부르는 것은 정서이다.

그리고 춤추는 것은 모든 것을 매료하는

디오니소스의 광희인 것이다.

- 이사도라 던컨 『무용 에세이』 中

33

오디세우스의 귀향_ 방랑자

배에 얽힌 사연. 허무의 경계를 넘어 동녘 새벽하늘로

"파수꾼아,

얼마나 있으면 밤이 새겠느냐?

파수꾼아,

얼마나 있으면 밤이 새겠느냐?"

파수꾼이 대답한다.

"아침이 오면 무엇 하랴!

또 밤이 오는데.

묻고 싶거든

얼마든지 다시 와서

물어 보아라."

- 『성경』《이사야서》21:11

인터스텔라-Interstellar-. 별과 별 사이. 시간과 시간 사이. 공간과 공간 사이. 나와 -나 사이. 나와 절대자 사이…….

저 어두운 밤으로 순순히 들어서지 마라,

노인이여, 날이 저물어감에 열 내고 미친 듯 악을 써야 한다.
빛이 죽어감에 대항하여 분노하고 또 분노하라.

지혜로운 자들은 그들의 종말에 이르러서야 어둠이 옳음을
알지만,
그들의 이야기는 더 이상 번개처럼 번쩍이지 않기에
저 어두운 밤으로 순순히 들어서지 마라.

선한 자들은 마지막 파도가 지난 후에서야
자신들의 행적들이 연푸른 바닷가에서 덧없이 춤추었던가
한탄하니,
빛이 죽어감에 대항하여 분노하고 또 분노하라.

달아나는 해를 붙잡고 노래한 사나운 자들은,
저물어 가는 해를 늦게 깨닫고 슬퍼하니,
저 어두운 밤으로 순순히 들어서지 마라.

죽음의 문턱, 멀어가는 눈빛의 무덤의 사람들은
그 멀어버린 눈도 유성처럼 불타고 명랑할 수 있음을 깨닫고,
빛이 죽어감에 대항하여 분노하고 또 분노하라.

그리고 당신, 저 슬픔의 높은 곳 위에 계신 나의 아버지여,
당신의 성난 눈물로 나를 저주하고, 축복하시길 기도하오니.
저 어두운 밤으로 순순히 들어서지 마라.

가지는 하늘로 뻗고_ 삼월

빛이 죽어감에 대항하여 분노하고 또 분노하라.

- 딜런 토마스Dylan Thomas
〈Do Not Go Gentle into That Good Night〉
영화 《INTERSTELLAR 인터스텔라》 中

우리는 유한함에 분노하며 우주-시간과 공간-의 바다를 표류하는 방랑자들이다. 신을 계속 의심하고 덤벼들고 그의 판결에 굴복하지 못한다. 그리고 그 의심과 분노, 저항은 영속된다. 새벽이 오고 다시 밤이 온다.

우리의 오디세우스는 끝없이 트로이에서 이타케로 반복하여 귀환할 것이다. 우리의 삶은 전쟁터-트로이-와 고향-이타케-사이에서 영원히 반복된다. 그 사이에 새벽이 오고 또 밤이 지나갈 것이며, 우리는 그 영원회귀의 선상에서 의심하고 분노하고 저항할 것이다.

"그대는 그 옷들을 벗어버리고 뗏목은 바람에 떠밀려가도록 내버려 두세요. (…)
자, 이 '불멸의 머릿수건'을 받아 두르세요. 그러면 그대는 더 이상 고통이나 죽음을 두려워할 필요가 없을 거예요. 그러나 그대의 두 손이 뭍에 닿거든 그대는 그것을 도로 풀어 뭍에서 멀리 포도주 빛 바다 위에 던져버리고 그대 자신은 돌아서도록 하세요."

- 호메로스Homer 『오뒷세이아』 제5권 中

전쟁터인 트로이로부터 귀환하는 10년 중, 오디세우스를 7년이나 붙잡아 두었던 여신 칼립소. 그녀는 밤의 딸들, 헤스페리데스들-아이글레(Aigle, 광휘, 광채), 에뤼테이아(Erytheria, 붉은빛)-의 옆에 서서 지칠 줄 모르는 어깨와 머리로 궁륭을 떠받치고 있는 아틀라스의 딸이다. 욕망의 여신, 고귀한 칼립소. 그녀와의 욕망에 붙들림, 그로부터 벗어나기 그리고 다시 시작된 고난의 항해에서 오디세우스를 지켜주는 칼립소의 불멸의 머리띠. 그녀를 떠나 영원한 시간과 공간의 바다로 다시 던져진 그는 여행이 끝났을 때, 그 불멸의 머리띠를 바다에 반납함으로써 영원회귀로부터의 해탈을 약속받는다.

우리 모든 인간은 전쟁터와 고향의 여로 사이에서, 끊임없이 반복되는 새벽과 밤사이에서 순환하는 욕망과 구속, 해방의 포도주빛 바다-시간과 공간의 우주-를 항해하는 *오디세우스-Odysseus, 미움 받은 자, 많은 시련을 겪는 자*-이다.

34

사람을 하찮은 존재로 느끼게 하는

태양의 반지름은 69만 킬로미터. 가장 가까운 행성인 수성은 태양으로부터 5천8백만 킬로미터 그 다음 금성은 1억8백만, 지구는 1억5천만, 화성은 2억2천8백만……. 태양계 가장 외곽에 해왕성이 45억 킬로미터 떨어진 궤도를 돌고 있다.

태양의 반지름은 지구의 약 109배 크기. 태양이 반지름 10미터의 열기구라고 한다면, 금성, 지구, 화성은 구슬 정도의 크기. 즉 열기구로부터 8백 미터쯤 떨어진 곳에 콩알만 한 수성이, 그리고 1.5킬로미터 정도 떨어진 곳에 구슬만 한 금성이, 다시 2킬로미터 떨어진 곳에 구슬만 한 우리 지구가 있다. 가장 멀리 해왕성은 열기구로부터 45킬로미터 떨어져 있는 야구공이다.

그 이외에 모든 공간에는 우리가 인식할 수 있는 대상은 없다. 태양과 그 주위를 도는 8개 행성들의 부피는 모두 합쳐보아도 태양계 전체 공간 부피의 1퍼센트는 고사하고 나도-10의 -9승-퍼센트도 차지하지 못한다. 나머지는 '무'이다. 그렇다면 태양을 포함하여 2,500억 개의 항성으로 구성된 우리은하-Galaxy, 은하수-에서 우리 태양계의 존재 의미는? 더 나아가 우주에서 우리은하의 의미는? 천체물리학자 칼 세이건Carl Sagan이 말했듯이, 태양계 내에서조차도 미미한 우리 지구는 영롱히 빛나는 블루마블이라기보다는 창백한 푸른 점-Pale blue dot-이라 함이 더 타당하지 않을까.

우리 내부로 살펴보아도 비슷한 상황이 연출된다. 물질을 구성하는 원자의 구성요소인 원자핵과 전자를 일상적인 규모로 비유한다면, 서울 시청 앞 광장에 놓여있는 축구공이 원자핵이라면, 그 주변을 돈다는 전자는 수원시 어디쯤에 존재하는 먼지에 불과하다. 나머지 모든 공간은 '무'이다.

우리 존재의 물질적 구성은 밖으로도 '있음'보단 '없음'이, 내부로도 '있음'보단 '없음'이 절대적이다. 우리가 살고 있는 지구는 칠흑같이 어두운 공간 속을 한 줄기 가냘픈 빛을 받으며 침묵 속에 돌고 있다. 적막한 외부와 내부, 그 사이 어딘가 있을 '나'라는 물질적 집합체는 깊은 어둠 속을 뚫고 타자와 연결되어 있을 그 가녀린 끌어당김-중력重力, Gravity-에 의지하며 살아갈 수밖에 없는 존재이다.

그러나 모든 존재는 보이는 물질보단 보이지 않는 서로간의 당김이 **있음**有의 근원이다. 그 작은 구슬은 광막한 **없음**無 속에 창백해 보일지라도 서로간의 인력으로 빛을 발한다. 광대한 공간, 찰나의 순간일지라도 "나 여기 있소."라 외친다. 가냘플지라도 그 외침이 우리 존재 이유이다.

어린 잎사귀 반짝이며_ 사월

눈물_ 지하철 단상

젊은이의 눈물만큼
가슴 아픈 건 없다.

충무로역 지하철 환승구
군중 사이 스쳐지나간 젊은이
눈물을 손으로 훔치며
빠른 걸음으로
황급히 지나갔다.

그대, 냉정하다 해도

Antonio Caldara 《Sebben, crudele》

내가 정말로 잘 안다고 생각한 젊은이가 있었다.

나약하고 부족해 보이기만 한 젊은이. 그에게 믿음을 가지려고 노력해도 되지 않았고 항상 옆에서 보기에 불안하기만 한, 금방이라도 작은 바람에 흔들리고 꺼질 듯한 촛불 같은 젊은이.

오늘 그 젊은이의 노래를 처음 들었다.

내가 알고 있던 가냘픈 젊은이의 모습이 아닌, 사랑을 느끼고 상대에게 자신의 감정을 전달할 수 있는 온전한 존재로서의 한 인간. 그의 사랑 노래는 나의 마음을 움직이고 내 자신의 사랑을 느낄 수 있게 해 주었다. 그는 그만의 사랑을 노래하기 시작하고 있었다. 로미오와 줄리엣의 앳된 사랑이 인간 역사상 가장 아름답게 빛나는 사랑으로 기억되는 것처럼, 그도 그만의 사랑을 준비하고 있었다.

내가 정말 안다고 생각하는 사람을 정말 알고 있는 것일까?

혹시 나만의 닫히고 고정되어 버린 관념의 상자 속에 상대를 가둬놓고 뚫어 놓은 상자 구멍으로만 들여다보고 있는 것은 아닐까?

내가 정말 누군가를 '안다'는 것은 무슨 의미인가?

오늘 내가 만들어 놓은 상자의 틀을 깨고 벗어나 그의 빛나는

모습을 보여준 그 젊은이는 다름아닌,

바로 나의 아들이었다.

성악 실기 첫 테스트에서 그가 부른 노래.

Sebben, crudele

mi fai languir,

Sempre fedele

Sempre fedele

ti voglio amar.

Con la lunghezza

del mio servir

la tua fierezza

saprò stancar.

냉정한 그대,

날 괴롭혀도

항상 성실히,

항상 성실히,

그대를 사랑하리.

변함없는

내 정성으로

그대 냉정함

변케 하리.

- Antonio Caldara 《Sebben, crudele 그대, 냉정하다 해도》

37

도피여행

나는 여행을 꿈꾸었다. 페터 한트케Peter Handke의 『긴 이별을 위한 짧은 편지』가 나를 자극하였다면, 페터 한트케는 필립 모리츠Karl Philipp Moritz의 『안톤 라이저』에 자극을 받았다. 다시 안톤은 괴테의 『젊은 베르테르의 슬픔』을, 베르테르는 여행에서 호메로스의 『오디세이아』를 읽었다. 결국 나의 여행은 이들 모두의 여행을 거쳐서 호메로스의 『오디세이아』에까지 이르게 되었다.

이렇게 많은 사람들 가운데 자신을 아는 사람이 한 명도 없고, 또 누구도 자신에 대해 개의치 않는다는 것을 확인한 안톤은 마음이 홀가분하였다. 그는 마치 자기 자신에게서도 떨어져 나온 것 같았다. 자신을 그토록 고통스럽게 하고 또 억눌렀던 자신이라는 한 개체가 더 이상 귀찮게 느껴지지 않았다. 그는 이렇게 사람들의 무리 속에서 눈에 띄지 않게 무명으로 떠돌아다니며 살고 싶었다.

- 필립 모리츠 『안톤 라이저』 中

나의 하루는 너무 발가벗겨져 있다. 마치 추행을 당하듯이 머리끝부터 발끝까지 그림자 하나 드리울 모서리도 허용되지 않는다. 한 뼘만 한 조그마한 여유조차 주어지지 않는다. 하루가 끝나고 잠자리에 들 때면, 배터리가 바닥난 로봇처럼 쓰러진다. 지쳐있는 나 자신조차 버겁다. 모든 이들의 시선으로부터, 그리고 지쳐서 쓰러져 있는 내 눈빛으로부터도 달아나고 싶다.

이제 내가 갈망하는 여행은 무언가를 찾아가는 여행이 아니라, 나의 모든 것으로부터 도망치는 도피의 여행이다. 그저 발 닿는 대로 방황해 보았으면 좋겠다.

무더운 뙤약볕 아래 갈증을 느끼고 땀을 비 오듯 흘리며 하염없이 걷고 싶다. 그것이 기름지게 배불리 먹고 고문실의 사각 공간 새하얀 인공빛 아래서 움츠리고 있는 것보다 낫다. 내 몸의 작은 한 부분조차 숨길 수 없는 백색의 사각방. 그 빈틈없고 실수 없어야 하는 백색방이 나는 두렵다. 진공과 같이 고요한 방. 너무 고요한 방에서는 내 고막도 임계치를 넘어서 Flat line의 소리 같은 기분 나쁜 날카로운 음을 듣는다. 아무런 소리도 감지할 수 없는 공간에서 내 고막의 기능이 마비된 것이다.

그 사각의 방을 부수고 탈출하고 싶다. 그러나 그 방 안에서 나는 내 다리와 내 팔에 어떻게 힘을 주어야 할지조차 모른다. 내 것이 내 것이 아니다. 외부의 자극에 반응하도록 되어 있는 하나의 구조물의 일부일 뿐이다. 지금 내 뇌로부터 팔다리로 뻗어가는 신경 조직은 없다. 아니 있었는지도 모른다. 어쨌든 지금은 동작하지 않는다.

그 백색의 방에서 문을 찾으려고 하면 절대 불가능하다. 문이란 없기 때문이다. 그 방의 껍질을 뒤집어엎어야 한다. 마치 귤 밑바닥으로 손가락을 집어넣어 한 번에 뒤집어 까는 것처럼 방을 완전히 뒤집어엎어야 한다. 그러면 안이 밖이 되고, 밖은 안이 된다. 하얀 속살이 주황빛 껍질을 뒤집고 올라오는 것처럼, 그 속의 알맹이가 밖으로 나오는 것처럼 백색방도 완전히 뒤집어야만 그 속에서 벗어날 수 있다.

안톤은 자신의 어린 시절을 구속하고 있는 H시를 벗어나 도망간다. H시의 우뚝 솟은 네 개의 종탑이 자신의 등 뒤에서 한 발 한 발 멀어져 갈 때, 자신을 조롱했던 동료들로부터 그리고 그 관계 속에서 괴로워하고 우울해했던 자신으로부터 벗어나는 기분이었다.

나도 어느 낯선 마을, 낯선 거리, 낯선 시간에서 '나'라는 표식 없이 모든 외부와의 연결이 끊겨진 고독 속에 묻히고 싶다. 어두운 저녁 골목, 중고 브라운관 TV를 파는 전파사 진열 창문 안으로 껌뻑거리며 출렁이는 모노의 브라운관을 들여다보고 싶다. 하얀 벚꽃 잎이 흩날리는 가로수를 올려다보고 싶다. 멀어지는 기차의 경적소리도, 속닥속닥 속삭이며 지나치는 아가씨들의 웃음 섞인 이야기도 흘려듣고 싶다.

서로간의 공간과 시간의 여백이 허용되는 타자로서의 관계로 돌아가고 싶다. 너무 지쳐있었다, 너무 연결되어 있었기에. 내가 당신이고, 당신이 나임을, 어제와 오늘과 내일이 너무 똑같이 복사되어 있음이 괴로웠다. 모든 연결로부터 단절될 때 어쩌면 나 자신과 당신은, 그리고 어제와 오늘과 내일은 다시 그 각자의 영롱한 빛깔을 회복할 수 있을지 모른다.

퇴근길, 지하철 통로를 나오며 문득 스치는 바람에 하늘을 올려다보았다. 산허리로 넘어가려는 해로 인해 붉어지는 구름들은 그 해로부터 도망치려 안간힘을 쓰고 있었다. 그 구름들 아래로 큰 나무숲 우듬지들은 검은색을 띄며 너울너울 춤을 추었다. 나무들 사이 가로지른 전신줄 위에 앉아 있던 검은 새는 멀리 노을 지는 구름을 바라보다 문득 날아올라 숲으로 사라져 버렸다.

떠나고 싶었다.

안 디 무직_ 버스 단상

미래의 무엇

미래를 위한 무엇

미래만 너무 준비하면

현재인 지금은 놓쳐버린다.

다시는 돌아오지 않을

지금 이 순간 이 공간

차창 밖 눈부신 아침햇살

그리고

이안Ian Bostridge의 박하향 〈안 디 무직An die Musik〉

어린 잎사귀 반짝이며_ 사월

쓸모없는 사람

일을 하려는 욕구에 불타지만 손이 묶여있고 갇혀있어서,
한마디로 어려운 환경이 그를 억눌러서 아무 것도 할 수 없게
된 거지. (…) 본의 아니게 쓸모없는 사람들이란 바로 새장에
갇힌 새와 비슷하다. 그들은 종종 정체를 알 수 없는 끔찍한,
정말이지 끔찍한 새장에 갇혀 있어서 아무것도 할 수가 없다.

- 고흐 『반 고흐, 영혼의 편지』 中

새장이 괴로운 이유는 바깥세상을 볼 수 있기 때문이고, 새장 문이
가끔씩 열리기 때문이고, 자신이 그 어느 과거에는 바깥에 있었기
때문이고, 앞으로 그 언젠가 나갈 수도 있으리라는 희망이 있기
때문이다.
아마도 그가 원했던 새장 밖의 행복이란 그저 평범한 남들처럼
자신의 그림을 사람들이 인정해주고 그에 따른 적당한 수입과
명예를 생각했던 것 같다. 자신이 원하는 것을 하며 또한 주변
사람들로부터 인정을 받고 싶다는 소박한 행복.

그러나 그에게는 세상의 조그마한 행복도 '절대로' 허용되지
않았다. 고흐는 신에게 절규한다.

"신이시여, 이 상태가 얼마나 오래 지속될까요? 언제까지 이래야 합니까? 영원히?"

- 고흐 『반 고흐, 영혼의 편지』 中

그러나 신은 그에게 끝내 침묵하셨고, 새장 문은 열리지 않았다. 차라리 어떠한 욕구도, 가능성도, 기도할 수 있는 신도 없었다면 그는 그 새장이 유일하게 허용된 세상이라고 받아들였을 텐데.

깨어있는 모든 존재는 언젠가 반드시 자신을 가두고 있는 벽을 인식하게 된다. 그리고 그 상황에 직면하면 선택할 수밖에 없다. 유일한 세상으로 받아들이든지, 자유롭게 하늘을 나는 내세를 꿈꾸든지, 아니면 머리가 피를 흘리고 쪼개지더라도 새장 살을 들이받든지, 아니면 현세와 내세 사이 무한한 절벽 사이로 자신을 던지는 수밖에. 인간에게 주어진 선택의 '자유의지'란 무한한 자유가 아니다. 어쩌면 주관식이 아닌 사지선다형의 한정된 답만이 선택지로 주어지는지도 모르겠다.

고흐는 결국 마지막 답을 선택하였다. 그렇게 자신을 던진 사람을 나무랄 수 있을까? 스스로 쓸모없어지는 사람은 아무도 없다. 신은, 정말 사랑의, 자비의 신이 계시다면 자살한 이들을 용서하시지 않을까? 자상한 신이시라면 냉혹히 결과만으로 심판하는 것이 아니라 이유도 참작해 주시지 않을까? 고흐는 자살했기에 종교적인 장례예식조차 치를 수 없었다. 그러나 지금 신이 거부한 그를 세상 모든 사람들이 그리워한다. 그리고 그가 자살한 것이 마치 우리 자신 때문이기라도 한 것처럼 미안해한다. 이 세상-이 새장-은

당신 같이 아름다운 사람이 살아가기에는 너무 누추한 곳이라고
위로한다.

On that starry, starry night

You took your life as lovers often do

But I could have told you, Vincent

This world was never meant for one as beautiful as
you.

(…)

Now I think I know

What you tried to say to me

How you suffered for your sanity

How you tried to set them free.

They would not listen they're not listening still

Perhaps they never will.

그 별이 빛나는 밤에

흔히 연인들이 그러듯 당신 스스로 목숨을 끊었죠.

하지만, 빈센트, 내가 말해줄 수 있었을 텐데요,

이 세상은 당신처럼 아름다운 사람이 살 곳이 못 됐다는 걸.

(…)

이제 나 알 것 같아요,

당신이 내게 무슨 말을 하려고 했는지

온전한 정신으로 살기 위해 당신이 얼마나 고통 받았는지

자유롭게 해주려 얼마나 애썼는지.

그들은 들으려 하지 않았고, 듣는 법도 몰랐죠,

아마 절대 들으려 하지 않을지도 몰라요.

- 단 맥클레인Don Mclean《Vincent 빈센트》中

40

에무나_ 조용한 날들

무엇을 〈위한〉 시간
무엇을 〈위한〉 장소
무엇을 〈위한〉 행위가
아니라

시계 분침이 돌아가는 속도를 느끼며
귓가로 스쳐가는 공기의 흐름을 느낀다.

뭉툭해진 연필 끝에 칼을 대고 사각사각
깎여나가는 나뭇결을 느낀다.

연필이 종이에 닿아 흑연을 문질러 밀착시키는
압력을 느낀다.

조용한 마음과 조용한 시간을 택해
무언가를 생각하고 찾아보고
펜을 들어 깨끗한 종이 위에
잉크를 묻혀 내 생각을 기록한다.

무엇을 위한 독서가 아니고
책을 읽는 그 자체의 기쁨, 즐거움
책에서 작가를 만나고
뒷짐 지고 주인공과 같이 걷는 시간
안톤의 여행길에 같이 나선다
미지의 주점 골목을
부둣가를 거닐며
놀라운 비밀 이야기들을 듣는다
독서삼매는 읽는 것이 아니라 듣는 것
음악을 듣는 것처럼
그저 보고 그저 듣는다.

만남도 마찬가지
무엇을 위해서가 아니라
그 사람 그 자체를 그저 본다, 보고 싶다
*대*한다.
아무 말 없이 차 한 잔 할 수 있는 이가
한 명만 있다면...
- 동무 -

절대자께 기도하는 것도
영생을, 어떤 구복을 위해서가 아니라
그저 마주 뵐 수 있다는 기쁨
돌아가신 아버지, 동네 성당 친했던 노신부님과

어린 잎사귀 반짝이며_ 사월

마주앉아 마치 어제처럼 차 한 잔, 술 한 잔
하는 따듯한 기분氣分.

동네골목 딱지치기, 고무줄넘기로 해 지는 줄
모르던 아이들
다른 목적 없이 자체에 몰입하는 순간이
가장 **하늘**답다.

블랙홀에 빨려들 듯
과거와 미래의 사건들이
지금 이 순간 이곳으로
휘말려 들어와 압축된다
민들레 홀씨가 되어 푸른하늘로 가볍게
날아오른다.

현재에 대한 신실함
충만한 믿음.

에무나 - emuna -

41

소녀의 웃음소리뿐

상전벽해桑田碧海

洛陽城東桃李花 낙양성동도리화

飛來飛去落誰家 비래비거락수가

落陽女兒惜顔色 낙양여아석안색

行逢女兒長歎息 행봉여아장탄식

今年花落顔色改 금년화락안색개

明年花開復誰在 명년화개부수재

實聞桑田變成海 실문상전변성해

낙양성 동쪽 복사꽃 오얏꽃

날아오고 날아가며 누구의 집에 지는고.

낙양의 어린 소녀는 제 얼굴이 아까운지.

가다가 어린 소녀가 길게 한숨짓는 모습을 보니

올해에 꽃이 지면 얼굴은 더욱 늙으리라.

내년에 피는 꽃은 또 누가 보려는가.

뽕나무 밭도 푸른바다가 된다는 것은 정말 옳은 말이다.

- 유정지 〈대비백두옹 代悲白頭翁〉 中

천년의 도읍지 낙양도 땅 속에 묻혔듯이 언젠가는 땅도 바다가 될 것이다. 그러나 그 변화 속에 아름다운 순간들이 간직된다. 화려한 성이 있고, 복사꽃, 오얏꽃 흩날리는 거리가 있고, 늙어지겠지만 풋풋한 소녀의 얼굴이 있다.

바다에서 대륙을 보고 시든 나뭇가지에서 꽃을 보며 노파의 주름에서 소녀의 웃음을 볼 수 있다면. 그 모든 변화를 다 품을 수 있다면, 내가 태어나고 자라고 병들고 죽는 것조차 기꺼이 받아들일 수 있을 텐데.

낙양성 따뜻한 어느 봄날 하늘로 날아올랐을 소녀의 웃음소리가, 늙어 감을 걱정하는 소녀의 한숨과 눈빛이 아련히 남아 어느 시공간에 아직 떠도는 것 같다.

미소 짓게 한다.

42

수련_ 순간의 기억

Water lilies

One instant, one aspect of nature contains it all.

자연의 한 순간, 한 모습은 그 자체 모두를 품고 있다.

- 모네Claude Monet

말년에 모네는 그의 정원 연못에 떠있는 수련을 무수히 그린다. 더불어 그 물 표면에 비치며 흔들리는 나무들의 순간순간 변화하는 잔영들을 표현하고자 노력한다.

모든 기억은 *순간*에 간직된다.

우리는 영화 필름과 같이 연속되는 스토리를 기억하는 것이 아닌, 스냅 사진과 같이 어느 순간, 순간의 이미지를 현상하여 사진첩과 같은 의식의 서고에 차곡차곡 꽂아둔다. 그러나 그 기억되는 순간들은 그때의 모습, 소리, 향기, 감정, 분위기 그리고 영혼의 느낌까지 그 모두를 품고 잠들어 있다. 왜인지 모르게 기억되는 순간들. 반대로 기억하고자 노력했어도 기억할 수 없이 사라져 버린 순간들도 있다.

키에르케고르가 그랬다, 순간 속에 도래하는 시간 속에서 영원을

어린 잎사귀 반짝이며_ 사월

만난다고. 우리는 모두 어떤 '순간'들을 기억하며 산다. 거리에서 스쳐지나간 어떤 이, 맑은 햇빛 아래 빛나던 연인의 웃음, 눈물 흘리며 절대자에게 감사했던 기쁨의 순간들. 그 순간들이 지속될 수는 없기에 시간이 지날수록 의미마저 퇴색하여 흐려져 버리는 듯하다.

그러나 그 순간들은 어린 시절 소중히 가지고 놀던 형형색색의 유리구슬을 보관한 비밀보물 상자처럼 문득문득 우리 앞에 수십 년이 흘러 나타나 열리며 그 과거의 순간들이 영원히 각인된 순간들임을 깨닫게 해준다. 영원히 내 마음속에 살아있을 순간들, 기억들. 그 순간들이 바로 나 자신의 모습이다. 데리다Jacques Derrida의 말처럼, 모네의 그림 속 흔들리는 물결 위 수련은 그 본질이 결정되어 굳어있는 것이 아니고 그 확정을 끊임없이 유보하며 지연시킨다. 우리의 모습도 고정되지 않고 수없이 기억된 순간들의 딕셔너리와 더불어 무한히 확장된다.

어느 순간, 잊고 지냈던 또 다른 소중한 보물상자를 다시 열어보며 놀라게 될 기쁨을 기대해본다.

> 한 알의 모래에서 세계를 보며
> 한 송이 들꽃에서 천국을 보라.
> 그대 손바닥 안에 무한을 쥐고
> 한순간 속에 영원을 보라.
>
> - 블레이크 〈순수의 전조前兆〉 中

43

밝고 경쾌하게 때론 무자비하게

바흐《브란덴브루크 협주곡 5번 1악장》

1년 사시사철 중 아마도 지금처럼 땅 속이 우글대며 번잡한 때도 없으리라. 겨울 내내 얼었던 대지를 새벽 안개가 내려 앉아 적셔주고, 봄을 재촉하는 가랑비는 그 속에 잠자고 있던 모든 생명체들의 기상을 재촉할 것이다.

신록新綠의, 연둣빛의 가냘프지만 청록보다 더 싱싱하게 새 봄의 색깔을 치장해 줄 새싹들은 지금 지표 아래서 격렬히 자신의 잠을 깨우고 껍질을 찢고 변신하기 위하여 몸부림치고 있다. 그 몸부림으로 자신의 껍질을, 대지의 육중한 무게를 이겨내지 못한다면 결국엔 땅 속에 묻혀 썩어질 뿐이다.

자연이건 인간사건 우리 앞에 펼쳐지는 아름다움은 그 밑에 감추어진 격렬하고 무자비한 노력 없이는 피어날 수 없다. 우리는 따뜻한 어느 봄날 아침 우연히 마주치는 연두의 새 잎사귀들만을 볼 뿐이다. 그러나 조금만 눈과 마음을 기울인다면 그 이전 그들의 노력을 느낄 수 있으리라.

어린 잎사귀 반짝이며_ 사월

너무나 밝고 경쾌한 플루트와 챔버 앙상블의 조화로 시작되는 바흐의 《브란덴브루크 협주곡 5번 1악장》을 들으며 그런 생각을 했다. 또한 그 경쾌함은 든든한 하프시코드의 반주가 지속적으로 지탱해주고 격려해 준다. 그 하프시코드의 반주 위에서 다른 악기들이 귀엽고 발랄한 연두의 봄을 연주한다. 그러나 밑바닥에서 계속적으로 응원해 주고 지지해 주던 하프시코드는 어느덧 자신의 정체를 적극적으로 드러내며 그 안에 품고 있던 만물의 생명들을 대지 위로 밀어내며 활짝 퍼트린다. 그 순간 땅 속에 갇혀 있던 봄은 어쩌면 무자비할 정도의 격렬함으로 겨울을 이기고 약동의 새 계절을 선포한다.

《브란덴브루크 협주곡 5번 1악장》의 연주시간은 대략 10여 분이다. 그중에서 마지막 3분은 거의 하프시코드의 카덴차-Cadenz, 독주-로 장식되었다. 점점 더 격렬해지는 하프시코드의 연주. 마지막에 도달할 때는 그 치열함이 너무 격하여 무서울 정도이다. 아마도 현대 헤비메탈의 원조 격이라고나 할까. 상상해 보시라, 하프시코드 앞에 앉아서 연주에 몰두했을 바흐의 모습을. 그 하프시코드의 독주는 다시 한 번 챔버 앙상블과 어우러지며 완성된 봄을 보여 주듯이 1악장을 마무리한다.

구름은 푸른하늘을 흘러_ 오월

44

수풀 우거진 오솔길에서

야나체크Leoš Janáček

《On an overgrown path, 수풀 우거진 오솔길에서》

수풀 우거진 오솔길On an overgrown path을

테레사와 토마시가 걸었지

둘은 서로를 아쉬워하고 의심했지

그렇지만 꼭 잡은 두 손을 놓지는 않았어

아쉽더라도 의심하더라도

그만큼 서로를 원했던 거지.

분절되고 혼란한 두 마음은

그대로 그 우거진 숲 오솔길 위에

같이 있었다네.

우거진 숲 사이로

해가 비치고 바람에 흔들린

나뭇잎들이 춤을 추었다.

그렇다면 무엇을 택할까? 묵직함, 아니면 가벼움?

(…)

파르메니데스는 이렇게 답했다. 가벼운 것이 긍정적이고 무거운 것이 부정적이라고. 그의 말이 맞을까? 이것이 문제다. 오직 한 가지만은 분명하다. 모든 모순 중에서 무거운 것-가벼운 것의 모순이 가장 신비롭고 가장 미묘하다.

- 쿤데라Milan Kundera 『참을 수 없는 존재의 가벼움』中

연인은 그 수풀 우거진 오솔길을 걸으며 무엇을 선택했을까? 토마시처럼 무거운 아니면 테레사처럼 가벼운? 아니면 모든 것을 유보留保하고 서로를 바라보며 그냥 손을 꼭 잡고 걸었을까. 있는 그대로 보기, 받아들이기. 모든 대상은 무겁기도 하고 가볍기도 하다.

45

나무 연습

우리 삶터 어디에서든
아무 소리 없이 배경이 되어 주었기에
너를 항상 잊고 지냈다.

어릴 적 동네 어귀 큰 나무는
술래잡기, 다방구를 하며
친구가 되어 주었는데
아이들이 커가면서
유리구슬들을 그의 곁에 두고
모두 떠났고 잊었다.

멀어져가는 아이들을
자기 주위에 버려진 구슬들을
그 나무는 내려다보고 있었다.

이미 커버린 나의 눈에
5월 연둣빛 어린잎들이 자꾸 들어와
길을 가다가도 한참을 서서

나무를 올려다보게 된다
멀리 떠났던 친구가
다른 모습으로 다시 다가오는 듯하다.

내가 변한 것일까
아니면 나무가…?

그는 자신 안에 맑은 샘물 같은
생명을 가득 담고
나에게 말을 건다.

아직 가지만 앙상하지만
내 나무에도
언젠가는
너처럼.

연처럼 가벼운

칸트Immanuel Kant의 『판단력 비판』에 대한 상상

취미판단을 규정하는 만족은 일체의 관심과 무관하다.

- 칸트 『판단력 비판』 中

미적-취미-판단은 칸트의 주장처럼 일체의 욕구의 충족이나 의도의 실현과 상관없이 오로지 대상 자체로부터 얻어지는 쾌감인가?

미적 예술은 천재의 예술이다. 천재란 예술에 규칙을 부여하는 재능이다.

- 칸트 『판단력 비판』 中

그에 의하면 예술작품은 천재적 예술가의 순수한 영감에 의해서 만들어진다. 과거의 수동적 인식능력으로서의 지각과 미래에로의 능동적 실천능력으로서의 욕구와는 무관하다.

취미판단은 오로지 관조적이다.

- 칸트 『판단력 비판』 中

과거와 미래를 떠난, 즉, 감각적 관심과 지적 관심을 떠난 무관심의 만족이 '미적판단'의 근본이다. 더불어 '공통감'이라는 보편적 공통감정 또한 필요하다. 무관심의 관조성을 주장하다가 '공통감'이라는 규정적 감정-규정적 판단과 유사한-을 추가한다. 그 공통감은 상상력과 사유능력인 오성이 조화를 이루어 쾌감을 일으키며 더 나아가 아름답다고 판단할 수 있도록 이끌어준다고 한다.

또한 아름다움을 느끼게 하는 객관의 대상은 오로지 '형식'뿐이라고 한다. 회화에서는 구조와 같은 공간적 형식, 음악에서는 음들의 배치, 구성으로서의 시간적 형식만이 아름답다고 판단하는 기준이다. 그의 의견에 일부 동의한다. 분명 형식과 구조의 미가 존재한다.

칼비노Italo Calvino의 『보이지 않는 도시들』의 구조미.
제1부에서 제9부까지로 이루어진 작품. 각각 10개의 도시를 포함한 제1부와 제9부가 각각 다섯 개의 도시를 포함한 제2부부터 제8부까지를 감싸고 있다. 또한 중간의 제2부부터 제8부는 제5부에 의해 이등분으로 분할되어 있다. 각 부는 쿠빌라이 칸과 마르코 폴로의 대화로 앞뒤가 감싸여 있다. 그리고 전체의 부를 관통하여 순환하듯이 도시의 상징들이 나타났다 사라진다. '기억', '욕망', '기호들', '섬세한', '교환', '눈들', '이름', '죽은 자들', '하늘', '지속되는', '숨겨진' 도시들. 도시들은 기억으로 태어나서 숨겨지며 사라진다.

바흐의 《골드베르크 변주곡》의 구조미.

아리아와 1번부터 15번 변주까지 전반부, 16번부터 30번까지의 변주와 마지막 아리아의 후반부. 첫 시작 아리아와 마지막 종결 아리아 곡은 동일하다. 중간부분의 변주곡들은 '자유로운', '기교적', '카논적' 변주 방식으로 반복되며 카논적 변주곡은 1도부터 9도로 성부 간 음정차가 점차로 벌어진다. 아리아에 의해서 시작과 마침을 이루고 그 중간중간에 카논으로 기둥을 세워서 변주곡의 통일성을 유지한다.

우리는 그 구조의 형식에서 울려나오는 아름다움을 느낄 수 있다. 그러나 그 안을 채우고 있는 하나하나의 도시들과 또 그 안의 과거, 현재, 미래의 사연들, 선함과 악함, 추함과 깨끗함에 대해서도 더 깊은 아름다움을 느낄 수 있다. 《골드베르크 변주곡》의 균형 잡힌 구조 속의 각 변주곡들의 살아있는 개성의 쾌감을 느낄 수도 있는 것이다.

또한 과거와 미래가 전혀 무관한 관조에 의해서만 미적 판단이 이루어지는 것이 아니라 오히려 그 시간의 변화들에 의해 더 크게 좌우되는 것이 아닐까. 내가 과거에 어떠한 경험을 했는지, 그리고 특정한 그림이나 음악에 대해서 얼마만큼의 관심과 지식을 쌓았는지에 따라서 현재에 보여지고 들려지는 예술작품에 대한 판단도 항상 달라진다. 그리고 미래에 대한 의지와 희망에 따라서도 그 음악과 그림의 색깔은 매우 다르게 느껴질 수 있다.

음악은 단지 곡의 음 구성 대위법, 화성악과 같은 형식들에만 아름다움이 깃들어 있는 것이 아니라, 그 악보를 어떻게 해석하고 어떻게 연주하느냐에 따라 그 아름다움의 쾌감은 무궁무진하다. 미에 대한 공통의 판단 재료를 소유한 것은 맞으나 그것이 전부는 아니다. 단지 시작일 뿐이다.

그렇기에 1740년경 작곡된 《골드베르크 변주곡》이 빛을 못 보고 사장되어 있다시피 했다가 200년이 지난 후에야 뛰어난 비루투오소-글렌 굴드Glenn Herbert Gould-에 의해 빛을 발하는 것이 아니겠는가. 다양한 해석을 가능케 하는 형식의 투명성. 그것으로 인해 무한히 증폭, 변주될 수 있는 가능성을 품고 있는 작품들. 그들의 아름다움은 작곡가로부터 시간과 공간을 머금고 어느 명인의 객관적, 주관적 판단에 의해서 부활한다.

칼비노의 칸이 꿈꾸는 '연처럼 가벼운 도시'는 오직 연의 댓살만으로 하늘에 뜰 수는 없다. 구조적 균형의 댓살이 형식을 갖추고 그 위에 종이를 덧대야 연이 바람을 타고 하늘로 오를 수 있는 것처럼, 칼비노의 도시는 행복과 불행, 질서와 무질서, 선과 악이 공존하는 공간이다. 텅 빈 도시, 댓살만이 있는 연이 아닌, 바람을 타고 나는 연, 생동하는 도시에 아름다움이 있다. 에드워드 사이드가 드레이퍼스Henry Dreyfuss의 말을 인용했듯이 '바흐의 음악은 인벤션-invention, 창안-하다.' '인벤티오-inventio'는 재발견하고 되돌아간다는 의미이다. 아름다움은 계속 증폭된다. 구조의 재발견을 통해서 새로운 창조가 이루어진다.

우리 시대의 선구적 건축가인 승효상도 『빈자의 미학』에서 동일한 의미를 언급한다. 투시도는 오브제로서의 건축이며 독재적이고 폭력적이다. 조감도처럼 삶의 형태와 모습이 다양할수록 그림은 더욱 아름다워진다. 공간을 어떻게 채우느냐에 따라 여백이 살아나며, 그에 따라서 울림이 깨어나고 아름다움이 깊어진다.

47

오월 아침의 숲

밤새 뒤척이는 일이 많아졌다. 어젯밤도 여러 번을 깼다 다시 잠들었다. 아니, 깼다는 말은 틀린 말인지도 모르겠다. 깨지도 잠들지도 않은 중간 지점, 그 경계에서 망설인다. 아침 5시, 여느 때와 마찬가지로 알람이 울린다. 열 번에 아홉은 다시 끄고 이불 속으로 들어간다. 조금만 더, 한두 시간 더 잠잘 수 있다는 확신을 얻은 듯싶어 알람 이후의 잠자리는 오히려 더욱 달콤하다. 밤새 그 경계에서 고통스러웠다고 한다면, 이번에는 그 경계를 즐긴다고나 할까, 새벽녘 잠의 경계를 넘나드는 것은 유희이다.

6시, 아내의 알람이 울린다. 아내는 열에 아홉은 알람에 맞추어 잠을 깬다. 아니, 오히려 미리 깨어 준비하고 있다고나 할까. 아내도 요즈음 부쩍 잠을 설치는 날이 많아진 듯싶다.

　"여보 뒷산 공원에 같이 가요."
　"…"
　"요즈음 새벽 공원이 참 좋아요."
　"…"

구름은 푸른하늘을 흘러_ 오월

이불 속에서 못 들은 척했다. 아내는 알고 있다. 내가 이미 깨어 있음을.

"싫어, 난 맑은 정신에 책을 보는 게 낫겠어."
"여보, 그러지 말고 공원 한 바퀴 돌고 들어와요.
요즈음 새벽 공원이 너무 좋아요."
"..."

아내는 간편복으로 갈아입는다. 우리 아파트 바로 뒤꼍에 작은 공원이 있다. 길을 닦고 주변에 나무를 심어 조성한 공원이 아닌, 작은 동산의 생긴 모습 그대로에 맞추어 사이사이 작은 길을 낸 아담한 공원이다. 아내가 보틀에 커피 물 끓이는 소리가 들린다. 보글보글…

사람을 유혹하는 향기가 있다. 그중 하나가 커피 향, 특히 아침 찬 기운에 섞인 커피향이다. 익숙하다는 것, 나에게 수십 년 반복되어 편하다는 것. 그 기분이 '익숙함'이라는 것일까. 무언가를 다시 일으켜 기억하고 생동하게 만드는 그 향기란 익숙함을 좀 더 넘어서는 '끌어당김'일 것이다. 그저 하나의 냄새가 아닌, 향기는 우리에게 좀 더 깊숙한 곳의 내면을, 활력을, 기억을 현실적 감각의 수면 위로 떠올리게 하는 능력이 있다.

이미 물 끓는 소리가 신경을 타고 머리에 커피 향을 전달한다. 향기는 꼭 코로만 흘러드는 것은 아닌 듯싶다. 어쩔 때면 후각 아닌, 다른 감각을 통해서 더욱 짙은 커피 향을 느낄 수도 있다. 그 커피

향에 자극을 받아 결국 오늘은 아내에게 지고 말았다. 작은 숲 속을 산책하며 따뜻한 커피를 마실 생각에 그만 잠은 지고 만 것이다. 이미 나는 잠과 깨어남의 경계에서 깨어남으로 많이 기울어 있었기 때문일지도 모른다.

숲과 일반 길거리에는 분명한 경계가 있다. 그 경계를 넘어 숲으로, 공원으로 들어서는 순간, 서늘한 바람이 '쏴-아'하고 내 볼과 귓가를 스친다. 순간 놀랐다. 5월에 들어선 시절이건만, 아무리 어젯밤 비가 왔다고는 하나, 이런 서늘한 바람이 이 공원에는 불고 있다는 것이 너무 뜻밖이었다. 마치 늦가을 해질녘에 골목을 헤집고 부는 바람처럼 마치 위협이라도 하듯이 나뭇잎들을 울리며 바람의 신은 내 볼을 훑어갔다. 숲은 아직 설익은 새벽의 기운을 가득 담고 있었다.

나무들을 바라보며 천천히 걸었다.

    "여보, 나뭇잎들이 너무 아름답지 않나요."

나는 문득 고개를 들어 나뭇잎들을 보았다. 봄의 단풍잎들을 유심히 본 적은 아마도 이번이 처음일 것이다. 우리에게 익숙한 그 단풍잎의 색들을 보려면 많은 날들이 더 지나야 할 것이다. 그러나 나는 오늘 단풍잎에 대한 새로운 기억을 갖게 되었다. 연둣빛으로 별처럼 빛나는 단풍잎. 내 시야에 가득한 단풍잎 사이로 하늘은 오히려 조금씩 보일 뿐이었다. 별처럼 셀 수 없이 수많은 잎들 중

좀 더 하늘에 가까운 것들은 투명하게 빛나는 연둣빛으로, 그리고 좀 더 아래쪽에 있는 잎들은 짙은 검은색을 띄고 있었다. 그러나 그 검은색도 투명하다고나 할까, 잎의 솜털 같은 경계들은 부서지는 아침햇살에 예리하게 난반사되고 있었다. 마치 은하계 별 사진을 보는 듯싶었다. 셀 수 없이 많은 별, 많은 단풍잎들. 정말로 우리가 셀 수 있는 것들이 있기는 한 걸까. 우리가 일상에서 세고 있는 그 많은 숫자들이 정말로 의미 있는 것일까. 아니, 진정 의미 있는 것들을 우리가 셀 수는 있을까.

'때죽'이라는 이름을 가진 나무를 만났다. 난 사실 단풍나무처럼 잎 모양이 특징적인 나무들만을 구분할 수 있다. 꽃도 마찬가지다. 실은 어느 꽃이 어느 꽃이라고 설명해 주는 사람이 참으로 존경스럽다. 나는 그쪽 방면으로는 분명히 인지 능력이 떨어짐이 확실하다. '때죽', 이름이 하도 특이하여 나중에 알아보니, 중이 떼거리로 다닐 때 빛나는 머리처럼 그 나무의 열매가 회색빛으로 빛난다고 해서 '떼중나무'라 지어진 것 같다는 유래가 있다. 스님들께는 죄송스럽지만, 그 유래가 참으로 기발하다는 생각이 든다. 아마도 앞으로 내가 기억하게 될 대상과 이름이 연결된 몇 안 되는 나무들 중에 '때죽'나무도 한 자리를 차지할 듯싶다.

아내와 손잡고 아직 잠이 덜 깬 듯한 공원의 숲을 천천히 돌았다. 벤치에 잠시 앉았다. 벤치에 앉으니, 새 소리가 들린다. 아침을 깨우는 딱따구리 소리. 들어 본 적이 있는가. 울림통 좋은 나무들을 골라서 쪼아대는 그 소리는 아침의 숲을 진동한다. 전자알람이 아닌, 목질의 투명하게 울리는 소리는 분명 깊이가 다르다. 새벽 산비둘기의 우는 소리는 마치 개구리가 우는 소리와 흡사하다. 산비둘기는 좋은 울림통을 가지고 있는 것이 분명하다. 그 작은 몸집에서 어떻게 숲 전체를 울릴 수 있는 소리가 발산되는지 경이롭다. 몸집이 크다고 소리가 크고 멀리 나가는 것은 아니다.

오월의 푸른 아침, 우리에게 소중한 것은 무엇일까.
오월의 아침 숲은 서늘한 바람을 안고 있다. 그 안에 은하수 같이 무수한 연두의 단풍잎들을 품고 있다. 수없이 많은 스님들의 행렬이 빛나고 있다. 울림통 좋은 산비둘기의 발성연습이 계속되고 있다.

48

Ad una stella

한 별에게

Bell'astro della terra,

Luce amorosa e bella,

Come desia quest'anima

Oppressa e prigioniera

Le sue catene infrangere,

Libera a te volar!

(…)

아름다운 별이여

사랑스런 빛이여

내 영혼의 소망이여

압박과 구속의 이 쇠사슬 풀어버리고

자유로이 네게 날으리

미지의 사람들이 사는 그곳

오 별이여

천사와 함께 순결한 사랑으로 포옹하리

천사와 노래 화답하며

온 세상 비춰주네

이 땅의 죄와 근심 그 곳엔 없으리니

무관심과 평온 속에 세월은 흘러가리

다시는 걱정도 없고 고통도 없으리

아름다운 저녁 별 하늘의 보석이여

이 영혼 따라 가리라

이 땅의 압박과 구속의 감옥을 벗어나

아름다운 네게 날으리

별에게…

- 베르디Giuseppe Verdi《Ad una stella 한 별에게》中

흑체와 같이 모든 빛을 흡수해 버릴 듯 검은 밤하늘에 총총히 박혀있는 별들을 올려다 본 적이 언제였던가. 2차원의 평면을 앞만 보고 열심히 달리는 개미들처럼 우리도 어느덧 3차원, 4차원이 아닌 2차원의 존재로 퇴화해 버린 건 아닐까. 가끔 허리를 펴고 고개를 뒤로 젖히는 것조차 힘들어진 거북목의 존재들로 변신해 버린 건 아닐까.

어릴 적 "별 하나, 별 둘, 별 셋, 별 넷……" 낭랑한 목소리로 노래하며 친구들과 둘러앉아 서로의 손뼉을 치며 놀았던 기억도 있는데, 이젠 그런 이야기는 호랑이 담배 피우던 옛이야기일 뿐일까. 어느 때부터인가 별들도 이미 우리 머릿속에선 대항해시대의 식민지로, 스타워즈의 전쟁터로 전락해 버렸다. 생존을 위한 투쟁이 지구상에서도 모자라 그곳에서도 계속된다. 결코 우리에게 우호적이지 않은 에일리언이 득실거리는 냉혹한 별들. 우리 아이들의 별은 더 이상 친구들과 손뼉 치며 올려다보는 정겨운 별이 아니다.

그러나 누가 에일리언을 보았으며 치열한 전쟁터와 우주 식민지를 상상해 냈는가. 헤겔이『정신현상학』에서 주장하는 것처럼,

> **설명의 운동을 통해 사태 자체에는 어떤 새로운 것도 생겨나지 않고, 운동은 오직 오성의 운동으로만 고찰될 뿐이다.**
>
> - 게오르그 헤겔『정신현상학』中

그저 별이라는 대상 자체는 그대로 존재하건만 우리 자신의 마음과 생각만이 끊임없이 변하고 있는 것은 아닐까. 무엇이 우리 의식의 운동을 삭막한 방향으로 몰아붙이는가.

깊고 맑은 어느 가을밤, 도시의 소음과 인공의 불빛이 전혀 없는 곳으로 피신해 보자. 아이의 손을 잡고, 아니면 연인과 어깨동무하고 걸어보자. 그곳에서도 다른 무언가-핸드폰 같은-에 또 의지하지 말고, 나의 목소리가 공기를 울리는 소리를 들어보고, 연인의 숨소리를 들어보자, 디지털화된 소리가 아닌, 그 사람 그 자체 생의 울림을, 주변에 보스락거리는 풀벌레 소리를.

우리를 포근하게 감싸고 있는 밤하늘을 올려다보자. 그리고 같이 세어보자.

"별 하나, 둘, 셋, 넷……"

헤겔의 이야기처럼, 우리의 마음 운동을 우리가 다른 방향으로 바꾸어주면 그에 따라 세상은, 별하늘은 달리 보인다. 어차피 아무리 애를 써도 우리은하와 가장 가까운 안드로메다은하까지 가는 데도 한참이 걸린다. 빛의 속도로 250만 년을 달려야만 하니 말이다. 그곳에서 외계 생명체가 우리은하로 쳐들어오려고 전쟁준비를 하건 말건 확인할 수 없는 그것을 왜 미리 당겨 고민하는가. 차라리 그 밤하늘의 별들을 보며 어린 시절 친구들을, 연인의 미소를 떠올리는 것이 더 현실적이지 않을까? 어벤져스의 전쟁터보다 오히려 이 시인의 별하늘이 더 현실적이지 않을까. 그가 바라보는 별하늘은 추억과 사랑하는 이들을 가득 담고 있으니 말이다. 그와 더불어 소프라노 조수미가 노래하는 베르디의 《Ad una stella, 한 별에게》를 들어보라. 내 마음의 눈이 먼 곳을 응시하려 함을 느껴보라.

별 하나에 추억과
별 하나에 사랑과
별 하나에 쓸쓸함과
별 하나에 동경과
별 하나에 시와

별 하나에 어머니, 어머니

어머님. 나는 별 하나에 아름다운 말 한 마디씩 불러봅니다.
소학교 때 책상을 같이 했던 아이들의 이름과, 패, 경, 옥
이런 이국 소녀들의 이름과, 벌써 아기 어머니 된 계집애들의
이름과, 가난한 이웃사람들의 이름과, 비둘기, 강아지, 토끼,
노새, 노루, '프랑시스 잠', '라이너 마리아 릴케', 이런 시인의
이름을 불러 봅니다.

- 윤동주 〈별 헤는 밤〉中

49

동명동 성당_ 고향

다 같이 〈주의 기도문〉을 외었다. 그 다음에는 〈사도신경〉,
〈성모송〉···. 외국에서 오신 주임신부님이 또박또박 큰 소리로
12명의 아이들에게 돌아가며 교리문답을 하셨다. 어머니가 아침에
첫영성체 찰고察考를 위해서 성당에 가는 나에게 말씀하셨다.

> "얘야, 신부님 질문에 답을 잘 모르겠거든, 믿음, 소망, 사랑
> 중 하나를 택하여 답하면 될 거다. 너무 긴장하지 말고……."

어머니는 그 말씀을 하며 웃으셨다. 한창 긴장하고 있던 내가 그때
그 웃음의 의미를 알 턱이 없었다.
내 차례가 왔다. 신부님이 질문하셨다.

> "예수님은 누구십니까?"
> "하느님의 아드님이십니다."
> "그분은 우리에게 무엇을 가르쳐 주셨지요?"
> "?……"

너무 긴장하여 머릿속이 까매졌지만, 그때 어머니께서 웃으시며 해

주신 말씀 중에 한 단어가 불쑥 떠올랐다.

　"…… 사랑이요 ……"

속초 동명동 성당. 벌써 40여 년 전의 일이다. 그렇지만 기억에 고스란히 남아 있다. 눈부시게 맑은 주일 아침, 언덕 위 바다가 환히 내려다보이는 성당 앞 뜰, 어르신들은 조그마한 빨간 모자와 하얀 가운을 걸치고 초를 하나씩 든 채 첫영성체 미사에 입장하는 우리를 위해 손뼉을 쳐 주셨다. 당연히 그때 아이들 모두 찰고를 통과했다.

그 성당이 지금도 그대로 남아 있을까? 두려웠다. 어쩌면 사라져 버렸거나 너무 많이 변해 버렸을지도 모른다. 그래서 찾아가 보기를 주저하고 속초에 갈 일이 있어도 일부러 바쁜 척 피했다. 그러던 어느 날 발 디딜 틈 없이 이리저리 밀리던 퇴근길 지하철 안에서 동명동 성당이 불현듯 떠올랐다. 눈부시게 빛나는 파란 하늘, 파란 바다. 그리고 그 언덕 위 하얗고 작은 성당.

　'더 늦기 전에, 가 봐야 해.
　사라지기 전에.'

괜히 마음이 다급해졌다. 마치 빨리 새장 문을 채우지 않으면 날아가 버릴 것 같은 하얀 새를 바라보는 듯싶었다.

-

가슴이 떨렸다. 찰고를 받으러 가던 그날 아침처럼 흥분되고 긴장됐다.

   '그대로 있을까……?'

어릴 적 길들과는 많이 달라져서 운전해 가는 것이 만만치 않았다. 내비게이션에 의지할 수밖에 없었다. 예전에는 좁은 언덕 골목으로 걸어서 오르곤 했었는데, 새로 닦인 도로를 타고 돌아 성당이 있는 언덕까지 올랐다.

아, 자갈 깔린 마당에 작지만 오뚝 솟아있는 하얀 성당. 다시 방문한 그날도 구름 한 점 없이 푸른 하늘, 푸른 바다에 대비되어 하얀 석조로 세워진 성당은 그렇게 눈부실 수 없었다. 기억 속 흐릿했던 모든 형상들이 다시 선명한 색을 띠며 살아 꿈틀거렸다. 오랜 잠에서 깨어나듯, 흐릿했던 사진처럼 빛바랜 기억이 컬러영화처럼 생동하며 되살아났다.

평일이어서 한적한 성당. 넓은 뜨락과 성전 안에서도 사람을 볼 수는 없었다. 보통 성당 사무실에 가면 그 성당의 예전 부임하셨던 주임신부님들의 사진들이 걸려있다. 혹시나 기대하는 마음으로 사무실에 들어갔다. 옛날 흑백사진부터 요즘 컬러사진까지 많은 신부님들의 사진들이 가지런히 걸려 있었다. 흑백사진들 중 70년대 부임하신 외국인 신부님의 사진이 눈에 들어왔다. 이름, '백 바오로'. 아, 그분이다. 다시 한 번 참고를 진행하시던 억양과 발음은 어색했지만 또랑또랑한 그분의 목소리가 들려오는 듯 했다.

"예수님은 누구십니까?"

그 목소리와 함께 성당 마당에 많은 신자들이 붐비는 모습이 보였다. 그 가운데 하얀 가운을 입고, 머리에 작은 빨간 빵떡모자를 떨어뜨리지 않으려고 조심하며 초를 들고 성전으로 입장하는 초등학교 아이들의 모습이 보였다. 어른들은 아이들을 위해 손뼉을 쳐 주셨다. 나도 그 어른들 사이에 끼어 그들을 축하해 주었다…….

새롭게 부활한 기억 속에서 나는 40년 전 어린 나와 다시 만났다. 동명동 성당. 나와 과거 어린 시절 기억을 품고 있는 곳. 그곳에 가면 과거의 기억과 기분들이 되살아나 나를 포근히 감싼다. 과거의 나와 현재의 내가 조우할 수 있는 곳, 나를 고이 품고서 나의 귀향을 언제나 기다려 주는 곳, 나를 반겨주는 곳. 그곳이 고향인 듯싶다.

프루스트Marcel Proust가 마들렌 과자 향기로 되찾은 기억 속 어머니, 가족, 살던 집, 동네와 종탑들의 모습들…. 이들이 천국-고향-을 구성하는 요소들이다. 천국은 우연히 만나는 아름다운 어린 시절 추억 속 향기를 통해서 잊혔던 과거와 이어지며 펼쳐진다. 그 이어지는 순간은 영원하며 행복하다. 더 이상으로 만족스러운 것은 없다. 잡힐 듯 말 듯하게 어렴풋이 보여지는 완전한 만족의 기분. 무의식 속에 가라앉아 있던 어린 시절 기억과의 연결.

> 과거의 환기는 억지로 그것을 구하려고 해도 헛수고요, 지성의 온갖 노력도 소용없다. 과거는 지성의 영역 밖, 그 힘이 미치지 못하는 곳에, 우리가 꿈에도 생각하지 못했던 어떤 물질적인 대상 안에 (이 물질적인 대상이 우리에게 주는 감각 안에) 숨어 있다. 이러한 대상을, 우리가 죽기 전에 만나거나 만나지 못하거나 하는 것은 우연에 달려 있다.
>
> - 프루스트 『잃어버린 시간을 찾아서』
> 《제1편 스완네 집 쪽으로》中

50

하늘을 나는 늙은이

알바트로스Albatross, 신천옹信天翁, 하늘을 믿는 늙은이?

몸길이는 약 1미터. 그러나 양 날개를 펴면 4미터가량 거대해진다. 새 중에서 가장 긴 날개를 가진 새. 검고 깊은 눈망울. 아름다운 짝짓기 춤, 80년 한평생 한 이성과만 산다. 약 10년 동안 1, 2년에 한 번씩 나흘의 산고를 겪으며 알 하나를 낳고, 9개월간 부부가 공동으로 알을 품고 부화시켜 양육한다.

인간들은 그가 평지나 갑판에 잘 못 내려앉으면 날개가 끌려 날아오르기 힘들다고 '바보새'라고 조롱한다. 보들레르는 뱃사람들에 의해서 잡혀 갑판에 내려앉아 날아오르지 못하는 창공의 왕을 가련하다 안쓰러워했다. 그래서 그랬던가, 멜빌Herman Melville의 『모비 딕, Moby-Dick; or, The Whale』의 포경선 피쿼드호가 희망봉 남동쪽에서 만난 또 다른 포경선 '알바트로스'호도 오래전 고향을 떠나 망망대해를 떠도는 늙은 노선老船이었다.

그러나 그가 바닷가 절벽에서 둥근 수평선을 깊은 눈으로 응시하다 거대한 연처럼 묵직한 대양의 기류를 타고 부양하면 폭풍우 위까지 떠오른다. 날갯짓 한 번에 6일을 날고 두 달 동안 지구를 한 바퀴 돌며 10년 동안 땅을 밟지 않는다. 평생 비행거리 최소 600만 킬로미터. 가장 높이 가장 멀리 가장 오래 나는 새.

그러니 바보 새라는 조롱도, 최고 새의 찬미도 그에게는 아무 의미가 없을 듯. 그의 깊은 눈에 이 세상은 어찌 비춰질는지. 세속의 인간들을 오히려 기이하다 여기지 않을까.

이 몸 죽어 다시 이 세상에 태어나야 한다면 신천옹으로 환생하고 싶다. 깊고 적막한 망망대해를 떠다니는 노수부老水夫들이 부르는 옛 노래 속 길조吉鳥가 되고 싶다.

　　표류하면서 눈 덮인 빙산은
　　음산한 섬광을 뿜어냈어
　　사람, 짐승의 모습은 보이지 않고
　　사방이 온통 얼음뿐

　　여기도 얼음 저기도 얼음
　　주위에 온통 얼음뿐
　　깨지고 우르릉 으르렁 윙윙 소리
　　단말마의 비명 소리들!

　　그때 신천옹 새가
　　안개를 뚫고 나타났어

구름은 푸른하늘을 흘러_ 오월

우리는 형제라도 본 듯

하나님의 이름으로 환영했어

- 사무엘 코리지Samuel Coleridge 『노수부의 노래』 中

51

무소유

진종일 망연히 앉았노라니

하늘이 꽃비를 뿌리는구나

내 생애에 무엇이 남아 있는가

표주박 하나 벽 위에 걸려 있어라

- 함월 선사 〈표주박 하나〉

흔적 없이 마당을 쓰는 바람처럼, 짧은 햇살처럼, 대나무 그림자처럼, 푸른 달빛처럼, 이 세상에 왔을 때처럼, 아무것도 흠내지 말고, 아무것도 없었던 것처럼,

가라 하네.

이글거리는 정오의 붉은 광장에 우뚝 서기

햇살은 대지를 감싸고_ 유월

휴식처_ 지하철 단상

에드워드 호퍼Edward Hopper《Rooms by the sea》

오후 6시 반.

3호선 지하철은 사람으로 가득하다. 천정 송풍기를 통해서 뿌연 바람이 아래로 쏴- 내뿜어진다. 지하철처럼 관리되어진 시스템의 공기는 산업 기준에 맞추어 적정 수준으로 살균처리 했을 것이다. 그 공기는 사람들의 지치고 찌든 땀을 타고, 바닥으로 흐르고, 돌고 돌아 내 코로 들어온다. 민소매 하얀 원피스를 입은 아가씨가 멋지게 서 있다. 그러나 그것도 잠시, 고속버스터미널 역에서 엄청난 무리의 사람들이 휩쓸려 들어와 떠밀려 보이지도 않는다.

다행히 내 앞에 자리가 났다. 회사에서 하루 종일 바빴기에 남 눈치 안보고 자리에 털썩 주저앉았다. 그제야 한숨을 돌렸다. 가방을 무릎 위에 올리고 초점 없는 눈빛으로 습관처럼 핸드폰을 꺼내 들었다.

혼자 산 속 수도원이든 절에든 들어가 쉬고 싶다. 핸드폰이 통하지 않는, 무엇과도 연결되지 않은 고립된 곳에서 아무 생각 없이 멍하니 이삼일만 보냈으면 좋겠다.

따뜻한 햇볕이 드는 문가, 바다를 접했다. 멀리 바닷소리가 들린다.

파도소리라기보다는 바다가 흘러가는 소리가 맞다. 바다도 흐른다. 봄날의 오후, 시간도 늘어지도록 나른하다. 시계 소리도 가끔씩은 작게 그리고 멈췄다가 다시 간다.

그저 지루한 책 한 권 끼고, 몇 줄 읽다가 졸고 싶다. 그러다 문득 깨면 다시 바다를 바라보고, 담벼락과 바닥으로 늘어지는 따뜻한 햇볕을 쬐고, 그러다 다시 책 읽고, 졸고 싶다. 뉘엿뉘엿 해가 바다 수평선으로 넘어갈 때까지…

따뜻한 벽에 기대어 문득 졸다가 책을 손에서 떨어뜨렸다. 놀라서 눈을 떴다.

아, 충무로…. 책이 아닌, 핸드폰을 떨어뜨렸다. 얼른 주워서 허겁지겁 지하철을 내려야 했다.

햇살은 대지를 감싸고_유월

53

찰나의 행복

다시 한번 뛰어 보기

한순간 한순간이 가슴 벅차고 아름답지 않은 때가 없다.

일상적으로 반복되는 시간 속 갑자기 어느 한순간이 불쑥 도드라지며, 내 마음 공간 구석구석의 눅눅한 공기를 환기換氣시킨다. 왜 그 순간 그곳에서인지는 알 수 없다. 엉뚱한 장소에 불쑥 나타나는 나비처럼, 지친 나에게 잠시간의 휴식이 그리도 우연히 불규칙하게 날아오는 걸까.

퇴근 시간 분주한 거리에서 붉게 저무는 하늘이 새롭고, 대비되어 더욱 어두워 보이는 건물들 사이로 저녁노을 바람이 불어와 내 볼을 스치고 다시 날아가는 것이 보인다. 바닥에 부딪치는 구두 소리가 더욱 명랑하고, 그 진동은 다리를, 척추를 타고 올라와 내 머리 정수리까지 맑은 울림을 전해준다.

하늘 아래 내가 걸어가고 있으며, 내가 **살아있음**을 느낀다. 갑작스럽게 나를 물들이는 이 기분氣分은 절대자가 지친 나에게 전해주는 박하사탕 같은 선물임에 분명하다.

"인생의 황금 같은 시간들이 흘러가고 있습니다.

정말로 후회 없이 달려왔고

가슴 벅찬 미래가 앞에 놓여 있나요?

당신이란 나무를 더욱 높이 솟구쳐 오르게 하고

하늘로 가지를 뻗으세요.

그것이 당신이 살아가야 할 이유가 되게 하세요."

"여보게, 모든 이론은 회색이고, 영원한 것은 저 푸른 생명의
나무라네."

"Grau, teurer Freund, ist alle Theorie und grün des
Lebens goldner Baum."

- 괴테 『파우스트』 中 메피스토텔레스가 파우스트에게

54

창 - 窓

사갈Marc Chagall 《Window over a Garden》

내 마음의 창이다.
창문에 걸린 하얀 커튼이
아침 봄바람에 하늘거린다.
약간은 쌀쌀한 듯한
새벽 한기가 채 가시지 않은
설익은 바람이 실내로
흘러든다.

창밖은 아침의 잠에서 아직 덜 깼다.
눈 비비고 일어나려는 꼬마 녀석처럼
하늘가는 아직 새벽안개와 이슬로 뿌옇다.
모든 것을 다 보여주지 않는
문턱의 시간
아침은 아직
활짝 열리지 않았다.

안쪽에서

아내가 아침을 준비한다.

따뜻한 커피와 버터를 발라 구운 빵

으음~ 구수한 빵 냄새가 코 주위를 맴돈다.

지글지글 달걀이 프라이팬 위에서

노릇해져간다.

내가 앉아 있는 탁자 위에서

창밖의 게으른 아침과

아내의 부지런함이 섞인다.

아침의 안개가 산산한 바람을 타고 들어와

따뜻한 커피와 바삭거리는 토스트의 버터 냄새에

배어든다.

나는 이 모든 것을 바라보고 앉아 있다.

55

부드럽고 따뜻하고 충만한

브람스Johannes Brahms《현악 6중주 1번 B플랫 장조》

방향을 가진 연속

뒤가 있고 앞이 있는

단절 없는 시간과 공간

급하지 않은 따뜻한 햇볕에

반짝이는 개울물

졸졸졸 흐르는 개울물 소리는

그를 감싸고 있는 공기를

공간을 울리며 퍼져 나간다.

그윽하게

모든 것을 안고 있는 하늘

극렬함과 고요함을

모두 품고 있는 창공

그 창공에 명료한 색깔들을 칠하여

그림을 그린다.

때로는 부드러운 곡선

때로는 하늘 높이 추켜올리고
때로는 깊은 골짜기를 훑어 내리며
바닥을 휘젓는다.
한 가지 색으로
또는 여러 가지 색들을 한 대 섞어
크고 둥글게 창공에
붓질을 한다.

창공에 그려지는
가늘고 굵음, 진함과 여림
가득 채워오는 충만감
예리하게 솟구치는 치밀함을
본다.

공간을 수놓는
여섯 가지 색채의 어울림
브람스의 현악 6중주.

56

이 사랑이란

이토록 행복하고

이토록 즐겁고

또 이토록 덧없어

어둠 속 어린애처럼 두려움에 떨지만

한밤에도 태연한 어른처럼 자신 있는

이 사랑은

- 자크 프레베르Jacques Prévert 〈CET AMOUR 이 사랑〉 中

사랑을 이렇게 표현할 수 있다니. 한참을 넋이 나가 소리 내어 읽어보고 또 읽어본다. 가끔은 내 심장이 어디에 있는지조차 모를 정도로 감흥 없이 살고 있는 듯싶은데, 이런 시구에 눈이 멈추고 놀라고 두근거림을 느낄 수 있음에 '그래도' 아직은 살아 있구나, 안도한다.

시간에 따라 밀려가며 명멸해가는 감정들, 기억들, 영원하지 않은 지나치는 순간들. 불꽃놀이가 아름다운 이유는 영원하지 않기 때문이다. 어두운 밤하늘을 뚫고 솟아올라 화려하게 꽃을 피우고 떨어지는 모든 시작과 끝, 만남과 이별의 맺음은 우리의 심장에 뜨거운 재로 내려앉아 붉은 생채기를 남긴다.

많은 시간이 흐른 뒤, 모든 것이 사라지고 아물었다고 믿었건만,
우연한 순간 그 아문 상처가 다시 후끈 달아오르며 아려옴은 어쩔
수 없는 것인가.

57

여행

"바보 같은 녀석. 너는 지금까지 살아온 그 모습 그대로, 남은 인생을 소모하다 무덤 속으로 들어가 버리겠지. 그리고 아무도 더 이상 너를 알아주는 이가 없을 테고. 너 자신도 스스로를 먼지처럼 잊어버리겠지."

웅크리고 있는 K를 향해 -K는 내려다보며 비웃고 욕을 해댔다. K는 아니라고 그렇지 않다고 그렇게 끝나진 않을 거라고 소리치고 싶었지만, 목소리는 입 밖으로 터져 나오지 않았다.

(…)

"여보, 나 여행을 다녀와야겠어. 미루고 미루었었는데, 더 이상은 힘들 것 같아."

K는 그날 새벽 누웠던 자리에서 곁에 있는 아내에게 작은 목소리로 이야기했다. 잠들어 있는 줄 알았던 아내가 잠시 후 낮은 목소리로 답변을 했다.

"네."

그리고 다시 조용했다……

비록 대기는 포근했지만 시야가 흐린 어느 아침이었다.
둘은 성문을 지나 도시 밖으로 걸어 나갔다. 그때 I가 멀리
떠나기에 날씨가 안성맞춤이라고 말했다. 정말로 날씨가
여행하기에 매우 적합하였다. 하늘이 땅에 바짝 붙어 있는
듯했고 주위는 어두컴컴하여, 길을 걷는 자는 똑바로 앞만
바라보아야 될 것 같았다.

- 필립 모리츠 『안톤 라이저』 中

- 봇짐 꾸리기 -

태풍 고니는 가을을 불러왔다. 여름을 버리고 가을을 맞이하러
나왔다. K는 노트들을 그저 가방에 쓸어 담았다. 정리되지 못한
생각들이 적혀져 있는 노트들이 여행을 간다고 정리될 수 있는
것이 아님을 그는 알고 있다. '여행을 가면 그 마음들이 정리될
수 있을까. 나를 찾는다, 왜 여행에는 그러한 목적이 붙는 걸까.
언제부턴가 나에게서 떠나버린 내 '실존'을 여행 간 어느 낯선
마을에서 바닷가에서 아니면 시외버스터미널 대합실에서 찾을 수
있을 것이라고 생각했을까. 왜 그는 나의 방, 익숙한 나의 집에서

멀리 달아나 버린 걸까. 더 머나먼 곳으로 여행을 가면, 더 멀리 잊혀진 나를 찾을 수 있는 것인가. 거리와 지나간 시간의 길이는 비례하는가.' K는 생각했다.

- 기차간 -

산등성이들은 구름 그림자가 드리워져 더욱 율동적이고 상쾌해 보였다. 하늘이……, 이렇게 맑은 줄 몰랐다. 구름이……, 이렇게 빛나는 줄 몰랐다. 빛의 입자들이 끊임없이 명멸하며 부서지는 눈부신 강을 보았다. 고니가 지나간 들녘과 산들은 더욱 푸르르고 윤기가 흘렀다. 마을들이 선명하게 알록달록했다. 차 창 밖 스쳐지나가는 모습을 보며 앉아 있는 K는 마치 수술 후 회복실에 누워 있는 환자와도 같았다. 모든 기운이 소진된, 그렇지만 두렵지는 않았다. 오히려 마취가 아직 덜 깬 몽롱함 속에 새롭게 회복되리란 기대감에 기분 좋았다. 정말 어딘가에서 자신을 찾을 수 있을 것만 같았다.

달리는 기차, '여행은 그저 떠남이다. 모든 것을 남겨두고. 무엇을 찾아가는 것도 아니다. 모든 것을 흘려보내고 마음을 비우는 것. 그렇게 비워진 마음은 정말 아무것도 존재하지 않는 '무'일까. 그 비워진 마음 안에 또 다른 무엇이 있는 것인가.' K는 넓은 기차 창을 통해 들어오는 따뜻한 햇볕과 규칙적으로 전달되어 오는 기차의 흔들림에 잠과 현실의 경계를 넘나들었다.

- 해안도로 -

K는 어두운 바닷가 해안도로를 걸었다. 해가 떨어지고 밤이 깊어질수록 눈앞은 더욱 분간할 수 없었고, 오직 파도 소리만이 또렷해져 갔다. K는 보이지 않는 시야 너머의 세계를 소리로써만 인식할 수 있었다. 그 소리는 한계를 헤아릴 수 없는 깊이에서 울려나와 모든 해안선과 수평선 끝까지 가 닿았다.

철썩이는 파도가 어디서부터 울려나온 것일까. 어느 깊이에서 시작하여 해안까지 온 것일까. 그 어둠의 심연 어딘가에 바다의 심장이 있어 고동치고 있음이 분명하다. 그 고동이 파도가 되어 K가 서있는 해안까지 다가온다. 그 진동은 K의 신경을 타고 뇌의 세포들에게까지 그리고 그 세포들의 경계를 넘어서 심장까지 저려오게 만들고 있다. K의 심장은 그 진동으로 인해 압박당하고 오그라든다.

그렇다면 이런 기나긴 경로를 모두 생략하고 직접 바다와 대면한 이들의 느낌은 어떤 것일까, 그것도 고요하지 않은 격렬한 바다와 맞닥뜨린 뱃사람들은……. K에게 바다는 엄마의 품 같기보다는 아버지와 같은 두려움의 대상이었다. 그러나 그 두려움은 기대라는 또 다른 얼굴을 갖고 있었다.

- 다시 그 호숫가 -

햇살은 대지를 감싸고_유월

강과 바다와는 다른 호수만의 매력이 있다.

자신의 소리나 모습보다는

호숫가에 다가와 서 있는 이 스스로를

더 바라보게 해주는 자애로움.

그러나 호수에서 다시 멀어질 때,

우리에게 오랫동안 남는 건 우리 자신이 아닌,

호수의 인상이다.

마치 나 자신은 호숫가 어딘가에서

잃어버리고 온 것처럼.

- 김병관 『내 삶은 축제』中

무엇을 찾아 이곳까지 온 걸까. 해가 진 정적의 호숫가, K는 오늘에야 비로소 계속 떠올렸던 그 호숫가에 와 서있다. 호숫가 가로등 불빛들이 산책로 아스팔트에 난반사되고 있었다. K는 무의식중에 알고 있었다. 이곳에서라면 -K를 만날 수 있을 것이라고. 왜 이곳인지 알 수 없다. 그저 확신할 뿐이다. 어찌 보면 많은 것들이 그러하지 않을까. 마치 데자뷰를 겪듯이 이 장소 이 시간이면 잃어버린 -K를 만날 수 있을 것만 같았다.

그리고 그를 만나 모든 것을 터놓고 이야기하고 싶었다. 엉엉, 펑펑 눈물을 쏟고 싶었다. 그것이 아니라고, 내가 원하는 바는 그것이 아니었다고, 나의 잃어버린 모든 것들을 다시 찾고 싶다고. 그러나 K는 안다. 그 모든 것이 지금까지 살아온 자신의 모습이었고, 잃어버린 것은 찾을 수 없음을. 그러나 K는 -K의 위로를 받고

싶었다. 어디론가 떠나버린, 잃어버린 -K와 다시 하나가 되고
싶었다…….

(…)

저 건너편 가로등 밑 -K가 미소 지으며 서 있다.

(…)

시간과 공간의 빗장이 풀리다.
Time and Space are out of joint.
Power-off.

58

꼬마 신부神父님

한 소년이 울고 있었습니다.

아버지는 전쟁터에 나가 소식이 끊겼고, 7형제를 먹여 살려야 했던 어머니는 한 번도 장사를 해 보지 않았지만 행상에 나서셨습니다. 그래도 도저히 가족 모두를 부양할 수가 없어서, 막내 동생과 생이별을 할 수밖에 없었습니다. 울며불며 소년의 손을 놓지 않는 동생을 어른들이 떼어 갔습니다. 그날 종일, 어머니는 부엌에서 나오시지 않으셨습니다.

국민학교 월사금을 내지 못하여 교단 앞으로 불려나갔습니다. 어느 날에 또 다시 불려나갔는데, 선생님이 가방을 싸라고 하셨습니다. 교실에서 쫓겨났습니다. 소년은 노란 은행나무가 가득한 교정을 머리 숙이고 가로질러 갔습니다. 왜 그때, 잃어버린 동생이 더 보고 싶었는지 모르겠습니다. 어디로 가야 할지 막막했습니다. 어머니가 너무 힘드시다는 것을 잘 알았기 때문입니다. 자신이 어머니에게 짐만 되는 것 같았습니다.

그리고 지금 신부가 된 지 31년째,

군중이 그들에게 잠자코 있으라고 꾸짖었지만, 그들은 더욱 큰소리로 "주님, 다윗의 자손이여, 저희에게 자비를 베풀어 주십시오." 하고 외쳤다.

- 『성경』《마태오 복음서》20:31

그 소년도 거의 50년간 장님처럼 죄인처럼 외쳤습니다.
자신이 막내 동생의 손을 놓아주어서 외국으로 입양가게 되었다고 마음에 새겨졌기 때문입니다. 그리고 그 반백 년의 세월이 지난 지금 그 막내 동생을 다시 만났습니다. 얼굴도 기억이 나지 않는 막내 동생. 그러나 동생의 손을 맞잡았을 때, 그 오랜 망각 속 마지막 놓친 손길이 되살아났습니다. 동생의 손에는 아직도 그날의 눈물이 배어 있는 것만 같았습니다. 이별의 슬픔이 가난의 골짜기로 흘러내렸습니다.

강론 중 자신의 이야기를 전하는 노신부님 가슴 안에 어린 꼬마가 울며 서 있습니다. 머리 숙이고 가로지르던 교정 안 흩날리던 노란 은행잎들처럼 자비-慈悲, 사랑하고 같이 슬퍼함-가 성전 안에 가득히 내려앉고 있습니다. 꼬마 신부님의 머리와 어깨에도 내려앉습니다.

- 그 미사를 같이 했던 전 베드로 신부님과 신자들을 생각하며. 2018년 10월.

59

이 세상 모든 엄마들

"모친이 세상을 떠나니
이젠 정말 갈 데가 없네
그 누구도 그분의 빈자리를 채울 수가 없네
이 정도인 줄은 몰랐어
이 나이에도 아이 마음 그대로야
어머니는 진정 영원한 존재이네……"

오늘 갑자기 저를 방문하신
노사제의 쓸쓸한 고백을 들으며
저는 "정말 그래요!" 하고
내내 맞장구만 쳤답니다

집을 잃어버린
한 소년의 모습이
내내
눈에 밟혔습니다

- 이해인 『엄마』 〈어느 노사제의 고백〉

가까이 지냈던 본당 주임 신부님이 계셨다. 풍채가 좋으시고 목소리가 우렁차고 호탕하신 분이셨다. 그래서 별명도 '장군'이었다. 아마도 사제가 되지 않으셨다면 군인이 딱 어울렸을, 그리고 정말 장군이 되지 않으셨을까 싶다. 우리 성당의 5년 임기를 마치고 얼마 남지 않은 정년을 타 성당으로 옮기지 않고 계시고 싶으셨던 것으로 안다. 그러나 교구의 명에 따라 이동하셨다. 그 후 얼마 지나지지 않아 그 신부님의 백 세 가까이 되신 노모가 돌아가셨다. 살아생전에 항상 지근거리에 모시고 찾아뵈었는데, 그 어머니가 돌아가신 것이다. 그리고 또다시 3개월 후 그 신부님도 새벽녘에 홀로 주무시다 돌아가셨다는 비보를 들었다.

가톨릭을 잘 모르는 사람들은 가톨릭이 예수님의 어머니 마리아를 신처럼 숭배한다고들 이야기한다. 하지만 그것은 오해이다. 우리도 어렸을 적 기억이 있을 것이다. 아버지께 큰 잘못을 했거나 큰 부탁을 드려야 할 때, 아버지가 너무 어려워서 어머니께 대신 도움을 요청했던 일들. 어머니는 우리의 잘못을 감추어주시고, 아버지 기분을 봐가면서 조곤조곤 부드럽게 대변해 주셨다.
예수님의 모친 마리아도 마찬가지이다. 자신에게 주어진 모든 짐을 말없이 지시는 분, 아들의 삶을 백 퍼센트 이해할 수는 없지만 항상 뒤에서 기도하시는 분, 아들의 비참한 죽음에 억장이 무너지셨을 분. 그래서 가톨릭에서는 예수님의 어머니를 하늘로 들어 올리심 받은 성모-聖母 Mater Dei-라 숭배 아닌, '공경'을 드린다.

어머니, 엄마는 나를 당신 뱃속에서 잉태하시고 고통 중에 나으신 분, 자신이 가진 모든 것들을 내어주시며 보살펴 주시는 분, 아버지와 나를 부드럽게 이어주시는 중보자仲保者, 화해시키는 자.

노사제도, 대통령도, 그 모든 죄인들도 그리고 나를 포함한 우리 모두는 어머니, 엄마 앞에선 철부지 아이일 뿐이다. 아무리 나이가 들지라도 엄마 앞에선 예의범절 떠나서 칭얼대고 앙탈을 부린다. 엄마 가슴 중심中心에 내가 있고, 내 가슴 중심에 엄마가 있다는 것을 본능으로 알기 때문이다.

신자들 앞에서 쾌활하고 늠름하셨던 사제. 그러나 그의 성심聖心이 쉴 곳은 누구보다 가냘프고 병들어 누워계셨던 그 노모뿐이었을까. 그래서 그렇게 급하게 따라가셨던 것일까. 이 세상 어머니들은 모두 성모의 모상을 품고 있다. 이 세상 모든 어머니, 엄마들은 비 오는 날이면 나이 들어 머리 희끗해진 자식이 비 맞고 다니지는 않을까 창밖을 보며 노심초사 하신다.

- 박 요한 크리소스토모 신부님과 그 모친을 기억하며.

60

두 영혼의 모음母音

1976년. 그러니까 내가 초등학교도 채 들어가기 전 범우사에서 초판이 발행되어서 1995년 4월 20일 2판 45쇄로 발행된 법정스님의 『무소유』를 손에 들고 있다. 손바닥 크기보다 조금 더 큰 자그마한 문고판 책이다. 우여곡절 끝에 이 책이 내 손 안에 들어오게 되었다. 꼭 한번 숙독하고 싶었던 책인데, 법정스님이 입적하시면서 절판이 되어 구하지를 못하여 안타까워했었다. 그런데 어찌된 일일까. 마음이 절절하면 어떻게든 해결을 보게 되는지 우연히도 어머니 댁에 이 책이 흘러들었고 말씀드리지도 않았는데 어머니께서 선뜻 『무소유』이 책을 나에게 선물하셨다.

  "너, 이거 읽고 싶었지?"

너무나 놀랐고 기뻤다. 어머니 손 안의 이 책을 보면서, 삶이란 인연이란 바램이란 어떤 것일까 다시 한 번 생각하게 되었다. 어찌 보면 단순한 사건일 수도 있으나, 달리 보면 인간 사이뿐만 아니라 사물과 사람 간에도 인연이 있는 듯싶고, 그 열망이 오랫동안 잊히지 않고 지속되면 결국에는 어떠한 모습으로도 결말을 보는 것이 아닌가 하여 놀라웠다.

햇살은 대지를 감싸고_유월

누구나 무엇을 원하며 발심發心을 한다. 그러나 '발심'은 잠깐 스쳐가는 욕정이 아니라 좀 더 다른 의지와 감정이다. 은근하면서도 순수하며 선한. 책 한 권에 너무 과장되게 의미를 부풀렸다고 할지도 모르겠다. 그러나 비싸고 빛나는 것, 떠들썩하고 유행을 몰고 다니는 것만이 의미 있는 것은 아니다. 그런 것보다 다소곳하고 낡은 듯한 조그마한 존재, 그러나 그 안에 불같은 정열과 또한 그 순수한 열정을 워이워이 다스리고 있는 칼날과도 같이 정제된 마음을 고스란히 담고 있는 이러한 위인들의 책을 내 눈 앞에서 보고 있노라면, 기쁨을 넘어서 감격을, 그보다 더 떨려 주체하기 힘든 경외심을 느낀다.

요즘은 원하는 책을 손쉽게 인터넷으로 주문하여 손에 받아볼 수 있다. 좋은 세상이다. 나도 대부분의 책을 그렇게 구매한다. 그 또한 수많은 사람들의 수고에 의해서 내 집, 내 방 안에서 받아 볼 수 있음을 잘 안다. 그러나 그러한 방식이 아닌 좀 더 고전적인 낡은 방식으로 사람들의 손을 타고 오랜 시간을 거쳐서 우여곡절 끝에 이 서재, 저 책꽂이에서 한참을 쉬고, 누구의 손에 의해 메모되고 모서리가 마모된 채 나에게 다다른 이러한 책은 참으로 더 소중하다. 세상 사건 사고 모두가 그것들을 대하는 당사자의 마음에 따라 중하기도 무의미하기도 한 것처럼, 누가 뭐래도 이 책이 나에게 온 것은 나에게는 매우 중대한 사건이자 인연이 아닐 수 없다.

법정스님에게는 『어린왕자』가 그러했다. 『무소유』 중 〈영혼의 모음母音 -어린왕자에게 보내는 편지-〉에서 말씀하시듯 스님에게 어린왕자와의 만남은 하나의 운명과도 같은 사건이었다. 스님은 평생을 같이 할 한 두 권의 책을 선택하라고 한다면, 『화엄경』과 함께 선뜻 『어린왕자』를 고를 것이라고 한다. 그러면서 어린왕자의 목소리는 자신을 흔들어 깨우는 영혼의 모음, 즉 목을 떨며 흘러나오는 소리와 같이 영혼을 울려 흔드는 소리라고 하셨다. 그 이유는 어린왕자의 영혼이 너무도 맑고 착하여 조금은 슬프기까지 하기 때문이라고 한다. 어쩌면 속세의 미련을 버리고 산 속으로 산 속으로 홀로 묵언하며 순수를 향해 정진하는 스님의 영혼이 영원히 함께 하고 싶은 친구의 음성을 들었다고나 할까. 사막에 홀로 추락한 생텍쥐페리Antoine de Saint-Exupéry에게 사막은 두려움이 아닌 어딘가에 샘물이 고여 있어 아름다운 대상이라고 깨닫게 해 준 어린왕자의 바로 그 목소리를.

스님은 『무소유』에 유서를 남긴다.

> 육신을 버린 후에는 훨훨 날아서 가고 싶은 곳이 꼭 한 군데 있다. '어린왕자'가 사는 별나라. 의자의 위치만 옮겨 놓으면 하루에도 해지는 광경을 몇 번이고 볼 수 있다는 아주 조그만 그 별나라.
>
> - 법정 『무소유』〈미리 쓰는 유서〉中

어린왕자는 사랑하는 장미꽃에게 돌아가기 위해서 자신의 육신을 벗어버리는 것을 대수롭지 않게 여겼다.

"알다시피, 거긴 너무 멀어. 그래서 나는 이 몸을 가지고는 갈 수가 없어. 너무 무겁거든. (…)
그러나 그건 벗어던진 낡은 껍데기나 마찬가진 거야. 낡은 껍데기가 슬플 건 없잖아."

- 생텍쥐페리 『어린왕자』 中

그렇게 홀연히 떠난 어린왕자를 만난 이후로 법정스님은 더러는 그저 괜히 창문을 열고 밤하늘을 쳐다본다고 했다. 방울처럼 울려올 어린왕자의 웃음소리를 듣기 위해서. 그리고 혼자서 웃는단다.

별들을 보고 있으면 난 언제든지 웃음이 나네…….

- 법정 『무소유』 〈영혼의 모음〉 中

그러면서 서산대사가 입적 전 남긴 해탈시解脫詩를 인용하셨다.

生也一片浮雲起 생야일편부운기
死也一片浮雲滅 사야일편부운멸
삶은 한 조각 구름이 일어나는 것이고
죽음은 한 조각 구름이 스러지는 것이라

- 법정 『무소유』 〈영혼의 모음〉 中

법정스님의 삶은 그 누구보다도 어린왕자를 닮았다. 스님은 입적하시며 분명 어린왕자의 별로 찾아갔을 것이다. 그리고 하루에도 마흔네 번 어린왕자의 손을 꼭 붙잡고 해가 지는 모습을 같이 바라보고 있을 것이다.

내 방에 들어와 있는 『무소유』와 『어린왕자』, 두 권의 책. 왠지 그들은 꼭 같이 붙여 두어야만 할 것 같다.

두 손 모음. 합장-合掌-

61

디오니소스 계보학

니체는 '신은 유형상 영웅과 다르다'고 단언한다. 신의 첫 번째 속성은 '가벼운 발'이라고 했다.

디오니소스는 부활의 신이다. 불타는 세멜레의 몸에서 제우스가 꺼내 자신의 허벅지에 넣었으며, 나머지 남은 달을 채우고 태어났다. 헤라의 사주를 받은 티탄족이 어린 디오니소스를 갈기갈기 찢었으나 대지의 여신이 찢긴 사지를 모아 부활시킨다.

디오니소스는 인도로 피신되어 수양된다. 헤라의 증오를 피해서 인도 뉘사산에 보내져 길러진다. 디오니소스의 의미도 '뉘사산에서 자란 제우스'란 의미이다. 즉 제우스 절대자의 아들로 먼 곳에서 숨겨져 길러진다. 그리고 다시 부활의 신으로 포도주와 함께 그들의 땅으로 돌아온다.

디오니소스의 대사제, 니체는 고뇌하는 인간의 조상 셈의 터전에서 순수한 신앙의 보존자 함의 영혼을 지니고 자란 예수님을 부정한다. 인간으로서 무거운 발걸음으로 맨 밑바닥까지 내려가 십자가에 못 박히신 예수님은 신이 아니라고 이야기한다. 지중해의 자유로운 영혼 야펫의 피를 이어받은 디오니소스의 사제로서는 이해할 수 없는 신의 모습이기 때문이다.

니체가 이야기하는 '죽은 신'은 예수님을 인간과 신의 구분 없이 단일한 존재로 보았기에, 야펫의 순수한 영혼으로 신과 인간의 결합을 이해할 수 없었기 때문에 발생한 오해이다. 니체가 이야기한 대로 삶과 죽음의 기로에서 번민하던 인간 예수는 십자가에 못 박혀 돌아가셨다. 그러나 예수님의 신성 또한 사라진 것은 아니다. 다시 부활하셨다.

디오니소스가 부활의 신인 것처럼, 예수님도 부활의 신이다. 인간과 함께 고통받으시고, 죽임 당하시고 묻히셨다가 부활하시어 날개 달린 신발을 다시 신고 하늘에 오르신 분. 디오니소스의 대사제, 니체의 디오니소스 찬양은 다름 아닌 인성으로 죽고 신성으로 다시 부활하신 예수 그리스도에 대한 찬양이다.

> 영원한 삶, 삶의 영원회귀… 죽음과 변화를 넘어서 있는 삶에 대한 의기양양한 긍정… 창조의 기쁨이 존재하려면, 삶에의 의지가 자신을 영원히 긍정할 수 있으려면 '산모의 고통'도 영원히 존재해야만 한다. …
> 이 모든 것을 디오니소스라는 말이 의미하고 있다.
>
> - 니체 『우상의 황혼』 中

62

착한 사마리아인_ MSF

"어떤 사람이 예루살렘에서 예리코로 내려가다가 강도들을
만났다. 강도들은 그의 옷을 벗기고 그를 때려 초주검을
만들어 놓고 가버렸다. 마침 어떤 사제가 그 길로 내려가다가
그를 보고서는, 길 반대쪽으로 지나가 버렸다. 레위인도
마찬가지로 그곳에 이르러 그를 보고서는, 길 반대쪽으로
지나가 버렸다. 그런데 여행을 하던 어떤 사마리아인은 그가
있는 곳에 이르러 그를 보고서는, 가엾은 마음이 들었다.
그래서 그에게 다가가 상처에 기름과 포도주를 붓고 싸맨
다음, 자기 노새에 태워 여관으로 데리고 가서 돌보아
주었다. 이튿날 그는 두 데나리온을 꺼내 여관 주인에게
주면서, '저 사람을 돌보아 주십시오. 비용이 더 들면 제가
돌아올 때에 갚아 드리겠습니다.' 하고 말하였다. 너는 이 세
사람 가운데에서 누가 강도를 만난 사람에게 이웃이 되어
주었다고 생각하느냐?"

- 『성경』《루카 복음서》10:30~10:36

신학자도 정치가도 정의할 수 없는 것이 있다. 바로 '사랑'이다.
사랑은 인종도, 종교도, 정치적 신념도 넘어선다. 고통 받는 이는

그 어떤 누구라도 사랑의 대상이 된다. 당시 사마리아인은 오히려 천대받던 지방 사람이었고, 강도를 만난 사람은 누구인지 알 수도 없다. 즉 지위고하 어떤 사람인가의 구분 없이 오직 고통받고 있는 사람일 뿐이다. 그 어떤 사람이든 인권人權이 있고, 그 인권은 보호받아야 마땅하다.

또한 사랑은 기도만 하는 관상觀想도 참선參禪만도 아니다. 사랑, 즉 자비-慈悲, 가엾이 여김-는 직접적 보시普施이다.

> 그런데, 사실인 즉 실존주의자에게는 이루어지는 사랑 말고 다른 사랑이란 있을 수 없으며 사랑 속에 나타나는 것 외에는 다른 사랑의 가능성이란 있을 수 없다.
>
> - 샤르트르Jean-Paul Sartre 『실존주의는 휴머니즘이다』中

직접적으로 행동하고 이루는 사랑만이 의미가 있다. 인간은 그의 행위 전체와 그의 삶 외에 아무것도 아니라는 것이다. 즉, 그의 행위로써만 평가되어질 수 있다. 샤르트르의 *앙가주망-engagement*-은 철저한 실천이다.

즉, 사랑은 상처받고 어려움에 처한 사람 누구에게나 어떠한 차별 없이 직접적 도움을 주는 행위를 통해서만 드러난다. 여기 내가 가장 존경하는 사람들이 있다. *국경없는의사회-Médecins Sans Frontières. MSF-*. 그들은 '지금 이 순간' '착한 사마리아인'의 표상이다. 그들은 지금 전 세계 70여 개 국의 무력 분쟁, 전염성

질병, 자연재해, 의료사각지대에서 고통받는 사람들과 의료혜택을 받지 못하는 사람들을 대상으로 구호 활동을 하고 있다. 고통받는 이들은 죄인이고 적이기 이전에 인권을 보장받아야 하는 인간이다.

그들을 생각하면 따뜻한 방 안에 앉아 펜대나 돌리고 있는 나 자신이 정말 부끄럽다. 포탄이 떨어져 벽이 허물어지는 수술방에서, 비바람 몰아치는 지중해 한가운데 난민 구조 오션바이킹에서, 캄보디아와 중앙아프리카에서 위험과 질병으로 고통받는 이들과 함께 하고 있는 그들이 현대의 착한 사마리아인들이다.

소돔과 고모라에서 열 명의 의인만 있어도 그 도시를 멸망시키지 않으시겠다는 하느님의 약속을 지금 다시 상기해 본다. MSF는 인류에게 아직 인간성 회복의 희망이 있다는 요나의 표징이며, 인류 최악의 격전지에서 사투를 벌이는 현세의 마지막 의인들이다.

태양은 작열하며_ 칠월

63

회의론자懷疑論者의 계보

결국 인간은 자연 안에서 무엇인가? 무한에 비하면 무이고 무에 비하면 전체이며, 극단의 이해에서 무한히 떨어져 있는 무와 전체 사이의 중간이다. (…)

우리는 끝에서 끝으로 밀리며 항상 불확실하고 우유부단한 채 광막한 중간을 표류한다. 어느 한쪽 끝에 우리 자신을 매달아 고정시키려 생각해도, 그 끝은 흔들리고 우리를 떠나 버린다. 그래서 뒤쫓아 가면 우리 손에 잡히지 않고 빠져나가 영원히 도주한다. 우리에게 멈추는 것은 아무것도 없다. 이 상태는 우리에게 자연스러우나, 우리의 성향과는 가장 반대되는 상태이다. 우리는 무한으로 올라가는 탑을 세우기 위해 견고한 기반과 궁극의 변하지 않는 토대를 찾으려는 욕망으로 불타오른다. 그러나 우리의 모든 기초는 무너지고 대지는 심연에 이르기까지 열려 있다.

- 파스칼 『팡세』 제1부 제15편 中

신 없는 인간의 광막한 심정을 누구보다 잘 묘사한 파스칼의 단장短章이다. 인간은 무無와 무한無限 사이 어둠 속으로 뻗은 가는 밧줄 위에 불안하게 균형을 잡고 서서 더 이상 어느 쪽으로도

발 디디지 못하는 불안정한 존재이다. 그러기에 그 불안정한 중간자를 벗어날 수 있는 유일한 길이란 그 밧줄에서 발을 내딛어 '죽음'이라는 심연으로 떨어지는 것뿐이다.

이러한 불안과 죽음에 민감하게 반응하고 사색하는 것을 그 무엇보다 중요한 가치로 여긴 이들이 회의론자들이다. 그중 대표할 수 있는 이가 16세기 프랑스 인문주의자-휴머니스트- 몽테뉴Michel de Montaigne이다. 그는 회의懷疑에 대해서 이같이 정의한다.

> 뒤흔들고, 의심하고, 따져묻고, 어떤 것도 단정하지 않고,
> 어떤 것도 다짐하지 않는 것.
>
> — 몽테뉴『수상록』2권 12장 中

그는 당시 자국 내 종교개혁으로 야기된 내전이 결국에는 인간 간의 비참한 살육으로 치닫는 것을 직접 경험한다. 그는 그 전쟁터에서 정의로운 신을 찾는 것을 포기했다. 그 대신 마음의 빗장을 걸어 잠그고 자신의 내면으로 침잠한다.

그러면서 스스로에게 묻는다. '인간은 누구인가'가 아닌 '나는 누구인가.' 그는 인간에 대한 의문조차를 꺼린다. 우리가 의문시할 수 있는 대상은 보편적인 인간이 아닌, 주관적 나 자신 뿐이라고. 그렇다고 그가 '나' 자신에 대해서도 누구라고 정의하는 것은 아니다. 오직 끝없는 '회의'만이 있을 뿐이다. '나' 조차도 정의할 수 없다.

가장 가깝고, 어쩌면 미소한 자기 자신조차 정의할 수 없기에, 우리를 둘러싸고 있는 자연을, 우주를 정의할 수 없음은 당연하다.

대표적인 스토아학파 철학자인 로마제국 16대 황제였던 마르쿠스 아우렐리우스도 그의 『명상록』에서 '대지 전체가 하나의 점에 불과한데, 네가 살고 있는 이곳은 얼마나 작은 구석인가' 하며 개탄하였고, 파스칼조차도 '눈에 보이는 모든 세계는 자연의 광대한 품 안에서 한갓 지각할 수 없는 한 점일 뿐'이라고 하였다. 나는 개인적으로 이러한 회의론자들의 계보를 잇는 20세기의 현자는 천체 물리학자 칼 세이건이라고 생각한다. 그는 '나' 아니 인류와 인류의 유일한 거주지인 행성 지구의 왜소함에 대해서 아래와 같이 읊조린다.

> 저 작은 점을 다시 생각해 보라. 저것이 여기다. 저것이 우리다.
>
> 그 위에, 그대가 사랑하는 모든 이들, 그대가 아는 모든 이들, 그대가 들어왔던 모든 이들, 예전에 있었던 모든 이들, 자신의 삶을 살아냈던 모든 이들이 있었다. 우리의 모든 기쁨과 고난, 확신에 찬 수많은 종교들, 이데올로기들, 그리고 경제 원칙들, 모든 사냥꾼과 약탈자, 문명의 모든 영웅과 겁쟁이, 모든 창조자와 파괴자, 모든 왕과 농부, 젊은 연인들, 모든 어머니와 아버지, 희망찬 아이들, 발명가와 탐험가, 모든 도덕의 스승들, 모든 타락한 정치인들, 모든 '슈퍼스타', 모든 '최고 지도자', 우리 종의 역사 속 모든 성인들과 죄인들이 태양빛 속에 부유하는 먼지 티끌 위, 그곳에서 살았던 것이다.
>
> - 칼 세이건 『Pale Blue Dot 창백하고 푸른 점』中

그렇다, 이 회의론자들은 우리에게 조언한다. 티끌만 한 점 위에 찰나만큼 살다 소멸하는 미미한 '나'라는 존재에 너무 많은 '위대함'을 기대하지 말라고. 나는 이 우주의 작은 부품일 뿐이니 항상 생의 끝 '죽음'을 기억하고 - Memento Mori - 오늘 내게 주어진 양식들에 감사하며 아낌없이 즐기라고. - Carpe Diem -

절대, 자신에게 주어진 한계 너머, 이성 너머에 눈길을 주지 않는 회의론자들. 그러나 그들 곁에 누구보다 성실히 회의적이었지만 회심하여 돌아선 파스칼은 '인간은 길 잃은 신-un Dieu perdu-'이라 하며, 그들에게 '유'의 경계, 죽음 너머 무한과 신을 응시하라고 촉구한다. 그러나 회의론자들은 절대 그 죽음의 경계 밖을 넘보지 않는다. 그렇지만 그 죽음의 경계를 그 누구보다도 유념하며, 자신에게 주어진 모든 것들을 최선을 다해 생生으로 느끼며 감사하고 즐기길 바란다. 관념으로만이 아닌, 자신의 발가락으로 뜨겁게 달궈진 바닷가 모래알을 움켜쥐기를 바란다. 죽음을 회피하지 않고 직시함으로 유한한 삶을 비관하는 것이 아닌, 그 경계 안에서 최대의 쾌락과 행복을 이끌어내고자 한다. 그들의 쾌락은 물질적 육신의 죽음을 이미 전제했기에, 물질적이지 않고 관조적이며 내면으로 풍요롭다.

간각하看脚下, 그대 발 밑을 보라. 지금 이 순간, 순간을 놓치지 마라.

죽음에서 낯설음을 없애자. 죽음과 교제하라. 죽음과 익숙해지라. 머릿속에 그 어떤 것도 죽음만큼 자주 생각하지 말라.

태양은 작열하며_ 칠월

자연은 우리에게 말한다. 당신이 이 세상에 들어온 것 같이 이 세상에서 빠져나가라. 당신이 생각도 두려움도 없이 죽음에서 삶으로 건너온 것과 동일하게 이번에는 삶에서 죽음으로 건너가라. 당신의 죽음도 우주 질서의 여러 부품 중 하나다. 이 세상 생명의 한 부품이다.

- 몽테뉴 『수상록』 제1권 20장 中

메멘토 모리Memento Mori, 죽음을 기억하라!
탄생에서 죽음에 이르는 인간의 삶을 보면
아침에 일어나서 저녁에 잠자리에 드는 하루의 일과와 같다.
우리를 가장 자유롭게 하는 것은 죽음이다.
잘 사는 것도 중요하지만
잘 죽는 것은 더욱 중요하다.

- 톨스토이Leo Tolstoy

오, 나의 영혼아, 영원한 삶을 탐내지 말고
가능의 영역을 소진하라.

- 핀다로스Πίνδαρος, 고대 그리스 시인

우리에게 생(生)은
야성적이며 급격한 맛이었다.
그리고 나는 바란다,

여기서는 행복이 죽음 위에 피는 꽃과 같기를.

- 앙드레 지드『지상의 양식』제7장 中

알려고 묻지 말게, 안다는 건 불경한 일,

신들이 나에게나 그대에게나 무슨 운명을 주었는지,

더 나은 일은, 미래가 어떠하든,

주어진 대로 겪어내는 것이라네.

현명하게나, 포도주는 그만 익혀 따르고,

짧은 인생, 먼 미래로의 기대는 줄이게.

지금 우리가 말하는 동안에도,

인생의 시간은 우릴 시기하며 흐른다네.

제때에 거두어들이게, 미래에 대한 믿음은

최소한으로 해두고.

- 호라티우스Quintus Horatius
〈묻지 마라, 아는 것이〉 中

여기 영원한 내 소유는 없지만

그러나 생의 이 기쁨을 만끽하라.

생의 이 기쁨 속에서

빛 그 자체가 되어 살아가라.

-『법구경』제15장 행복 安樂品 中

64

어느 소작농의 반역

"우리는 삶에 아주 유용한 여러 지식에 이를 수 있고, 강단에서 가르치는 사변적인 철학(philosophie spéculative) 대신에 실제적인 것(une pratique)을 발견할 수 있으며, 이로써 우리는 불, 물, 공기, 별, 하늘 및 우리 주변에 있는 모든 물체의 힘과 작용을 - 마치 우리가 우리 장인의 온갖 기교를 알듯이 - 판명하게 앎으로써 이 모든 것을 적절한 곳에 사용하고, 그래서 우리는 자연의 주인이자 소유자가 된다는 것이다."

- 르네 데카르트René Descartes 『방법서설』 中

그리스 시대의 자연철학자 탈레스Thales는 "만물은 신으로 가득 차 있다"라고 했다. 아낙시만드로스Anaximandros는 자연, 우주는 무한정적이고 무규정적이면서도 이를 바탕으로 무한이 고갈되지 않는 상호대립의 과정을 통해서 생성, 발전, 순환한다고 생각했다. 소크라테스Socrates 이전 궁극의 철학자인 '강가에 선 노인' 헤라클레이토스Heraclitus of Ephesu도 '대립자의 통일'이라는 주제로 그의 『자연에 관하여』에서 우주, 정치, 신들까지 모두 논했다고 전한다.

즉, 그리스 철학은 특히 소크라테스 이전의 철학은 신 중심적이지도, 인간 중심적이지도 않았다. 그야말로 호메로스나 헤시오도스Hēsíodos의 서사시처럼 극히 인간적인 신들, 그리고 그 신들과 어울려 사는 인간 모두의 시대였다. 자연의 근본 힘이 무엇인가에, 데카르트 식으로 말하자면 사변적 철학 수준으로 호기심과 순수한 논변의 수준에 지나지 않았다. 하지만 그만큼 생각은 자유로웠고 폭이 넓었으며, 그 철학 안에서 인간, 신, 자연은 하나였다.

그러나 로마를 거쳐 유일신 기독교 신앙이 중심이 되는 시대가 되자 신, 인간, 자연이 뚜렷이 분리되기 시작한다. 창조자 신, 신의 피조물이자 대리자이며 종인 인간 그리고 관리의 대상인 자연. 인간은 절대자의 소작농이었다. 자신에게 맡겨진 농장과 가축들을 관리하고 그 소출의 일부를 대가로 받았다. 그러나 절대자가 인간 자신에게 이 세상을 맡겨준 이후로 절대자를 대면한 적이 한 번도 없고, 다만 아버지의 아버지, 그 아버지의 아버지, 그 어느 누구가 절대자와 만났다는 것, 그래서 그의 종이 되었다는 먼지 가득 쌓인 족보의 기록만을 볼 수 있을 뿐이다.

외투를 입고 난롯가에 앉아 손에 재산 장부를 만지작거리고 있는 변해버린 모습의 소작농에게는 언젠가는 다시 돌아와 수확한 것을 셈하겠다는 주인의 약속은 벌써 몇천 년이 지난 기한 만료의 계약으로 여겨질 뿐이다.
그 스스로 반역은 아니라고 부정했을지도 모른다. 그러나 그에 대한 평가는 그 자신의 생각이 아니라 그로 인한 결과물로써 이루어진다. ***우리가 자연의 주인이자, 소유자가 된다***는 것. 이는 절대자는 다시 돌아오지 않을 것이라는 확신이 없이는 소작농이 가질 수 없는 생각이다. 자연의 주인, 소유자의 자리에 앉은 그는 먼 훗날 주인이 자신의 농장에 찾아오게 된다면 그와 맞서고 그를 잡아 죽일 것이다.

65

데카르트 중심적 계보학

이성의 계보

실낙원 후 이성과 의지가 있었다. 이성과 의지는 데카르트가 *자연의 빛*에 의해서 구분하기 전까지는 혼돈상태였다. 그 전에 의지는 오로지 절대자의 몫이었고 인간은 그 끄트머리의 일부분만을 나누어 받았을 뿐이었다.

그는 23세였던 1619년 11월 10일, 성 마르틴 축일 전야에 세 가지 기묘한 꿈을 꾼 이후 자신의 소명을 확신한다. '자연 곧 이성의 빛에 따른 진리 탐구가 나에게 주어진 사명이다.' 그러던 어느 날 겨울 외투를 끼어 입고 난롯가에 앉아 종이를 손에 쥐고 있던 그는 자신의 눈, 머리, 손 및 온몸이 허상이 아니며, 실존하고 자신의 것임을 확신한다. 그날 '자연의 빛'이 그를 비춘 것이다.

"나는 생각한다. 그러므로 나는 있다."

- 성 아우렐리우스 아우구스티누스 히포넨시스Sanctus Aurelius
Augustinus Hipponensis (354~430) 『신국론』 中

태양은 작열하며_ 칠월

"나는 무엇을 아는가? Que Saie je?

뒤흔들고 의심하고, 따져묻고, 어떤 것도 단정 지을 수 없고

어떤 것도 다짐할 수 없다."

- 미셸 드 몽테뉴(1533~1592) 『수상록』 中

"생각한다, 그러므로 존재한다. Cogito, ergo sum"

- 르네 데카르트(1596~1650) 『방법서설』 中

"인간은 자연에서 가장 연약한 한 줄기 갈대일 뿐이다.

그러나 그는 생각하는 갈대이다."

- 블레드 파스칼(1623~1662) 『팡세』 中

"나는 생각한다. Ich denke."

- 임마누엘 칸트(1724~1804) 『순수이성비판』 中

의지의 계보

현대는 이성의 시대인 듯싶지만 이성보다 광기狂氣의 의지가
지배하는 시대이다. 그 의지는 개인의 의지이기보단 보다 초월적인
세계-역사-의 의지이며, 속성상 자신의 힘을 더욱 키우려는
방향으로 인간들을 포함한 모든 자원을 고갈시킨다. 두려운 것은
그 의지가 거대화되고 더욱더 추상화된다는 점이다. 전면으로
드러나지 않고 배후로 숨는다.

에덴 추방 이후, 모호함 속에 섞여있던 이성과 의지는 시간의 흐름에 따라 나누어지는 듯하더니만 다시 의지의 폭풍우 속에서 모든 것이 뒤집혀지고 섞여버린다. 과학을 포함한 이성적 활동들도 광폭한 의지의 도구로 전락해갈 뿐이다.

의지는 생각보다 앞선다. 끝도 모를 철로 위로 폭주기관차가 모든 자원을 엔진에 총동원하며 동력을 최대로 끌어올려 가속화한다. 엔진에서 바퀴에 전해지는 힘을 이제는 바퀴가 지탱하기 힘들 지경에 이르렀다. 힘을 전달해 주던 톱니가 하나둘 부러져나간다. 역으로 그 저항을 받은 엔진이 스스로 생산해 내는 힘을 주체 못해 터져버리기 직전이다. 그렇지만 휴식이란 있을 수 없다. 더 이상 이 폭주기관차에는 기관사도 없다. 스스로 가속도를 붙이며 최후의 순간까지 내달릴 것이다. 엔진이 터지던 바퀴가 부서져 일탈하던, 바로 그 최후의 순간까지.

"의지 곧 결단의 자유. (⋯) 이것은 내가 신에 대한 어떤 그림 및 닮은꼴을 지니고 있음을 인식하는 근거가 되기도 한다. (⋯) 오류는 어디에서 비롯하는가? 즉 의지가 오성보다 더 넓게 열려 있는데도 내가 의지를 지성 안에 가두지 않고 오히려 인식하지 않은 것들에까지 확장시키는 일에서 비롯된다."

- 르네 데카르트 『성찰』 中

"나는 세계정신(Weltseele)을 보았다."

- 게오르그 헤겔(1770~1831) 『자서전』 中

"철학적 역사가 말하는 개인이란 세계정신(Weltgeist)이다. 철학이 다루는 최초의 사실은 사건들의 정신 자체, 그 사건들을 생산해 낸 정신이다."

- 게오르그 헤겔 『역사철학 강의』 中

"의지만이 사물 자체다. 의지는 모든 개체 및 전체의 가장 심오한 부분이자 핵심이다. 의지는 맹목적으로 작용하는 모든 자연력 속에 현상하고, 숙고를 거친 인간의 행동 속에서도 현상한다."

- 아르투어 쇼펜하우어(1788~1860)
『의지와 표상으로서의 세계』 中

"생 자체가 힘에의 의지라고 할 경우, 생에는 힘의 등급 외에 가치를 갖는 것은 아무것도 존재하지 않는다."

- 프리드리히 니체(1844~1900) 『힘에의 의지』 中

"의지에의 의지는 자기 자신에 대해 항상 불신하고 음흉하며, 자신을 힘으로서 확보하는 것 외에는 다른 아무것도 염두에 두지 않는다."

- 마르틴 하이데거(1889~1976)
『강의와 에세이』 中

66

자아모독

너희들은 올바른 호흡법을 인정받았다. 허풍쟁이들아, 맹목적인 애국자들아, 유대인 같은 자본가들아, 혐오스러운 상판대기들아, 어릿광대들아, 천박한 인간들아, 젖비린내 나는 인간들아, 매복한 저격수들아, 실패한 작자들아, 비굴한 작자들아, 소심한 작자들아, 가치 없는 작자들아, 구더기 같은 작자들아, 오락실 사격장의 허수아비들아, 생각해 볼 가치도 없는 작자들아.

- 페터 한트케 『관객모독』中

묵은 변비를 일소에 해소하는 시원한 배변의 통렬함!

어둔 객석-대중- 안에 남인 듯 숨어있는 나. 자신의 이름이 호명되는 것을 두려워하고, 일어서서 소리치기는 세상이 두 쪽 나도 불가능하다. 그는 더 이상 들판의 바람을 맞으며 달려가 사냥감을 향해 창을 던지는 사냥꾼이 아니다. 정연된 줄과 간격, 윤활유 밑에서 어긋남 없이 돌아가는 전동기계의 규칙적인 진동이 더 안락하다.

누구보다 자신에게 숨기고 싶은 자신. 페르소나 속 위선과 억압으로
인해 변태가 되어버린 욕정의 두 얼굴에 침 뱉고 욕지거리를
해대고 싶다. 자기 자신에게 퍼붓는 자아모독, 자아비판은 최고의
카타르시스다.

"너를 결박하고 있는 옷을 찢고 울부짖으며 일어나,
네 창을 던져라!"

67

아름답게 빛나는 사랑의 노래

벨리니Vincenzo Bellini

《Vaga luna, che inargenti, 아름다운 은빛 달빛이여》

젊음은 아름답다! 가진 것이 아무것도 없을지라도, 절망하고, 슬퍼하고, 고독할지라도…, 그대는 젊으니까. 어쩌면 젊기에 절망하고 슬퍼하고 고독할 수 있을지도 모른다.

젊었을 적 생각에 문득 잠긴다. 사랑에 절망하고, 자신을 찾고자 애태웠던 순간들…. 그때가 아름답게 기억되는 이유는 젊음이 있었기 때문이다. 달빛을 보며 사랑하는 연인을 생각하고, 작열하는 햇빛 아래서도 슬퍼할 수 있기에 젊음이다.

아, 그 무엇과도 바꿀 수 없는 젊음이여, 위태롭기에 더욱 빛나는 아름다움이여…….

방랑하는 은빛 달이여,
이 시냇물과 이 꽃들에게
일러주오, 일러주오, 그들에게
사랑의 말 일러 주오.

너만이 나의 증인이니

불타는 나의 욕망을

그만을, 그만을 사랑하네.

세어보라, 이 한숨과 맥박을

그만을, 그만을 사랑하네.

세어보라, 이 한숨과 맥박을

그만을, 그만을 사랑하네.

세어보라, 이 한숨과 맥박을

이 한숨, 이 한숨

말해다오, 멀리 있어도

나의 고통 덜 수 없다고

나의 맘에 한 가지 희망 있다면

그녀만이, 그녀만이 내 소망.

말해주오, 낮이나 밤이나

고통의 시간 센다고.

한 가지 희망, 기쁨의 희망이

날 위로해, 날 위로해, 나의 사랑 위로해

날 위로해, 날 위로해, 나의 사랑 위로해

날 위로해, 날 위로해, 나의 사랑 위로해

내 사랑, 내 사랑

- 벨리니 《Vaga luna, che inargenti》

68

불나방처럼 무모하게

F. 스콧 피츠제럴드Francis Scott Key Fitzgerald 『위대한 개츠비』

우리네 삶이란 타오르는 불꽃을 향해 뛰어드는 불나방 같은지도 모른다.

무모한 목표를 세우고, 아니, 어떠한 목표도 없이 판단도 없이 눈앞에 빛나는 광채로 몸을 던지는지도 모르겠다. 사람이란 복잡한 듯 보이지만 결코 절대 복잡하지 않은 지극히 단순한 존재이다. 부든 명예든 지식이든 또는 애정이든 무엇 하나라도 채우지 못하면 인간은 스스로 낙오자라 못 박는다. 그 이루지 못한 것들로 인해 죽을 때까지 자기 자신을 괴롭힌다.

물고기 떼처럼 대중의 세상 속에서 휩쓸려 다니더라도, 그 어느 순간 마주하게 될 나 자신과의 독대는 절대 피할 수 없다. K인 내가 또 다른 나인 -K와 독대하게 될 그 순간, 지내온 인생에 대해서 무엇을 이야기할 수 있을 것인가. 공공의 보편적 사랑을 베풀고자 희생하며 살았다고 주장할 수 있을 것인가, 아니면 작지만 소중한 가정을 위해 한평생 바쳐 아무런 후회 없다고 말할 수 있을 것인가. 그것도 아니라면, 무모할지라도 개츠비와 같이 자신이 그려놓은 이상을 향해 인생을 내걸었다고 자신할 수 있을 것인가.

만약 '나'가 '-나'에게 정말로 후회 없었다고 이야기할 수 있다면, 인생 목표 간의 경중을 논할 수는 없지 않을까. 그렇다면 그 '후회'란 무엇일까, 어떻게 하면 그렇게 후회를 하지 않을 수 있단 말인가. 나에게 있어 후회를 하게 만드는 가장 치명적인 골수의 약점은 무엇인가, 내 존재를 말살시킬 수 있는 그 급소는 어디인가. 누군가 나의 그 부분을 살짝 손가락으로 건드리기만 하더라도 뇌 속까지 그 강한 전기 충격이 전달될 수 있는 그 급소, 그 급소가 어디인가? 장난감 로봇의 등 뒤에 달려 있는 스위치와 같은? 나에게 그러한 급소가 어디인지 발견하고, 그 급소를 지켰다면, 그의 인생이 어떠한 모습이건 그를 실패했다라고 말할 수는 없지 않을까. 인간에게는 그의 존재 이전부터 그에게 '계획'되어진 그 급소가 있는 듯싶다. 그 급소를 보호하기 위하여 누구는 사랑, 누구는 명예, 누구는 권력, 누구는 돈을 추구한다. 자신의 급소를 분명히 기억해 낸 자들은 결코 주저할 수 없다. 타오르는 불꽃을 향해 뛰어드는 불나방이 될 수밖에 없다. 그 급소를 공격당하면 바로 죽음이기 때문이다. 우리 인간들은 그렇게 지어진 듯싶다. 그 불나방들에게 후회란 있을 수 없다.

가장 지적인 존재가 가장 무모하다. 나 스스로의 급소를 알아볼 수 있어서 지적이고, 그 급소를 지키고자 끝까지 집착하니 무모하다. 아마도 사랑을 채웠어야만 하는 사람에게 최후에 가장 부족하게 느껴지는 것은 사랑이리라. 돈을 향했던 이에게는 돈이, 권력을 향했던 이에게는 권력이 가장 부족하고 채우지 못한 것으로 남을 것이다.

그러기에 인간은 결국 불나방처럼 거대한 광채로 뛰어들어 사라지는지 모르겠다. 자신이 바랐던 것을 스스로 온전히 이룰 수 없기에 결국에 몸을 불사르러 뛰어드는 최후의 선택. 그러나 광채로 뛰어든 불나방은 어둠 속을 헤매다 떨어져 습한 땅 어딘가에서 다른 이들의 먹이가 되거나 썩어지는 이들의 패배보단 낫지 않을까.

광채로 뛰어들어 마지막 불꽃을 피우며 사라져가는 불나방과 같은 인간들은 결코 자신의 만족을 채우지 못하고 소멸하겠지만, 그의 존재는 분명히 기억되고, 영원하고 온전한 광채와 하나가 될 것이다.

'개츠비는 그 초록색 불빛을 믿었다. 해가 갈수록 우리에게서 멀어지기만 하는 황홀한 미래를. 이제 그것은 자취를 감추었다. 그러나 뭐가 문제겠는가. 내일 우리는 더 빨리 달리고 더 멀리 팔을 뻗을 것이다…… 그러면 마침내 어느 찬란한 아침……

그러므로 우리는 물결을 거스르는 배처럼, 쉴 새 없이 과거 속으로 밀려나면서도 끝내 앞으로 나아가는 것이다.'

— F. 스콧 피츠제럴드 『위대한 개츠비』 中

69

실존주의적 인간

나는 실존주의자이다

"인간이란 정신이다. 그렇다면 정신이란 무엇인가? 그것은 자아이다. 그러면 자아란 뭐란 말인가? 자아는 자신과 관계하는 하나의 관계이다. 즉, 그것은 관계 속에서, 이 관계가 내면으로 방향을 트는 것을 의미한다.

인간은 무한과 유한, 일시적인 것과 영원한 것, 자유와 필연의 종합, 요컨대 하나의 종합이다. 종합이란 두 용어 간의 관계이다."

- 키에르케고르 『죽음에 이르는 병』 中

하이데거는 **현존재-Dasein**-는 열린 의식이라고 하였다. 현존재는 자신 존재의 의미에 의문을 제기하며 항상 '열려있다.'

'삶의 의미는 무엇인가?', '왜 세상은 무가 아니라 유인가?' 현존재의 그 열린 광장에서 모든 원초적 질문들이 충돌한다. 결코 질서정연한 공간이 아니다. 항상 격돌하고 파괴되고 다시 생성되는 살아있는 장소이다. 키에르케고르가 이야기하듯, 무한과 유한, 일시적인 것과 영원한 것, 자유와 필연들이 격돌하는 장소이다. 그렇지만 그 결과는 점진적 발전에 의함이 아니라, 절대적 초월성과 극히 주관적이고 사적이고 구체적인 체험을 통한 '도약'에 의해서이다.

그 도약이 이루어지기 위한 근간에는 고통이 있다. 키에르케고르는 '죄의식'이라 하며, 그 '죄의식'은 내면과 외면의 불일치에 대한 인식, 믿는 자의 마음속에 깃든 이상 및 무한에 대한 동경과 그의 유한성 간의 불일치를 인식하는 것이라 하였다. 키에르케고르와 다르게 철저한 무신론자였던 알베르트 카뮈는 이와 같은 이상과 현실의 부조화를 **부조리**라 하였다. 그에 의하면 인간은 의미가 없는 우주에 의미를 부여하려는 생득적인 강렬한 욕망을 지닌 피조물이다. 따라서 현존재의 장에서 의미를 추구하려는 우리의 욕망과 무의미한 세계간의 갈등은 끊임없이 계속될 수밖에 없다.

카뮈는 그 부조리한 상황에서 '선택'을 강요한다, '그래서 살 것인가, 죽을 것인가. 인생은 살만한 가치가 있는 것이냐, 없는 것이냐. 만약 가치가 없다고 판단되면 자살을 선택할 수밖에 없다. 그렇지 않다면 그 부조리를 받아들이고 치열하게 살아라.' 그는 그의 소설 『이방인』의 주인공 뫼르소를 우리들의 분수에 맞을 수 있는 단 하나의 그리스도로 그려보려고 애썼다고 했다. 영웅적이지 않지만 부조리에 맞서, 아닌 것은 아니라고 말할 수 있는, 자신에게 주어진 제약된 시공간 안에서 진실을, 아니 진실은 못되더라도 최선을 다하는 인간, 그가 무신론적 그리스도이다. 산꼭대기에서 굴러 떨어지는 바위를 영원히 자신의 어깨로 떠받치며 밀어 올리는 운명에의 반항아, 시지프처럼.

우리도 카뮈처럼 키에르케고르처럼 눈을 부릅뜨고 모든 열린 가능성을 회피하지 않으며 치열하게 고민하고 선택해야 한다. 대중에 휩쓸려 그저 하나의 거수기, 불특정 다수 중 하나일 뿐인 세인Das Man이 아닌, 유신론자이건 무신론자이건 자신은 특별하다는 자존심을 잃어버리지 않고 단독자로서, 특권자로서 부조리에 저항하는 것이 용기 있는 실존주의자의 모습이다.

  모든 사람은 특권자라는 것을,
  특권자밖에 없다는 것을.

- 카뮈 『이방인』 中

70

흑산黑山

김훈 『흑산』

우연도 미리 계획되는 것일까?

미리 계획된다면 그것은 우연이라고 할 수 없는 것인가? 내가 모르는 계획이 있었고, 그것이 내게서 이루어지면 그것은 우연이라고 해야 하는가, 필연이라고 해야 하는가?

여름휴가 가기 며칠 전, 인터넷에서 우연히 김훈의 『흑산』을 접하게 되었다. 예전부터 읽어야지 읽어야지 했던 책인데도 미루고 미루어서 잊고 있었던 책. 그 책이 기억 속에 묻혀있다 생각 위로 떠올랐다. 그래서 이번 여름휴가 여행은 『흑산』과 본의 아니게 같이 하게 되었다. 아이들을 신나게 놀리려고 물놀이 좋고, 숙박이 편안한 신두리 해안가로 갔다.

휴가를 다녀온 지금도 저녁노을 지는 해변을 잊을 수가 없다. 그 광경을 그저 붉은 노을 지는 해변이라고만 표현할 수는 없다. 멀리 물러났던 바다가 해질녘이 되면 뭍으로 다가선다. 파도 소리도 가까워지고, 바다 냄새도 더욱 가까워진다. 하늘색은 주황빛에서 붉은빛으로, 다시 검보랏빛으로 수평선에서 해안가로 다가온다.

그와 함께 바다의 색도, 소금의 냄새도 더욱 짙어지고 깊어진다. 그러한 하늘과 바다의 조화 속에 어둠이 내려앉으면 하늘도 바다도 소리도 냄새도 모두 섞이어 하나가 되고, 해안가 조그만 인간들마저도 함께 묻혀버리게 된다.

김훈은 『흑산』에서 다음과 같이 이야기했다.

> 아무것도 눈에 걸리지 않았다. 처음 보는 난바다였다. 바다에서는, 눈을 감으나 뜨나 마찬가지였다. 물과 하늘 사이를 바람이 내달렸다.
> ……이것이 바다로구나. 이 막막한 것이…… 여기서 끝나고 여기서 또 시작이로구나.
> 바다에는 시간의 흔적이 묻어 있지 않았고, 그 너머라는 흑산이 보이지 않았다.
>
> - 김훈 『흑산』 中

그렇다, 어둠 속에 분명 내 앞에 바다가, 하늘이 있건만, 눈을 더욱 크게 떠도 그들의 모습은 분간을 할 수가 없었다. 김훈이 본 '난바다'도 이와 같은 기분이었으리라. 안개가 낀 난바다, 그와 같이 어둠이 내려앉은 밤바다.

그는 그의 책에서 분간할 수 없었던 시대를 이야기하고 있다. 무엇이 옳고 그른지 판단할 수 없었던 시대. 자신의 운명을 숙명이라 여겼을 사람들. 그들의 '야소'는 우리의 '예수'보다 더욱 절박했으며, 양반과 상놈의 신분은 곧 삶과 죽음의 구분이었으며, 순교자와 배반자는 동시에 같은 신자였고, 밀고자가 곧 신자였다. 육지와 섬이 구분되지 않는 '난바다', 그야말로 앞을 분간할 수 없는 시대였다. 내가 왜 '야소'를 선택했는지도 모르고, 또 '야소'를 따르며 죽어 가는지도 모르고, 그렇지만 그 길을 가야 한다는 숙명을 숙명이 아닌 자신의 선택으로 받아들였으나, 그 선택 또한 그들의 의지가 아니었다.

정순왕후 시절인 1801년 신유박해로 많은 천주교 신자가 순교를 하였다. 『흑산』의 줄거리를 이루는 인물들인 정약현과 그의 동생들인 정약전, 정약종, 정약용과 그의 사위 황사영. 이 모든 인물들이 '난바다'와 같이 분간하지 못하는 시대에 서로 각자의 길을 선택하여 나아갔다. 정약전과 정약용은 배교를 하였고, 정약종과 사위 황사영은 신앙을 지켰다.

2014년 8월 프란치스코 교황이 광화문에서 124위 순교자 시복시성 미사를 집전하였다. 이 124위 순교자가 바로 1801년부터 진행된 박해 시대에 순교자들이다. 정약전은 난바다를 건너가 흑산도에서 생을 마감하였고, 정약용은 귀향 갔다 다시 자신의 고향으로 돌아와 별세하였다. 정약종 아우구스티노는 한양 서소문 밖에서 참수 당하였으며, 천주교 전교의 지도자 격이었던 황사영 알렉시오는 베론에 숨었다가 잡혀서 처형당하였으나, 청나라로 보낸 〈황사영의 백서〉로 인해서 아직도 순교와 매국의 난바다를 헤매고 있다.

우리 모두는 각자 하나의 '섬'이다. 우리 앞에는 난바다가 놓여 있다. 난바다 건너의 다른 섬은 나의 다른 모습이기도 하고, 나와 이 시대를 같이 하고 있는 타인이기도 하며, 내 선조이기도, 내 후손이기도 하다.

난바다 한가운데 놓여 있는 고립무원의 섬, 순교자들은 그 섬에서 분명한 빛을 발견했던 것일까? 아니면, 안개에 가득 둘러싸인 절벽에서 더는 선택의 여지가 없이 앞으로 발을 내디딘 것이었던가.

휴가에서 돌아오는 길, 해미성지를 들렀다. 수천의 천주교 신자가 처형된 해미. 해미에서 나는 신앙 선조들의 넋을 만나보고 싶었다. 지금처럼 무덥게 햇볕이 내리쬐던 날, 같은 햇빛 아래서 그들은 목 잘려 죽고, 물에 빠뜨려져 죽고, 돌바닥에 떨어뜨려 죽어갔다. 이 장소 해미에 같이 있건만, 그분들과 나 사이에도 역시 '난바다'가 존재하는가, 내가 이곳에 서서 그들을 떠올리는 것은 우연인가 필연인가…….

나는 확신한다. 그분들의 순교는 분명 우연도 선택도 아닌 숙명이었다고.

주여 우리를 매 맞아 죽지 않게 하소서.
주여 우리를 굶어 죽지 않게 하소서.
주여 우리 어미 아비 자식이 한데 모여 살게 하소서.
주여 겁 많은 우리를 주님의 나라로 부르지 마시고

우리들의 마을에 주님의 나라를 세우소서.

주여 주를 배반한 자들을 모두 부르시고

거두시어 당신의 품에 안으소서.

주여 우리를 불쌍히 여기소서.

- 김훈 『흑산』 中

한국 교회의 수호자이신 성모 마리아와 성 요셉,

저희를 위하여 빌어 주소서.

한국의 모든 순교 성인들이여,

저희를 위하여 빌어 주소서.

아멘.

모비 딕_ 거대한 물건

허먼 멜빌『모비 딕, Moby-Dick; or, The Whale』

태양이 이글거리는 남방 대양에 뜬 배

검푸른 바다, 망망대해 -육지가 보이지 않는-.

열여덟 소년, 에이헤브는 검은 바다에 작살을 던지며 뱃사람이 되었다. 그 후로 사십여 년 많은 것들을 바다로부터 끌어올렸지만 그러면 그럴수록 그에게 바다는 점점 더 깊어만 갔다. 그에게 바다는 나르키소스의 검은 숲 속 연못이었다.

그러던 어느 날, 그 심연으로부터 솟구쳐 올라오는 레비아탄, 백경白鯨. 수 미터에 달하는 넓은 이마와 수십 미터에 이르는 체구 그리고 백색-명예롭고 숭고함으로 거듭나기에 더욱 파악하기 어려운, 두려움을 자아내는 공포, 송장처럼 차가운, 색이라기보다는 가시적인 색의 부재인 동시에 모든 색이 응집된 상태-의 무자비함의 제의祭衣를 입고 백경은 그의 앞에 우뚝 솟아올랐다. 그리고 그 괴물은 순식간에 그의 한쪽 다리를 앗아간다. 그는 열병과 악몽에 몇 날 며칠을 사투한다. 조각난 몸, 일그러진 욕망. 바다에 대한 나르시시즘은 그렇게 그를 완전한 실재를 끊임없이 욕망하는 불구자로 만들어 버린다.

그 *실재-Ding-*는 찾으면 찾을수록 더욱 숨어든다. 다가가면 다가갈수록 멀어지는 수평선처럼. '쓰이지 않기를 멈추지 않는' 접근이 배제된 불가능성의 원리. 그 깊은 바다 속에서 찾는 자아는 결국 타자일 뿐이다. 언젠가 실현될 완벽한 자아를 환상적으로 기대하지만, 결코 조각난 몸이 완전해질 순 없다. 그럼에도 에이헤브는-우리는- 그 무모한 욕망과 복수를 위해 검은 바다로 뛰어든다.

그 백경을 쫓아 망망대해에 띄운 피쿼드호, 망상적 코기토Cogito. 자신의 논리와 인식으로 그 무한한 바다를 정복할 수 있으리라 생각하지만 한 점 고깃배일 뿐이다. 그 작은 선船 상은 우리의 일상이다. 그곳에는 개별적 사연들을 지닌 선원들이 거주하기 위한 규율이 있고, 지도와 나침반, 키가 있다. 바다로부터 포획한 고래를 상품성 있게 분해, 분류도 한다. 짜여진 매트릭스, 그물망이 숭숭하여 뒤편이 휑하니 비치지만, 우리는 그 매트릭스에 의존해 하루하루를 버틴다. 모든 것은 원인과 결과로 해석되고 합리적 필연성으로 동작해야만 한다. 망망대해 한 곳에서 멈추면 곧 '소멸'이다. 중단 없이 계속 전진하고 돌아가야만 한다. '쓰기를 멈추지 않는' 상징의 선상이다. 그 하나하나가 지시하는 기의-記意 시니피에-보다 껍데기인 기표-記表 시니피앙-에 의해 지배되는 시스템. '나'란 존재 자체보다 내 이름, 내 주민번호가 더 중요한 매트릭스이다. 욕망에 이끌려 실재를 다 획득하고자 할지라도 우리에게 주어지는 도구는 이 껍데기에 불과하다. 이 기표들의 상징적 정의로 인해 오히려 실재의 많은 부분은 잘려나가고 빗금

쳐진다.

이 망망대해에서 한정된 배 밖으로 나아갈 수 있는 유일한 길은 '죽음'뿐이다. 모든 것은 선상에서 이루어져야만 한다. 그러나 욕망은 그러한 금기 때문에 더욱 욕망한다. 그 금기를 넘어 잃어버린 대상에 도달하려는 충동은 어둔 밤 돛대 끝 푸른빛으로 빛나는 '세인트엘모의 불꽃-낙뢰가 일어나기 전 구름 속 전기장이 강해졌을 때 유도에 의해 돌출물에서 생기는 방전 현상-'처럼 번뜩거린다.

절대적인 불가능한 것에 대한 향유의지를 프로이트Sigmund Freud와 라캉Jacques-Marie-Émile Lacan은 '죽음충동'이라 했던가. 그러나 어차피 인간은 태어나는 순간, 죽음을 선고받은 수인의 몸. 죽음은 열린 세상으로 탈출할 수 있는 유일한 통로이다. 매트릭스에 각인된 기표들 사이로 언뜻 언뜻 도달할 수 없는, 손으로 잡을 수 없는 기의들이 스쳐 지나감을 느낀다. 망망대해의 작은 점, 고깃배와 같은 고립무원의 섬 탑 꼭대기 옥방 조그마한 쇠창살로 스며드는 한 가닥 바람결에 묻어오는 바다 내음. 옥방에 가는 빛이 스며드는 작은 창이 차라리 없었더라면 좋으련만. 옥방을 벗어나고자 하는 자, 자신에게 철저히 은닉된 세계의 실재-Ding-를 갈망하는 자는 차가운 옥방 담벼락에 머리를 부딪치며 죽음을 시험하고 결국 그 죽음에 대한 욕망은 트라우마trauma를 불러온다.

"죽음을 원하는 자에게 죽음을!"

에이헤브에게, 그리고 피쿼드호에게 백경은 모비·딕-Mobi-Dig, 거대한 물건. 속어론 '남근'의 의미-이라는 레비아탄-Leviathan, 바다의 괴물, 사탄-을 현시한다. 백경, 그 고래는 에이헤브의 다리를 앗아갔기에 모비딕, 레비아탄, 트라우마가 되었다. '두려운 낯섦, 그리고 동시에 익숙한' 프로이트의 운하임리헤-das Unheimliche, the uncanny- 트라우마. 객관적 우연-hasard objectif-, 우연 같지만 실상은 필연성에 의해 끌려나온 억압된 기억, 실재가 드러나는 양상. 우리가 무의식적으로 항상 원했던 그 무엇이기에 익숙하지만, 의식의 수면 위로 매트릭스를 찢으며 현시되는 억압된 실재의 광폭함은 감당하기 힘들도록 두렵고 낯설다.

그러나 어리석은 인간은 트라우마를 피하지 않고 맞서며 모비딕의 그 빙하같이 차고 흰 거대한 이마를 향해 돌진한다. 인간은 자신의 배가 그 모비딕과 충돌해 심연으로 침몰할 때까지 욕망한다. 그 죽음까지 넘어서고자 하는 실재를 향한 욕망. 그러나 그 무모함만이 진흙 속에 뿌리박은 유물론적 진화의 생명나무에서 우리 인간을 특별한 존재로 일탈케 하는 유일한 출구인지도 모른다.

아! 자신을 파멸시킬지도 모를 것을 찾아 이토록 열심히 푸른 망망대해를 헤매는 자들이여!

- 허먼 멜빌 『모비 딕』 中

72

초월자

위버멘쉬-Übermensch- 너머

고통의 인고를 짊어진 노쇠한 그리스도가 아닌, 모든 고통을 이기고, 죽음마저 이기고, 세상의 구세주로 승리하는 청년 그리스도!

인간적인 상대적 강함과 승리의 모습을 넘어서는 영원한 초월자. 그를 따르는 길은 고통 속에서 슬퍼하는 것이 아니라, 밝고 씩씩하게 긍정하며 나아가는 것이다. - 운명에의 사랑, Amor Fati -

내 삶에 도반道伴이 되어주시는 주님.
험한 풍랑 속을 같이 항해하시고, 목적지의 등대가 되어주시는 주님. 현존하는 그리스도.

> "하느님의 나라-Regnum, 왕권, 주권-는 눈에 보이는 모습으로 오지 않는다. 또 '보라, 여기에 있다.', 또는 '저기에 있다.' 하고 사람들이 말하지도 않을 것이다. 보라, 하느님의 나라는 너희 가운데에 (이미 와) 있다."
>
> - 『성경』《루카 복음서》 17:20~17:21

어둡고 습한 방에 홀로 무릎 끓고 앉아서 죽음을 기억-Memento mori- 하려고 애쓰지 말고, 파란 하늘과 붉은 태양이 이글거리는 정오의 대지로 나아가 뜨겁게 불어오는 바람을 맞으라. 오늘을 움켜잡아라. Seize the day!

미래를 향한 나약한 희망은 오늘의 회피다. 판도라의 상자 속 최후까지 남았다는 교활한 악 중의 악, 그리스인들이 혐오했던 '희망'. 매순간 주어지나 결코 잡을 수 없는 것. 그 '희망'은 어쩌면 악마가 인간을 낚아채려는 가장 날카로운 낚싯바늘일지도 모른다. 그 '희망'은 과망이요 허망이다.

　　"내일로 미루라, 내일에 바라라."

이것이 '희망'이라면 차라리, 이런 '희망'은 버려라. 삶을 유예하지 마라. 지금 절망하라. 그리고 그 자리에서 바로 다시 일어서라. 미래로 끝없이 지연되는 과망과 허망의 '희망'이 아닌 지금 이곳에서 희망하라. 하느님의 왕권Regnum은 이미 **지금, 여기** 우리 가운데 현존하신다.

73

헤밍웨이_『누구를 위하여 종은 울리나』
오웰George Orwell_『카탈루냐 찬가』

허물어져 가는 유토피아 건설 역사. 스페인 내전

전쟁에 대한 글을 쓴다는 것은 참전해 본 자만이 가능한 일이라고 생각한다. 아무리 픽션이 다른 이들의 경험을 간접적으로 학습하여 쓸 수 있다고 하지만 전쟁 소설은 스스로의 경험 없이는 한 줄 한 문장도 결코 쓸 수 없을 것 같다. 전쟁을 직접 경험하지 않은 사람으로서 전쟁을 이해하기는 쉽지 않다. 아니 이해는 할 수 있을지 모른다. 그러나 느낄 수는 없다. 아무리 수천 권의 전쟁 소설과 역사서를 읽는다 하여도 그 전쟁의 광폭함, 잔인함을 온전히 느낄 수는 없으리라.

왜, 스페인이란 한 나라의 내전에 오웰, 헤밍웨이를 비롯한 파블로 네루다Pablo Neruda, 생텍쥐페리, 앙드레 말로André Malraux, 에즈라 파운드Ezra Pound, 시몬 베유, 스티븐 스펜더Stephen Spender, 사뮈엘 베케트Samuel Beckett, 윌리엄 포그너William Faulkner, 존 스타인벡John Steinbeck, 올더스 헉슬리Aldous Huxley 등 당대 내로라하는 문인들이 직간접적으로 관련이 되었던 것일까. 그렇다고 모두가 일방적으로 한쪽 편만을 지지했던 것도 아니다. T. S. 엘리엇이 자신의 시《황무지》의 첫머리에서 감사와 찬사를 보냈던 미국의 시인이자 문예 비평가였던 에즈라 파운드는 "스페인은 얼간이 딜레탕트 무리에게 감상적인 사치일 뿐이다."라며 국민진영, 즉 국왕 지지파로 군부 쿠데타를 일으킨 프랑코Francisco Franco가 이끄는 팔랑헤당 편을 지지하였고, 헤밍웨이, 조지 오웰을 포함한 다수의 사람들은 인민전선 연합의 공화진영을 지지하였다. 특히 공화진영은 노선의 차이에 따라 여러 정당으로 구분되어 지지자들도 나뉘어졌다. 에스파니아 사회주의노동자당, 마르크스주의 통합노동자당 그리고 아나키스트 계열의 연합 등으로 구분되었다.

당연히 이들의 뒤에서 관여한 외부세력들도 있었다. 사회주의노동자당을 지원한 러시아 공산당, 헤밍웨이가 포함되어 있던 국제여단 그리고 프랑코를 지원했던 독일 나치와 이탈리아 파시스트 세력들이 있었다. 영국과 프랑스는 국제 연맹의 불간섭 조약을 이유로 지원에 미온적이었고, 미국은 공식적으로 중립을 표방했다. 그래서 자발적으로 자원해서 구성된 국제여단에는 미국, 영국 등의 나라에서 사상가, 작가, 예술가 등이 개별적으로 많이 참여하게 된다.

지나고 나서의 판단이지만, 미국, 영국 등이 내전 초기부터 적극적으로 당시의 공화정부가 주축이었던 인민전선연합을 지원하였다면 어떠했을까. 이 내전은 약 50만 명의 사상자를 발생시켰으며 2차 세계대전의 전초 역할을 하면서 히틀러와 무솔리니에게 힘을 실어

주었다. 그러한 결과를 조기에 막아낼 수 있었다면 비극의 세계 현대사도 많이 달라지지 않았을까 생각해 본다.

찰리 채플린Charlie Chaplin의 명언이 있다. "인생은 가까이에서 보면 비극이고 멀리서 보면 희극이다." 스페인 내전을 배경으로 한 많은 작품들 중에서 『누구를 위하여 종은 울리나』와 『카탈루냐 찬가』를 같은 시기에 같은 관점으로 보고자 한 이유도 채플린의 오랜 경험에서 나온 소감에 비유될 수 있을 것 같았기 때문이다. 같은 역사적 사건에 참여한 두 작가-어니스트 헤밍웨이와 조지 오웰-가 풀어가는 전쟁의 이야기는 언뜻 보면 전혀 반대되는 방향으로 흘러가는 듯도 싶다.

채플린의 말에 빗대어 "전쟁은 가까이에서 보면 부조리이고 멀리서 보면 신앙이다."라고 이야기한다면 과장된 미사어구일 뿐일까. '가까이에서 본다'는 것은 순간순간 피부에 와 닿는 거친 진흙 범벅, 똥과 오물로 뒤덮인 참호 속에서 웅크리고 앉아있는 냄새, 바지 속에 스멀스멀 기어 다니는 셀 수 없이 많은 이들, 얼굴의 살갗을 베어갈 듯 추운 새벽녘의 찬바람, 제대로 음식을 먹지 못하여 오그라드는 내장의 쓰라림, 그럼에도 몇날 며칠 잠을 제대로 자지 못하여 감겨오는 눈꺼풀이다.
'멀리서 본다'는 의미는 전우와 사상을 이야기하고, 떨어져 있음으로 인해 더욱 절실히 와 닿는 가족애, 연인에 대한 사랑, 그보다 더 넓게 조국애, 인류애를 생각하는 것이다. 그것은 더 나아가 비극적이지만 자신이 현재 처해있는 그 시각 그 장소에서 최선을 다하는 것이고, 더 나아가 목숨을 걸 만한 희생의 의미를, 그리고 죽음을 넘어 영원할 수 있는 사랑을 희망하는 것이다.

두 소설의 배경이 된 시기는 1936년에서 1937년 사이이다. 좀 더 정확히 이야기하면 오웰의 『카탈루냐 찬가』는 1936년 12월 바르셀로나에서 오웰이 입대하는 것을 시작으로 1937년 5월 우에스카에서 목을 관통하는 총상을 입고도 극적으로 목숨을 구하여 프랑스로 탈출할 때까지의 6, 7개월간의 이야기이고, 헤밍웨이의 『누구를 위하여 좋은 울리나』는 카스틸라 라만차의 과달라하라 산악지대에서의 1937년 여름 약 70시간을 다룬다. 시기상 2, 3개월 차이, 거리상으로는 약 300Km 정도의 차이가 있었으니 거의 동시간대 같은 장소를 배경으로 했다고 해도 틀린 말은 아니다.

전쟁은 가까이서 보면 부조리다

> 우둔한 자에게 그 어리석음에 맞추어 대답하지 마라.
> 너도 그와 비슷해진다.
> 우둔한 자에게 그 어리석음에 맞추어 대답하여라.
> 그러지 않으면 자기가 지혜로운 줄 안다. - 잠언 26:4-5
>
> - 조지 오웰『카탈루냐 찬가』제사

참호

오웰의 『카탈루냐 찬가』에서는 참호 속의 더러운 악취가 물씬 풍긴다. 또한 치열한 정치적 대립, 전술에 대응하는 전술, 동지가 적이 되는 배신 등이 르포 형식으로 보고되어진다. 오웰이나 헤밍웨이 모두 기자이고 소설가이지만 오웰은 더욱 기자이고 헤밍웨이는 더욱 소설가라고 말할 수밖에 없다.

오웰은 1937년 1월부터 5월까지 아라곤 전선 참호 속에 있었다. 그가 이야기하는 것처럼, 참호전에서 다섯 가지 우선적으로 중요한 것은 땔감, 식량, 담배, 초 그리고 적이다. 적은 오히려 위험이나 절실함에서 높은 우선순위에 들지 못한다. 병사들, 오웰 자신을 가장 괴롭힌 것은 추위와 배고픔이었다.

> 우리가 주둔한 곳은 해발 600m에서 900m 높이로, 당시는 한겨울이니, 추위는 말할 수 없었다. 기온은 그렇게 낮은 편이 아니었다. 밤에도 얼음이 얼지 않을 때가 많고, 한낮에는 겨울 태양이 한 시간 정도 비출 때도 잦았다. 하지만 실제로 그렇게 추운 건 아닐지언정 그렇게 추운 느낌이 든 건 확실하다. 바람이 매섭게 몰려들어 모자를 벗겨서 머리카락을 사방으로 흩날리고 안개가 참호로 물처럼 스며들어 뼛속까지 파고드는 것 같았다. 비도 자주 내리는데, 15분만 비가 와도 주변 환경은 도저히 견딜 수 없게 변했다. (…) 옷이고 군화고 모포고 소총이고 할 것 없이 며칠은 진흙 범벅으로 지냈다.

참호 속에서 적과 대치하여 몇날 며칠을 아무 교전 없이 경계만 하고 있다는 것은 참을 수 없는 고통이다. 특히 그것이 추운 겨울에 버텨내야 하는 것이라면 더욱 고통스럽다. 차라리 교전을 더 바라기까지 한다. 육체적 고통, 그것도 타인에 의한 것이 아닌 외부 환경으로 인한 고통은 더욱 참을 수 없는 신체적 고문인 것이다.

자신이 선택해서 그 겨울 아라곤의 참호 속에 들어가 있다. 무엇을 위하여? 사상과 정의를 위하여 선택한 길인지는 모르겠으나, 그것은 먼 고향 같은 아득한 기억 속의 선택이었을 뿐, 현실은 내 발과 손을 파고드는 습한 추위뿐이다. 이 고통스러운 감각을 1초 1분 1시간 하루, 이틀을 지속적으로 받아들이고 있어야 한다. 끊이지 않는, 쉼 없이 계속되는 고문. 그것만큼 사람을 무력하게, 짐승처럼 만드는 것이 또 있을까. 그러나 그 극한의 상황에서 벗어나고 싶어도 벗어날 수 없기에 버티는 것이다. 이러한 참호 속의 고통만큼 부조리한 모습이 또 달리 있을까. 내가 선택한 현실, 그러나 내 스스로 파멸하지 않는 이상, 나를 둘러싼 모든 것을 변화시킬 수 없다. 미치기 전까지는 버티는 것 외에 또 다른 선택지는 없다. 그것이 나에게 주어진 유일한 길일 뿐이다.

내분, 내전 속 내전

통일노동자당에 대한 간첩 혐의는 오로지 공산당 계열 매체에 실린 기사와 공산당이 통제하는 비밀경찰 수사내용에 근거한 게 전부다. 통일노동자당 지도부, 그리고 수십만에 달하는 추종자는 여전히 감옥에 있으며, 공산당 계열 매체는 "반역자"를 처단하라고 지난 여섯 달 동안 끊임없이 아우성친다. 하지만 네그린을 비롯한 정부 각료는 "트로츠키주의자" 대량 학살을 거부하며 이성을 지킨다.

- 조지 오웰 『카탈루냐 찬가』 中

1937년 5월 3일 오후 3시경 바르셀로나 전신전화국에 공산주의자들과 돌격대들이 들이닥쳤다. 그곳은 전국노동연합의 노동자총동맹이 1936년 7월부터 점령하여 관리하던 곳이었다. 러시아 공산당은 인민전선연합에 군사무기를 전적으로 지원하는 유일한 외부세력이었다. 물론 멕시코가 있었지만 그 지원은 미약했다. 따라서 인민전선연합에 대한 러시아 공산당의 영향력은 강력할 수밖에 없었다. 러시아 공산당의 무기 지원 없이는 인민전선연합은 맨손으로 싸워야 하는 상황이었다.

러시아에게 노동자들의 연합인 노동자연합 세력들은 같은 아군이기는 하지만 스페인에서 공산당의 세력을 확대해 나가는 데는 달갑지 않은 상대였다. 공산주의는 중앙집권적 효율을 강조하는 반면 스페인의 노동자 연합은 자유와 평등을 내세운다. 다루기 쉽지 않은 이질적 조직인 것이다. 노동자들은 순수했던 만큼 무모하기도 했다.

1937년 5월의 사건을 계기로 공산당은 노동자 연합을 전멸시키려고 달려든다. 공산주의 계열 신문들은 이 무정부주의자들을 국민진영 프랑코를 지원, 사보타주하는 간첩 세력인 트로츠키주의자들이라고 몰아세웠고, 이것을 계기로 통일노동자당의 당수이며 아나키스트의 대표라고 할 수 있었던 안드레스 닌Andres Nin과 수십만 명의 노동자들을 체포하기에 이른다.

> 네그린(당시 공화정부총리)이 공산주의자 무리들을 데리고
> 승리하든, 프랑코가 이탈리아인들과 독일인들을 데리고
> 승리하든 우리에게 그 결과는 다를 바가 없다.
>
> - 아나키스트 이론가 아바드 산티얀 『스페인 내전』 中

누구나 처음에 동맹을 할 때는 같은 뜻인 듯싶어도 시간이 흐르고 결정적인 순간들이 닥쳐 파국으로 달려갈 때면 각자의 숨은 의도가 표면 위로 불거지게 마련이다. 스페인 내전에는 자본주의 세력과 공산주의 세력 그리고 무정부주의자들이 있었던 것이며, 무정부주의자와 공산주의자가 연합을 했지만 결코 끝까지 같이 갈 수 없었던 관계였다. 공산주의도 노동자들을 위한 정치 모델이라고는 하나 현실적으로는 결코 그렇지가 못했다. 스페인의 노동자들-아나키스트-을 대변해 줄 수 있는 세력은 없었다. 가장 가까운 모습이었다면 이미 약할 대로 약해져서 허수아비처럼 되어버린 공화정부만이 있을 뿐이었다.

이 세상에 영원한 아군도 적군도 없다. 모두가 안다. 그러면서도 뜻을 모으고 마음을 모아야 한다는 것, 언제까지 같이 할 수 있을지 모를지라도 상대가 적임을 알면서도 같이 해야 한다는

것만큼 부조리한 상황도 없다. 결국 인민전선연합은 1937년 5월 바르셀로나의 내전 속 내전이라는 내분에 의해 곪아터지고 프랑코 국민연합이 어부지리 승기를 잡을 수 있는 계기를 마련해 준다.

> 본질적으로 이 전쟁은 계급 전쟁이었다. 이 전쟁에서 이겼다면 서민들의 대의는 어디서나 한층 강화됐을 것이다. 하지만 졌기 때문에 세계 각지의 불로소득자들은 만족스럽게 양손을 비빌 수 있었다. 그게 핵심이며, 나머지는 전부 그 위에 뜬 거품에 불과하다.
>
> - 조지 오웰 1943년 『뉴 로드』지에 게재한
> 〈스페인내전을 돌이켜 본다〉中

오웰의 평가는 날카롭다. 자본주의적 민주주의나 공산주의는 결코 서민들을 위한 국가의 모습이 아니라고. 그 두 모습 모두 전체주의적인 성격을 지니고 있으며, 스페인 내전도 그리고 앞으로 다가올 다른 전쟁도 어쩌면 이념으로 무장한 계급과 서민 계급간의 이슈 때문일 것이라고 한다. 초반에는 이데올로기가 서민들의 희망을 대변해 줄 수 있는 것처럼 현혹하며 나타난다. 그러나 그 이데올로기는 서민들의 불만을 악용하여 자신의 몫을 챙기려고 할 뿐 서민, 노동자들, 아나키스트들을 끝까지 대변해 주지는 못한다. 오웰은 그 점을 지적하고 있으며, 앞으로도 그러한 이데올로기의 차이는 내분을 가져올 수밖에 없음을 예견하고 있다.

사람 죽이기, 죽음의 냄새

"아침 일찍 푸엔테 데 톨레도 다리를 건너 도살장으로 가는
거야. 그리고 만자나레스 강에서 물안개가 피어오를 때
축축한 보도 위에 서서, 해뜨기 전부터 도살당한 동물의
피를 마시러 온 노파를 기다리는 거지. 숄을 두르고 얼굴은
잿빛에 눈은 퀭하고 턱과 볼에는 콩에서 싹이 나듯 수염이
자란 할멈이 일을 다 보고 도살장에서 나올 때, 그 할멈에게
두 팔을 꽉 두르고 말이야, 잉글레스, 그녀를 끌어당겨 입을
맞추면, 그 냄새의 두 번째 향을 알게 될 거야."

- 헤밍웨이 『누구를 위하여 좋은 울리나』 中

집시의 피가 흐르는 아나키스트 여장부 필라르가 로베르토에게
설명하는 '죽음의 냄새'이다. 죽음을 상징하는 도살한 소의 피를
마신 노파를 두 팔로 꼭 안고서 그 냄새를 맡아 보라고 한다. 그
느낌이나 냄새가 내 입과 볼에 와 닿는 것처럼 현실적이다. 도살된
소의 피와 노파의 입 안의 침이 섞여 코를 통하여 흘러나오는
냄새는 더럽고 역하다. 더 나아가 인간이 인간을 죽인다는 것,
눈앞에서 죽어가는 비명소리를 듣고, 붉은 피가 솟구치고, 그
냄새가 진동한다는 것, 살인은 그 현상적인 모습 자체만으로도
잔인한 일임에 틀림없다.

파블로는 놈들 뒤로 가서 한 놈씩 차례로 뒤통수에다 권총을
들이댔고, 그가 발사하자 한 놈씩 미끄러지듯 쓰러졌지.

날카로우면서도 놈들의 머리에 막혀 살짝 둔탁해진 그
총소리가 아직도 들리는 것 같아. 총열이 반사되어 홱
움직이는 거랑 놈들의 머리가 앞으로 고꾸라지던 모습이
지금도 생생해. 한 놈은 권총을 머리에 들이대도 꿈쩍도 않고
고개를 들고 있었지. 한 놈은 머리를 쑥 내밀어 돌담에 찧었고.
한 놈은 온몸을 떨며 머리를 흔들어댔지. 다른 한 놈은 두
손으로 눈을 가렸는데, 그놈이 마지막이었어.

- 헤밍웨이 『누구를 위하여 종은 울리나』 中

그러면서 이야기한다. "우리와 함께 있던 사람들도 모두 그곳에
서서 시체를 바라보고 있었지만 입을 여는 사람은 하나도 없었어."
죽음을 아주 가까이에서 바라보고 자신의 앞에서 벌어진 사건에
대해서 어떻게 받아 들여야 할지 모른다. 그럼에도 불구하고 이
인간의 살인은 그것을 바라보고 생각할 순간이나마 우리에게
제공해 준다. 죽는 자들의 고통과 죽이는 자의 잔인함이 우리
인상에 깊이 박혀 온다.

미국의 문화비평가, 사회운동가, 에세이스트이자 소설가인
수잔 손택Susan Sontag의 『타인의 고통, Regarding the Pain of
Others』에서 소개된 사진 중에 1968년 연합통신 사진작가 에디
에덤스Eddie Adams가 찍어 그 이듬해 퓰리처상을 수상한 사진이
있다. 《처형당하는 베트콩 포로》. 남베트남의 경찰총장 구엔 곡
로안 준장이 베트콩으로 추정되는 인물을 사이공의 대로에서
총살하는 모습을 찍었다. 사진 속의 포로는 등 뒤로 손이 묶여 있다.

로안 준장의 권총에서 거리가 채 50cm도 안 되는 포로의 옆얼굴로 총알이 발사되는 순간이다. 이 죽음 바로 직전의 모습은 우리에게 살인의 추악함이란 감정을 깊고 오래도록 새겨준다.

그보다 더 잔인한 살인이 있다. 추악한 순간도 없이 모든 것을 집어 삼켜버리는 트라우마. 아무것도 생각할 여지를 주지 않기에 차라리 덜 잔인하다고 할 수 있을까. 인간이 느끼기에는 한계가 있는 공간상의 차이. 평면을 기어 다니고 뛰어다니는 인간을 전혀 다른 차원에서 공격해 오는 '공습'이다.

> 그들은 동굴 입구에 서서 비행기들을 바라보았다. 못생긴 화살촉 모양의 폭격기들이 하늘을 갈라놓을 듯한 날카로운 굉음을 내며 높은 고도에서 빠르게 날아오고 있었다. 꼭 상어같이 생겼군, 로버트 조던은 생각했다. 지느러미가 넓적하고 콧대가 날카로운 멕시코 만류의 상어같이 생겼어. 하지만 넓적한 은빛 지느러미, 으르렁거리는 굉음, 햇빛 속에서 프로펠러가 돌아가며 옅은 안개를 내뿜는 이것들은, 상어처럼 움직이지 않아. 과거에 보았던 그 어떤 것과도 다르게 움직여. 마치 최후의 심판을 하러 온 기계들처럼.
>
> - 헤밍웨이 『누구를 위하여 종은 울리나』 中

아마도 독일군에 의해서 지원된 111형 쌍발 하인켈 폭격기였을 것이다. 이는 데우스 엑스 마키나-Deus ex Machina, 기계를 타고 내려온 신-와 같이 죽음을 전달하는 메신저이다. 이 죽음의 메신저는 날카로운 휘파람 같은 소리를 내며 다가와 검붉은 굉음과 함께 땅바닥을 파도처럼 일어나게 하고 기우뚱하게 만들어 언덕 한 모퉁이가 공중으로 솟아올라 사람을 덮치게 한다.

그때 그 공격을 당하는 사람들의 느낌은 어떠할까. 물론 죽은 이들의 느낌을 전달해 줄 수 있는 사람은 없다. 그러나 그와 유사한 경험을 하여 죽음의 문턱까지 갔다 간신히 살아난 사람의 이야기를 참고할 수는 있을 것 같다.

무언가 한창 말하는데, 갑자기 어떤 느낌이 왔다. 말로 표현할 수 없는 느낌인데, 기억만큼은 무척이나 생생하다.
대충 말하자면 무언가 폭발하는 한가운데로 들어선 느낌이다. 쾅! 소리가 커다랗게 일어나면서 사방이 번쩍이는 느낌에 앞이 안 보이는 것 같았다. 충격이 엄청났다. 통증은 없었다. 엄청난 충격이 전부였다. 전극 단자를 몸에 대는 충격이었다. 동시에 완전한 무력감이, 총에 맞아서 몸이 움츠러들다 사라지는 느낌이 몰려들었다. 바로 앞에 있던 모래주머니가 엄청나게 멀어졌다. 벼락에 맞으면 그런 느낌이 들 것 같았다. 나는 총에 맞았다는 사실을 단번에 깨달았다. 하지만 탕! 소리랑 섬광 때문에 바로 옆에서 오발한 소총에 맞은 줄 알았다. 모든 일이 눈 깜짝할 사이에 일어났다. 다음 순간에는 무릎이 꺾이고 몸이 쓰러지면서 머리가 땅을 꽝! 때렸으나, 다행히도 그것 때문에 다친 건 없었다. 멍하고 어찔어찔한 느낌이었다. 심하게 다쳤다는 의식은 있으나, 흔히 말하는 통증은 없었다.

이는 오웰이 우에스카 전선에서 적의 저격병에 의해서 목을 관통하는 총상을 입었던 순간에 대한 기록이다. 사실 오웰은 이때 세상을 거의 떠날 뻔했다. 총알이 경동맥을 기적적으로 비켜나가 목숨을 구했다. 천운이었다. 그가 이때 세상을 떠났다면, 『동물농장』도 『1984』도 이 세상에 나오지 못했을 것이다. 그가 증언하는 것처럼, 대체적으로 총상이나 외부의 공격으로 인해 부상을 당하거나 죽음을 맞는 순간에는 육체적인 큰 고통은 없는 듯하다. 그러나 그 감각이 없는 멍한 상태에서도 정신만은 또렷하여 벌어지고 있는 모든 상황을 인식한다.

살인은 잔인하고 추악하다. 인간에 의한 대면 살인은 더럽고 비린내 나는 죽음의 모습이 적나라하게 뿜어져 나오는 것을 직접 목도할 수 있기에 우리를 깊은 생각의 고통으로 빠져들게 한다. 그러나 공습과 같이 대항할 수 없는 기계에 의한 살인은 그 자체가 인간의 감정으로는 도저히 수용할 수 없는 공포, 감당할 수 없는 트라우마이다.

전쟁은 멀리서 보면 신앙이다

누구도 그 자체로 온전한 섬이 아니다. 모든 인간은 대륙의 한 조각이고, 대양의 일부이니, 한 덩이 흙이 바닷물에 씻겨

내려가면 유럽 땅이 그만큼 작아지며, 곶이 줄어들거나 그대의 벗과 그대의 땅이 줄어들기도 매한가지이다. 누군가의 죽음이 나의 생명을 감소시키는 것은, 내가 인류와 하나이기 때문이다. 그러므로 누구를 위하여 종은 울리는지 알려고 사람을 보내지 말라. 종은 그대를 위하여 울리는 것이니.

- 존 던

- 헤밍웨이 『누구를 위하여 종은 울리나』 제사

의용군의 얼굴

민병대에 입대하기 하루 전날, 나는 바르셀로나 레닌 병영 장교들 탁자 앞에서 이탈리아인 민병대원을 한 명 보았다. 강인한 얼굴은 스물대여섯 살로 보이고, 금발은 붉은색이 감돌고 어깨는 단단했다. 챙이 뾰족한 가죽 모자를 밑으로 힘껏 당겨서 한쪽 눈을 가렸다. 옆으로 서서, 턱을 가슴까지 숙인 채, 어떤 장교가 탁자에 펼쳐놓은 지도를 잔뜩 찡그린 얼굴로 곤혹스러운 듯 살피는데, 얼굴에 담긴 묘한 특징이 관심을 끌었다. 공산주의자가 분명한데도 당연히 무정부주의자일 것 같은 얼굴, 친구를 위해서 살인도 마다치 않고 자기 목숨까지 기꺼이 내던질 것 같은 얼굴이었다. (…) 이유는 모르겠지만, 나는 한눈에 이토록 마음이 끌리는 사람을 - 당연히 사내 가운데 - 본 적이 거의 없다.

- 조지 오웰 『카탈루냐 찬가』 中

오웰은 그의 에세이 〈스페인내전을 돌이켜 본다 - Looking Back on the Spanish War〉(1943)에서 이 이탈리아인 의용군에 대해서 다시 한 번 회상한다. 그는 이 이탈리아인을 다음과 같이 정의한다.

> 그는 나에게 유럽 노동계급의 정화(精華)다. 어느 나라든 경찰에게 시달리는 사람들, 스페인 전장의 공동묘지를 메우고 있으며 지금은 강제노동 수용소에서 썩어가고 있는 수백만이나 되는 사람들의 상징 말이다.
>
> - 조지 오웰 〈스페인내전을 돌이켜 본다〉 中

오웰은 입대 전날 만난 이 이탈리아 젊은 의용군에게서 인간다운 삶을 쟁취하고자 했던 순수한 정화精華를 보았다. 영국에서 온 오웰, 그리고 이탈리아에서 온 젊은이. 그들은 친척도 없는 타국의 내전에 자신의 목숨을 걸려고 달려왔다. 무엇을 위해서? 비현실적일지도 모를 오직 '정의'를 위해서이다. 영화나 소설 속에서나 나올 듯한 이야기. 그러나 실제 세상의 사건과 역사는 그러한 판단과 행동에 의해서 앞으로 나아간다. 무모한 듯한 결단. 그러나 그 결단으로 세상은 조금씩 움직여 왔고 앞으로도 그럴 것이다. 비록 오웰이 말하는 것처럼, 개개인의 사람들이 희생은 당하지만, 그 고통받는 희망만이 굴곡의 역사가 절망의 수렁으로 완전히 빠져들지 못하도록 끈덕지게 잡아끄는 원동력이다.

그들이 원했던 '정의'란 무엇인가. *최소한의 불가결한 인간적인 삶*이었다. 충분한 식량, 지긋지긋한 실업의 공포로부터의 자유,

자기 자식들은 공평한 기회를 누릴 것이라는 안심, 하루 한 번의 목욕, 적당히 자주 세탁된 깨끗한 시트, 새지 않는 지붕, 일과가 끝나고 나서도 약간의 에너지가 남을 정도의 짧은 노동시간이라고 오웰은 이야기한다. 이러한 가진 자와 못 가진 자 간의 끝없이 반복되는 힘의 균형 잡기. 이것이 현실이고, 정의이다. 그리고 또한 이런 현실과 정의는 무모하리만치 비현실인 희망과 삶에 대한 신앙이라는 자양분을 받아 버티고 있다.

성심보다 강한 지상의 사랑

"동시에 일도 하고 사랑도 할 순 없어."

"전 가서 총 다리를 잡고 있고 총성이 울릴 때도 계속 당신을 사랑하고 싶어요."

"당신 미쳤군. 어서 돌아가."

"전 미쳤어요." 그녀가 말했다. "사랑해요."

"그럼 돌아가."

"좋아요. 갈게요. 하지만 당신이 날 사랑하지 않는다면 전 당신 몫까지 두 배로 당신을 사랑할 거예요."

그는 그녀를 바라보았지만 머릿속으로는 다른 생각을 하면서 그녀에게 미소를 지었다.

- 헤밍웨이 『누구를 위하여 종은 울리나』 中

지금도 초등학교 시절 초창기 컬러TV에서 본 짧은 머리, 해맑은 눈빛의 마리아 역으로 분한 잉그리드 버그만Ingrid Bergman을 잊을 수가 없다. 로베르토와 만난 지 단 하루 이틀 사이에 그들은 뜨거운 사랑을 한다. 특히 마리아에게는 사랑이 더 갈급했는지도 모른다. 전쟁으로 자신이 보는 앞에서 부모를 잃고, 자신은 폭도들에 의해서 끔찍한 성적 폭행을 당한다. 그럼에도 마리아는 수치심보다는 부끄러움을 더 많이 가진 순수한 마음을 품고 있었다.

스페인 내전에서, 그리고 이 소설에서 절대자 하느님에 대한 신앙적 모습을 찾아보기는 쉽지 않다. 가톨릭은 스페인에서 너무 정치적이었고 그만큼 권력을 가지고 있었고 그랬기에 이에 도전하는 노동자, 아나키스트들의 도전을 받아들일 수 없었다. 결국 그들은 프랑코 군부에 동조하였고, 그럼으로써 그 나라, 그 전쟁에서는 온전함이 아닌 기득권을 지키기 위한 편협한 정치적 집단에 지나지 않았다. 그들은 가난한 자들에 맞서 싸웠고 그들을 탄압하고 죽였으며, 또한 그만큼 그들 자신도 희생을 치렀다. 많은 신부들이 죽임을 당했고, 수녀들이 성적 폭행을 당하고 버려졌다. 그러나 헤밍웨이는 이 잿더미 같은 절망의 현실에도 자그마한 희망의 불씨를 남겨두고 싶었던 것일까. 여주인공 이름을 '마리아'라고 하여 예수의 모친 성모 마리아를 연상시킨다. 그리고 그녀의 이미지도 모든 고통을 다 수용하는 동정녀의 정신적 순수함을 유지하도록 노력한 듯싶다. 아이러니하다. 절대자 하느님이 사라진 그 땅에서 온갖 수모를 겪은 여인에게 성모 마리아의 모습을 품게 하다니.

가까운 지역에 있던 아나키스트 동지 엘소르도 영감네가 파시스트들의 추격으로 산꼭대기로 몰린다. 결국 비행기의 공습으로 초토화되며 몰살을 당하는데, 공격을 당하는 아나키스트 쪽도, 공격을 하는 파시스트 쪽도 똑같은 신에게 기도를 한다.

그가 기억할 수 있는 것이라곤 '저희 죽을 때에'뿐이었다. 아멘. 저희 죽을 때에. 아멘. 그때에. 아멘. 다른 사람들은 모두 총을 쏘고 있었다. 이제 그리고 저희 죽을 때에. 아멘.

- 엘소르도 아나키스트 진영

그는 다시 한번 성호를 긋고, 언덕을 내려가는 내내 주의 기도와 성모송을 다섯 번씩 암송하면서 죽은 동료의 안식을 빌었다.

- 엘소르도 아나키스트 진영을 몰살시킨 파시스트 진영

- 헤밍웨이 『누구를 위하여 종은 울리나』 中

양쪽 모두 기도한다. 침묵의 절대자. 이념이 신앙보다 강한가. 이념이 신앙을 갈라놓는다. 그렇다면 마리아와 로베르토의 사랑은 무슨 의미인가. 하늘이 닫혀 내려지지 못하는 천주의 사랑. 절대자의 사랑처럼 영원하지 않은 지상에서의 남녀 간의 사랑. 그때가 지나면 잊혀질 수밖에 없는 순간적인 가벼운 사랑. 그러나 작가는 그 가볍고 파괴되기 쉬워 보이는 연약한 사랑에 희망을 다시 한 번 걸어본다. 로베르토가 마리아와 헤어지는 장면에서 말한다, 죽음도 갈라놓을 수 없는 하나 되는 온전한 사랑을.

"당신이 가면 나도 가는 거야. 우리 중 어느 한 사람이 있으면,
그곳에 우리 둘 다 있는 거야."

- 헤밍웨이 『누구를 위하여 종은 울리나』 中

현실, 지금 이 순간

아, 지금, 지금, 지금, 그리고 오로지 지금만, 그리고 어느 때보다
지금, 너의 현재 외에는 다른 현재란 존재하지 않으며, 현재가
바로 너의 예언자다. 현재와 영원한 지금, 이제 와라, 현재여,
지금 외에 현재란 없다. 그래, 지금. 지금, 제발 지금, 오직
지금만, 다른 때 말고 오직 지금 이 현재만. 네가 어디에 있고,
내가 어디에 있는지, 그리고 다른 사람은 어디에 있는지, 그
이유는 묻지 말고, 결코 묻지 말고, 오직 지금만. 계속 그리고
언제나 제발 그다음엔 항상 지금, 항상 지금, 현재는 항상 단
하나 지금뿐이므로. 하나 오직 하나, 지금 이 하나의 현재 말고
다른 현재는 없다. 하나, 지금 가고, 지금 일어나고, 지금 노를
젓고, 지금 떠나고, 지금 차를 몰고, 지금 하늘을 날고, 지금 멀리
있고, 지금 먼 길을 가고, 지금 먼 길 중에서도 더욱 먼 길을 간다.

- 헤밍웨이 『누구를 위하여 종은 울리나』 中

모든 인간들은 유토피아를 꿈꾼다. 모두가 제각각일지라도

자신의 이상향이 있는 것이다. 물질적이든, 고상하든 상관없이 말이다. 헤밍웨이가 주장하고 있는 유토피아는 지금 여기, 땅 위에 엎드려 있는 '지금' 이 순간에 기초한다. 그에게는 과거도 미래도 아닌 현재의 이 순간이 유토피아이다. 즉 지금보다 더 이상적인 때는 없고 지금이 유일하게 가장 빛나며, 우리가 기대하고 최선을 다해서 살아 내야만 하는 시간이라는 것이다. 지금, 이곳에서 벗어나 다른 곳에서 이상향을 찾았던 이들과는 달리 헤밍웨이에게는 지금 여기가 밝아오는 아침과도 같은 희망의 유토피아인 것이다.

물론 사랑하는 마리아와 같이 있어 행복할 수 있다. 그러나 다음 순간 자신에게 주어진 명령이 있으며, 죽음조차도 예감되는 이런 고립된 공간과 시간에서 최상의 유토피아를 꿈꾸는 모습을 보면 떠올리지 않을 수 없는 사람이 있다. 카뮈다. 그의 『시지프 신화』는 바로 이러한 부조리한 고립된 상황을 받아들여 직시하고 도전하고 버티라고 우리에게 이야기한다. 그러나 헤밍웨이는 그 차원을 더 넘어서는 것 같다. 의지로서 참아내는 현실이 아닌, 감정적으로 지금 이곳, 이 순간이 바로 유토피아라고 느끼는 것이다.

긴 시간이니, 남은 생이니, 지금부터 계속이니 하는 것들이 존재하지 않고 지금 이 순간만 존재한다면, 그렇다면 지금이야말로 찬사 받아 마땅하지. 나는 지금 이 순간 정말 행복하다.

- 헤밍웨이 『누구를 위하여 종은 울리나』 中

죽음에 맞선다

죽음에 대항하는 인간의 모습. 자신의 위험에도 불구하고 적을 죽이지 않고 살리는 것. 그리고 자신의 생명을 스스로 결정하는 것. 즉 죽음에 의해서 구속되지 않고 자신의 의지로 결정하고 결정한 결과에 대해서는 두려움 없이 받아들이는 것. 이 모습이 헤밍웨이가 이야기하는 죽음에 대면하여 맞서는 모습이다. 그렇다고 자살도 여기에 포함되는 것은 아니다. 자살은 나 자신에게 강요된 죽음에 굴복하는 또 다른 모습일 뿐이다.

> 누구라도 그럴 자격은 있겠지만, 그는 생각했다. 하지만 그건 잘한 일이 아니다. 난 아버지가 한 짓을 이해는 하지만 찬성할 수는 없다. 그런 걸 라슈라고 하지. 하지만 너 정말 아버지가 한 일을 이해하니? 물론, 나는 이해해, 하지만. 그래, 하지만 그런 일은 자기 자신에게만 푹 빠져 있어야 할 수 있는 일이지. (…) 나는 아버지가 코바르데(겁쟁이)라는 사실을 처음 알았을 때 얼마나 역겨웠는지 결코 잊지 못할 것이다.
>
> - 헤밍웨이 『누구를 위하여 종은 울리나』 中

자살은 자신의 의지로 선택해서는 안 되는 것이라고 이야기한다. 그 의미는 반대로 선택할 수도 있다는 뜻이지만, 자살을 선택한다는 것은 수치스럽고 비겁한 일이라고 생각하고 있다. 괴로움에 맞설 수 없는 나약함이 자살을 선택하게 한다.

그러나 실은 그 누구도 그 당사자가 얼마나 견딜 수 없는 상황에 놓여있는지는 알 수 없다. 당사자가 아닌 이상, 그저 타인들은 결과만을 놓고 이야기할 수 있을 뿐인지도 모른다.

그렇다고 해서 자살이 용인될 수 있는 것은 아니다. 원인이야 어떻든 결과를 놓고 평가할 수밖에 없는 것이 사람의 운명이고 세상사 한계이다. 살인이 그 원인이 무엇이든 죄악인 것과 같이 자살 또한 마찬가지로 죄악일 뿐이다. 헤밍웨이의 아버지는 실제로 자살을 하였다. 결과론적 이야기일지 모르겠으나 헤밍웨이 자신도 아버지와 같은 자살 충동의 유전자를 가지고 있다는 것을 느껴서일까. 아버지의 자살을 부끄러워하고 거부하는 그의 강한 부정의 모습에서 슬프게도 그의 비극적인 생의 마지막 모습도 그려진다.

> 어이, 거기, 그는 생각했다. 그는 가늠쇠의 브이자형을 뒷 가늠자의 구멍 속에 오도록 딱 맞추고, 브이자형의 맨 위쪽을 앞장서던 기병의 가슴팍에, 카키색 망토 위에서 햇빛을 받아 반짝이는 주홍색 휘장 왼쪽에 조준했다. 이제 그는 스페인어로 생각했다. 네놈은 이제 젊어서 요절하게 생겼구나. 너는, 그는 생각했다. 너는, 너는. 하지만 그런 일은 없게 해줘. 그런 일은 없게 해줘.
>
> - 헤밍웨이 『누구를 위하여 종은 울리나』 中

살인은 결코 행해져서는 안 되는 죄악이다. 그러나 전쟁이 인간을 죄인으로 만든다. 이성적으로 판단할 수 없는 순간들 속에서 사람들은 타인을 살해하고, 자신은 씻을 수 없는 죄인이 되고 그리고 그도 결국 타인에 의해 살해된다. 전쟁에서 살아남았다고 하더라도 평생 그 죄책감으로 고통 속에서 살아간다. 논리적으로 이해될 수 없는 전쟁의 악마적 메커니즘이다.

그러나 인간은 끝까지 살인을 거부하는 강한 의지를 갖는다. 그리고 갈등한다. 타인을 죽여야만 자신이 살 수 있는 선택의 기로에서조차 주저한다. 그 '주저함', 무자비하게 모든 상대를 말살해 버리는 괴물적 모습이 아닌, 그 주저함 속에서 인간의 가치가 끝까지 보존되고 있다. 그 살인의 순간 앞의 주저함은 어떠한 설득이나 강요에 의해서도 결코 없앨 수 없는, 인간에게 각인되어져 있는 절대선의 최후 보루이다. 인간 사회가 아무리 각박하고 악랄해지더라도 제발 그 최후의 주저함마저 망각되지는 않았으면 좋겠다. 비록 그 주저함으로 인해서 자신이 살해당하거나 타인을 살해할 수밖에 없는 죄악이 우리의 마음속에 지울 수 없는 상처를 남기더라도 말이다.

로베르토는 마지막 장면에서 올바른 죽음을 선택한다. 비겁한 자살을 거부하고 전쟁이란 부조리의 극한적 상황에서 최선의 선택을 하고자 노력한다. 완벽하지 못하고 온전히 선한 모습은 못 될지라도, 우리 인간에게 주어진 상황 내에서 끝까지 최선의 판단을 하고, 주저하고 버틴다.

시간과 공간이 무한대로 펼쳐져 있음을 알게 된 지금, 우리는 그 공허함에 주저할 수밖에 없을지도 모른다. 이제 더 이상 우리가 꿈꿀 수 있는 유토피아는 토마스 모어Thomas More의 작은 섬에도, 가까운 미래에도 있지 않다. 우리의 유토피아는 광막한 우주 저편, 시작도 끝도 없는 시간의 무한성 너머로 우리 곁에서 멀리 후퇴하여 사라져 버렸는지도 모르겠다. 그러기에 우리에게 주어진 지금 이 순간, 바로 여기가 더더욱 소중하다. 지금, 여기가 유토피아를 건설하는 시작점이 되어야 한다. 비록 우리의 결정과 행동이 편협할 수밖에 없다 할지라도 우리 발이 딛고 선 바위가 유토피아의 주춧돌이 될 것이다.

이 세계는 아름다운 곳이고, 그것을 위하여 싸울만한 가치가 있는 곳이지. 그래서 이 세계를 떠나기 싫은 거야. 이렇게 훌륭한 삶을 보낼 수 있었으니 넌 행운아였어.

- 헤밍웨이 『누구를 위하여 종은 울리나』 中

태양은 작열하며_ 칠월

푸른 불꽃이 나무에 의지하며_ 팔월

74

최후의 인간

die letzten Menschen

"불행해질 권리를 요구합니다."

"그렇다면 말할 것도 없이 나이를 먹어 흉해지는 권리, 매독과 암에 걸릴 권리, 먹을 것이 떨어지는 권리, 이가 들끓을 권리, 내일 무슨 일이 일어날지 몰라서 끊임없이 불안에 떨 권리, 장티푸스에 걸릴 권리, 온갖 표현할 수 없는 고민에 시달릴 권리도 요구하겠지?"

긴 침묵이 흘렀다.

"저는 그 모든 것을 요구합니다."

- 올더스 헉슬리 『멋진 신세계』 中

최후의 인간들은 이 야만인이 요구하는 모든 것을 거부한다. 행복해질 권리만을 요구한다. 고통 없는 안락만을 추구한다. 언젠가는 이러한 행복을 위해서라면 모든 신체 조직으로부터 뇌만을 분리해 가두는 퍼트남Hilary Purtnam의 통 속으로 들어가길 희망할지도 모르겠다. 영원히 살 수 있고, 쾌락만이 내가 원하는 바대로 프로그래밍된 안전한 통 속으로.

자유의 무거운 짐을 벗고, 스스로를 충동과 경향성에 의해 규정되는 비자유의 존재로 규정함으로써 도덕적 책임을 벗어나려고 한다.

- 칸트 『이성의 한계 내에서의 종교』 中

75

고도를 기다리며

이 지랄 같이 지겨운 세상을
어떻게 견뎌야 하는 것인가?

고도-Godot?-, 갓-God?-을
기다려야만 한다.
그것만이 진실이다.
우리가 꼭 붙들고 있어야만 하는 진실.

뭐라고? 진실? 무슨 진실?

그 나머지
무엇이 의미가 있는 것인가?
모든 것들이 상대적이고
매일 반복되지만 매일 잊혀지는
지랄 같은 반복의 일상.

목을 매려고 애쓰고
쓰잘데기 없는 일들로

시간을 때우려고 하지만…

결코 고도는 오지 않는다.

갓이 누군지도

희미해지고, 잊혀진다.

그냥 기다려야만 하는 대상일 뿐.

에스트라곤 : 나는 계속 이렇게는 살 수 없네.

블라디미르 : 그것은 자네 생각이네.

에스트라곤 : 우리가 헤어진다면?

블라디미르 : 우리 내일 목매세. 고도가 오지 않는다면.

에스트라곤 : 그이가 온다면?

블라디미르 : 구원받겠지.

에스트라곤 : 그런데? 우리 갈까?

(…)

블라디미르 : 그런데? 우리 갈까?

에스트라곤 : 그래, 가세.

(그러나) 그들은 움직이지 않는다.

- 사뮈엘 베케트 『고도를 기다리며』 中

76

구토도 하지 못하는 상황

싱크대_ 골고타

위선.

반복.

구토 대신 신물이 올라온다.

약점 잡힌, 미끼에 걸린

물고기가 토해내는 건

결국,

공기가 아니라 물이었다.

식탁_ 최초의 만찬

열 살 아들의 빌라도 같은 질문

식탁 위 생선의 벌어진 입을 젓가락으로

툭툭 치며 묻는다.

"왜 사는 겁니까?"

"모든 것에 답이 있는 건 아니다.

푸른 불꽃이 나무에 의지하며_ 팔월

열심히 달려야 할 뿐.”

싱긋 웃어줬다.

아들은 마치 이해했다는 듯이 고개를

천천히 끄덕였다.

그러나 그게 아니다.

'내 뜻대로 태어난 선택이 아니기에,

죽지 못해 버틴다.'

그렇다, 답을 하지 말았어야 했다.

“진리가 무엇이냐?”

라는 질문에,

예수는 침묵하셨다.

버스정류장_ 가면무도회

내 변便이 어디로 어떻게 가는지

알 바 아니다.

버튼만 누르면 그만이다.

온갖 배설물로 질식하는 지하세계

그 위로 포장된 아스팔트

화장한 얼굴들

도시의 페르소나

구토가 일 거 같다

우리가 싱크홀에 경악하는 이유는
숨기고 싶은 더러운 치부가
적나라하게 드러나기 때문이다.

동대문역사문화공원_ 노예선

감당할 수 없는 속도에 적응하기
더럽고 쾌쾌한 공기 속에서 구토하지 않기
금방 튕겨져 나갈 수 있는 힘의 엣지
그 위에서 외줄타기

이것을 '인내'라 부른다.

습하고 독한 물질로 찌든 플랫폼
누런 경계선에 정렬한 두 줄의 사람들
플랫폼에 들이닥치는 백색 전조등
땅 속 구렁이의 뱃속으로 모두 들어가라.

귀를 막아버린 이어폰
눈을 가둬버린 핸드폰
끊임없이 밀려드는 좀비, 괴물들과의 살육전

맞아도 찔려도 죽지 않는 영생의 영웅들
유대인들이 고대했던 바로 그 선지자의 모습
우리는 메시아와 함께 순간이 아닌 영생을 산다.

핸드폰만 지배할 수 있다면
세상은 나의 것이다.
하느님은 주일, 교회에만 계시는가?
봉헌과 찬송만을 챙기시는가?
노란선, 지하 플랫폼은
루시퍼 군대들의 참호인가.

구토가 일 거 같다

3번 구멍으로 들어가
7-3에 서고
2분 후 도착할 5호로 옮겨 타고
열 번째 점에서 내려
4번 구멍으로 빠져나와라.
환승통로에 가득한 머리들
아리아드네의 실타래로
이 참호들의 미로에서 빠져나올 수 있을까.

눈물이 날 것 같다

지하철 5호선_ 천국의 주인들

노인들의 자리싸움
노인들의 욕설
늙고 누추한 가난한 사람들.

주의 깊게 들어라.
돌아가는 수레바퀴에서
부스러기가 되어가는 마찰음이다.
깎여서, 흩어져서, 사라져버릴
조금 후의 나의 모습
외모가 중요한 게 아니라
내면이 중요하다…?
그러나 내면이 더 더럽다.
그러니,
우리 가난한 사람들이여,
차라리 외모라도 가꾸자.

파우스트의 멈춰진 시간은
비난받아 마땅하다.
바오로의 하느님은
오직 가난한 이들만의
주님일 뿐.
파우스트의 주님은 아니다.

여의도역 5번 출구_ 타이타닉

"우리가 역사를 이루었습니다."
드디어, 무엇을!?
날개 달고 오른 모든 것은
추락한다.
아들 이카로스야,
태양에 너무 가까이
다가가지 마라.

파우스트가 멈춘 역사적 광휘의 순간도
추락한 지 오래고,
뱃속 뒤집힘, 구토, 압박, 아수라…
잊은 지 오래다.
가방 뒤 달랑거리는
때 묻은 노란 리본이 애처롭다.
물 속 검은 곳에 묻힌 가난한 사람들.
그들을 안타까워하는 것으로
우리의 위선을 달랜다.

구토가 일 거 같다

상황 해제

그때
바보 같은 내 머리를 때리며
서늘한 바람 한 조각이 날아올라
길 건너편 가로수 머리끝을
쉬-익 하고 흔들었다.

팔월의 검푸른 구름 아래
나무들이 술렁술렁 춤을 춘다.
그 사이로 새들이 날아올랐다.

77

영원한 샛별

어찌하다 하늘에서 떨어졌느냐?

빛나는 별, 여명의 아들인 네가!

민족들을 쳐부수던 네가

땅으로 내동댕이쳐지다니.

너는 네 마음속으로 생각했었지.

'나는 하늘로 오르리라.

하느님의 별들 위로

나의 왕좌를 세우고

북녘 끝

신들의 모임이 있는 산 위에 좌정하리라.

나는 구름 꼭대기로 올라가서

지극히 높으신 분과 같아져야지.'

그런데 너는 저승으로,

구렁의 맨 밑바닥으로 떨어졌구나.

너를 보는 자마다 너를 자세히 들여다보고

눈여겨 살펴보면서 말하리라.

"이 자는 세상을 뒤흔들고

나라를 떨게 하던 자가 아닌가?

땅을 사막처럼 만들고

성읍들을 파괴하며

포로들을 고향으로 보내주지 않던 자가 아닌가?"

- 『성경』《이사야서》14:12~14:17

루시퍼, 빛나던 새벽별. 그는 여느 천사보다 빛나던 자였다. 그러나 그는 '자기 마음속으로 생각'을 하기 시작한다. 그리고 하느님의 영광을 마음속으로 그려보고 욕망한다. 세상을 뒤흔들고 땅을 불태우며 도시를 파괴한다. 아우슈비츠와 관타나모에 사람들을 가둔다.

루시퍼는 사탄의 군대가 된다. 그 군대는 '익명'이다. 군대는 자신의 이름으로 파괴하지 않는다. 군중 속으로 들어가 미친 돼지 무리처럼 물 속으로 뛰어들게 한다. 국가의 이름으로, 정의의 이름으로, 가상의 이름으로 행동한다. 그 군대가 2천 년, 3천 년 전에는 지옥으로 내동댕이쳐졌겠지만, 지금도 그러한가. 그 군대에 대항할, 심판할 창조주 절대자는 어디에 계시는가.

더 이상 지지 않는 새벽별. 아침이 올 것이라 희망을 부풀리지만, 더 이상 아침은 오지 않는다. 희망만을 강요한다. 절대 그 희망사항이 현실이 되지는 않는다.

더 이상 파수꾼이 기다리던 아침은 오지 않는다.

78

태양의 불이 꺼지면

광인狂人이 외쳤다.

태양의 불이 꺼져버리면,
더 이상 태양이 떠오르지 않는다면,
지구가 태양의 사슬에서 벗어나면,
지구가 태양의 궤도에서 점점 빠른 속도로 일탈하여
어둠 속으로 사라져 가면,

국가란 무엇인가, 역사란 무엇인가.
뉴턴의 만유인력의 법칙은 무엇인가.
아인슈타인의 상대성 이론이 무슨 의미란 말인가.
과연 1 더하기 1이 2인 것은 맞는가.
나는 무엇인가.

신은 어디에 거주하시는가.
중력이 사라져가는 세상에서 신이 계시는 하늘은 어디인가.
위인가 아래인가, 위와 아래가 도대체 무엇이란 말인가.

아무도 생각지 않았고, 그러기에 당연히 아무런 준비도 없었던 상황. 마음도 물질도 절대적 기준과 가치를 잃어버리도록 강요되는 상황. 차가워지는 작은 돌조각에 붙어 있는 미생물 같은 존재.

태양의 불이 꺼지면,
끝없이 굴러 떨어지는 바위를 다시 산 정상으로 밀어 올리는 시지프의 부조리에 대한 저항이 무슨 의미가 있을까. 저항한다는 것은 그래도 행복한 것이 아닌가. 저항할 수 있는 상대적 가치, 비록 오류와 편협으로 가득할지라도 마주할 수 있는 적의 얼굴에서 친근함이 느껴지지 않을까. 상대가 보이지 않는다는 것이 아니라 '없다'는 것이 확실할 때, 저항과 전쟁은 무슨 의미인가. 무엇을 지키고 무엇을 빼앗고자 하는가.

태양의 불이 꺼진다는 것은 절대적인 **니힐-*Nihil*, *공허한 무*-**이다. 육신의 죽음과 영혼의 죽음 사이 허무의 광야, 음습하고 외진 곳, 표식이 없는 깊은 수렁, 그 끝도 없는 니힐의 수렁에 빠지면 모든 것이 사라진다.

『힘에의 의지』에서 니체는 예언했다.
앞으로 다가올 2세기는 니힐의 시대라고.
모든 절대 기준, 절대 의미가 사라지는 시대.
꺼져버린 태양, 사슬 풀려 궤도를 일탈하는 지구.
그에 의하면 우리는 지금 그 니힐의 한가운데 검은 홀 속으로 끝없이 추락하고 있다.

푸른 불꽃이 나무에 의지하며_ 팔월

우리는 추락하는지조차도 느낄 수 없이 이미 무중력에 익숙해져 버린 것은 아닐까.

79

앙겔루스 노부스

Angelus Novus

파울클레Paul Klee가 그린 《새로운 천사, Angelus Novus》라는 그림이 있다. 이 그림의 천사는 마치 자기가 응시하고 있는 어떤 것으로부터 금방이라도 멀어지려고 하는 것처럼 묘사되어 있다. 그 천사는 눈을 크게 뜨고 있고, 입은 벌어져 있으며 또 날개는 펼쳐져 있다. 역사의 천사도 바로 이렇게 보일 것임이 틀림없다. 우리들 앞에서 일련의 사건들이 전개되고 있는 바로 그곳에서 그는, 잔해 위에 또 잔해를 쉼 없이 쌓이게 하고 또 이 잔해를 우리들 발 앞에 내팽개치는 단 하나의 파국만을 본다. 천사는 머물고 싶어 하고 죽은 자들을 불러일으키고 또 산산이 부서진 것을 모아서 다시 결합하고 싶어 한다. 그러나 천국에서 폭풍이 불어오고 있고 이 폭풍은 그의 날개를 꼼짝달싹 못하게 할 정도로 세차게 불어오기 때문에 천사는 날개를 접을 수도 없다. 이 폭풍은, 그가 등을 돌리고 있는 미래 쪽을 향하여 간단없이 그를 떠밀고 있으며, 반면 그의 앞에 쌓이는 잔해의 더미는 하늘까지 치솟고 있다. 우리가 진보라 일컫는 것은 바로 이러한 폭풍을 두고 하는 말이다.

- 발터 벤야민Walter Benjamin 『역사의 개념에 대하여』中

진보를 향한 그칠 줄 모르는 욕망은 이성을 파국으로 치닫게 한다. 더 이상 이성의 폭주기관차를 멈출 수도 늦출 수도 없다. 종말을 알리는 첫째 천사가 나팔을 불 때가 가까웠다. 히로시마에 피어오른 버섯구름처럼, 뉴욕의 쌍둥이 거인이 쓰러질 때처럼 상상 속의 일들이 어이없이 불현듯 우리 눈앞에서 펼쳐질 때, 우리는 또다시 넋을 잃고 꼼짝하지 못할 것이다.

그때에 나팔을 하나씩 가진 일곱 천사가 나팔을 불 준비를 하였습니다. 첫째 천사가 나팔을 불자, 피가 섞인 우박과 불이 생겨나더니 땅에 떨어졌습니다. 그리하여 땅의 삼분의 일이 타고 나무의 삼분의 일이 타고 푸른 풀이 다 타 버렸습니다.

- 『성경』《요한 묵시록》8:6~8:7

Nuclear War between India and Pakistan would unleash 'global climate catastrophe', scientists warn.

- Fox News. Oct. 03, 2019

80

디스토피아를 향하여

"오오, 멋진 신세계여!"

- 올더스 헉슬리 『멋진 신세계』 中

우리는 육체적 죽음과 정신적 죽음인 허무-니힐리즘-를 넘어서서 미래로 나아갈 수 있다. 그런데 그 '미래'란 무엇인가?

신 중심의 중세에서 르네상스를 거쳐 근대로 넘어오면서 더 이상 신은 사고와 존재의 중심이 되지 못한다. 신은 이 세계를 떠났고, 종교는 사업이 되었으며, 신앙은 개인의 사적인 감흥이나 체험으로 전락해 버렸다.

인간이 과거의 신 중심에서 벗어나 자신을 찾은 듯싶었으나 현재라는 시간 자체가 순간이고 무의미한 것처럼 빠르게 자기 자신을 스치고 벗어나 과거로 달아나버린다. 우리 자신이 '생각하는' 주체이지만 나약한 갈대에 지나지 않았다. 빠르게 움직이는 현재를 움켜쥘 힘이 부족했다. '나'를 중심으로 한 근대적 자유의 주체성은 대중의 객관성 안에서 완전히 소진되어 획일적으로 조직화되었다.

디스토피아 미래는 신도 인간도 아닌, 과학·기술문명이 스스로 성장하며 인간을 지배하는 시대이다. 미래는 잘 짜여진 매트릭스 구조물이어서 그 안에 각 개인이 거주해야 하는 위치와 허락된 운동량이 명확히 부여되어 있다. 한정된 자유도Degree of Freedom만이 허락된다. 더 이상 개인은 거대한 구조물 속의 작은 부속품에 지나지 않는다. 주어진 위치에서 진동만 할 수 있을 뿐이다.

매트릭스 속 개인들에게는 상대론적 시간의 속도변화와 비유클리트적 공간의 휨은 있을 수 없다. 위치와 의지의 열린 가능성-불확정성-도 주어지지 않는다. 오로지 일방적으로 주어지는 시간과 공간에 의한 인과율의 법칙만을 따르도록 허락될 뿐이다. 라플라스Pierre-Simon de Laplace의 악마가 부활한다.

> 기술적으로 조직된 인간의 전 지구적 제국주의를 통해서 인간의 주관주의는 정점에 도달한다. 이러한 정점으로부터 인간은 획일적으로 조직화된다. 이러한 획일화는 대지에 대한 완전한 기술적인 지배의 가장 확실한 수단이 된다. 주체성이라는 근대적 자유는 그에 상응하는 객관성 안에서 철저하게 소진된다.
>
> - 하이데거 『세계상의 시대』 中

81

실낙원 그 후, 회의적 역사

벗어날 수 있기를 1%라도 소망하며

대홍수

엠뎃나스르 시기-JemdetNasr Period-를 거치면서 선사시대는 종결된다. 대홍수 일곱 달 열이레 만에 노아의 방주가 지금의 터키와 이란 국경지역, 흑해와 카스피해 사이 아라랏Ararat 산 위에 내려앉는다.-『성경』《창세기》 8:4 우연의 일치일까. 제우스 신 몰래 불을 훔쳐 인간에게 전해준 프로메테우스가 그 반역의 죗값으로 자신의 간을 영원히 쪼아 먹히는 벌을 받고 묶이게 되는 곳도 그 근방 캅카스Caucasus 산맥 암벽이었다. 프로메테우스의 불은 인간에게 지혜를 남기고, 대홍수 이후의 노아의 후손들은 글을 남기게 된다.

흑해와 카스피해 사이 산맥은 고대인들에게는 동쪽 끝, 세상 끝을 의미하였다. 그 세상 끝으로부터 부패한 세상을 물로 말끔히 씻어내고 새 세상이 시작되는 것이다. 그곳에서 노아의 세 아들 셈, 함, 야펫이 마른 땅을 밟는다.

인간의 역사는 신의 역사와 분리될 수 없다. 신화가 곧 인간의 전설이고, 역사의 시초이다. 신화는 인간이 거울로 비추어 들여다보는 자기 자신의 모습이다. 그렇다면 현재의 신화는 누가 쓰고 있는가? 거부하고 싶을 수도 있겠지만 미국이 쓰고 있다고 하면 무리일까? 스타워즈로부터 어벤저스까지 히어로들, 전 세계의 신들이 미국으로 모여들어 그들이 세상을 위해서 싸운다. 그들이 현재 인류의 신들이라고 하면 무리일까? 전 세계의 모든 아이들이 그 히어로들을 보면서 꿈을 꾸고 세상을 본다. 좋든 싫든, 신화는 우리가 선택할 수 있는 것은 아니다. 주어질 뿐.

고뇌하는 인간

첫째 아들 셈의 일가는 티그리스강과 유프라테스강 사이 메소포타미아-Meso 중간, Potamia 강-로 나아간다. 그들은 그곳에서 수메르인들을 만난다. 그들은 가장 인간적인 사람들, 신과 함께했던 것들을 잊고 인간의 고통을 깨달은 사람들이다. 자신의 친구이며 형제였던 죽은 엔키두를 찾아 나선 우룩의 길가메시가 외친다.

> "나의 동생으로 인해 나는 광야를 헤매게 되었다. 그의 운명이 내게도 무겁게 내리누르고 있다. 그러니 어찌 편히 쉴 수 있겠는가? 어찌 조용히 있을 수 있겠는가? 그는 먼지가 되었고 나 역시 죽어 땅속에 영원히 묻히게 될 것이다. 나는

죽음이 두렵다.”

- 『길가메시 서사시』 中

수메르 족속들은 어디에서부터 왔는지 모르지만 출가 전 석가모니의 번뇌, 욥의 절망과 매우 유사한 분위기를 자아낸다. 길가메시가 죽음의 대해를 건널 수 있게 해 준 우투나피시팀의 뱃사공 우르샤비나, 그는 영원한 생명을 원하는 길가메시에게 대답한다.

“그대에게 한 신비를, 신들의 비밀을 밝혀 주리라.”

- 『길가메시 서사시』 中

그들이 건넌 죽음의 파도가 치는 대해는 어디였을까? 동쪽으로 동쪽으로 세상 끝 너머가 아니었을는지. 셈의 후손들은 더 나아가 한민족, 몽골까지 이른 걸로 전해지고 있다. 영생을 갈구했지만 결국 죽을 수밖에 없는 인간, 죽음의 운명에 반항하는 최초의 인간들이다.

비옥한 대지 신의 나라

둘째 아들 함은 서쪽 아프리카로 간다. 나일강이 지중해로 나아가는 하구, 풍요로운 삼각주, 세상에서 가장 비옥한 땅, 이집트로 간다. 이집트는 신이 다스리는 땅. 오시리스Osiris 신을 살해한 동생

세트Seth가 왕좌를 차지하지만 이시스Isis 여신은 죽은 남편을
부활시키고, 그로부터 아들 호루스Horus가 태어난다. 그가 왕좌를
되찾는다. 그곳은 죽임을 당했다가 다시 부활한 신 오시리스와
하늘의 여왕, 별의 어머니, 바다의 어머니라 칭송받는 이시스
여신이 지배하는 신들의 나라이다. 부활과 영생을 믿는 민족을
이룬다.

자유로운 영혼, 그리스

셋째 막네, 야펫은 지중해와 유럽으로 나아간다. 그리스 미케네,
물을 다스리는 족속, 그 바다는 그들 삶의 터전이 된다. 그들은
지중해 구석구석을 헤집고 다니며 신들과 함께 살았다. 신이
인간이 되고, 인간이 신이 되며, 신과 인간이 혼인하였다. 지극히
인간적인 신 그리고 신과 같은 인간의 기상. 그들에게는 삶과
죽음이 구분되지 않는다. 결국 야펫의 후손들이 지중해 세계의
주도권을 쥔다.

그러나 트로이 전쟁의 명장, 오디세우스Odusseús는 신들과 얽혀
싸우던 전쟁터를 뒤로하고, 칼립소의 유혹을 뿌리치고 인간의
세상으로 돌아간다. 그는 아내와 아들이 기다리는 자신의 고향
이타케로 귀환한다. 자신이 정착할 땅으로. 그럼으로써 신들과의
교류의 시대도 저물어간다.

제국

신들과 해양민족들에 의해 파괴된 트로이. 전쟁 생존자들이 아이네아스Aeneas와 함께 트로이를 탈출하여 우여곡절 끝에 라티움-현재의 이탈리아 반도 중부 서안에 위치한 평야지대-에 정착한다. 그들이 로마의 시조가 된다. 인간들의 세상이 시작된다.

그런 로마에 저항한 또 다른 인간들, 스파르타쿠스Spartacus의 검투사들과 노예들이 로마로 진군한다. 그러나 그들 앞에 우뚝 선 로마는 이미 인간신들의 도시였다. 폼페이우스Gnaeus Pompeius Magnus와 크라수스Marcus Licinius Crassus는 그들을 도륙한다. 카푸아와 로마 사이 아피아 가도 변 도륙된 노예들의 6천 개 십자가를 세운 로마는 인간의 대제국 팍스 로마나의 시대를 연다.

트로이의 후손들은 그리스 문화권, 이집트, 유대, 카르타고, 히스파니아, 갈리아, 브리타니아, 게르마니아, 다키아까지 그 당시 세상의 동쪽 끝에서 서쪽 끝까지 지중해 전역을 석권한다.

기름부음 받은 자

신들이 존재했지만 그저 인간들의 주변을 서성이며 던져주는 제물을 받아먹던 그때, 절대자 하느님께서 직접 인간 세상에 강생하신다. 그것도 가장 가난하고 비천한 몸으로 가장 인간적이고

풍요한 시대, 절대 인본적인 세상에 태어나신다. 그는 말씀하셨다,

"내가 세상에 평화를 주러 왔다고 생각하지 마라.
평화가 아니라 칼을 주러 왔다."

- 『성경』《마태오 복음서》 10:34

그 칼은 선과 악을, 공정과 불의를 뒤집어엎었으며 온갖 모순과
분열을 가져왔다. 절대신이 인간 중에서도 가장 비참한 십자가
죄인으로 죽임을 당한다. 십자가 상 그분의 머리 위에 적힌 죄명은
'유다인들의 임금 예수'였다. 그를 못 박아 죽인 백성들의 임금.
절대 무너지지 않을 듯한 인간 세상의 모든 정의에 물음표를
달았다. 그분의 삶 자체가 모두 역설이었다. 인간의 이성만으로는
어느 하나 이해할 수 없었다. 결국 그가 가져온 칼은 인간 대제국
로마를 멸망시킨다.
- 밀라노칙령 AD 313년, 니케아공의회 AD 325년, 로마제정시대
종식 AD 395년

천년왕국

유일신의 시대가 온다. 이슬람에 의해서 천 년간 보존되었던
아리스토텔레스Aristotle의 철학은 신의 세상 체계를 구축하는
기반이 된다. 주관적이 아닌 '보편성'-Catholic, 어원은 그리스어
'katholou'-을 추구하며 하느님은 교회-신자들의 모임-와 전례에

거주하신다. 현대까지의 사회조직의 모태는 여기서 시작된다.
신의 천년왕국이 지상에 세워진다.

지극히 관조적이며 사랑을 속삭일 줄 아는 하느님의 사람이 주님의
아름다운 정원을 거닐며 기도하고, 새들과 이야기한다.
St. Fancisco.

데스페라도

신은 떠나고 인간만 남은 교회를 루터Martin Luther가 목도한다.
그의 불씨는 고귀했다. 그러나 신이 떠난 땅에 남은 인간들은
그 고귀한 불씨를 건네받아 들녘에 탐욕의 불을 놓았다. 부패한
교황에 맞서 탐욕의 제후들이 일어섰다. '지극히 인간적이신
하느님'만이 남겨진다. 어떠한 중계자도 필요 없고 직접 대면할 수
있는 반쪽짜리 하느님만 남으신다.
이 지극히 인간적이신 하느님을 바라보며 인간은 '생각'하기
시작한다. '우리도 신인이 될 수 있지 않을까.' 휴머니즘-
humanisme, 위마니슴, 인본주의, 15C에는 '고대 그리스 연구'의
의미-이 시작되고 르네상스가 부흥한다. 라블레François Rabelais의
찬양과 함께 인간해방을 부르짖으며, 인류교의 교주, 고독한 영혼,
데스페라도-Desperado, 무법자-는 신을 쫓아낸 자리에서 무한한
권력을 거머쥔다.

"Fay ce que voudras."

"네가 원하는 대로 하라."

- 라블레 『가르강튀아』 中

인류교의 바오로, 아름다운 사람, 루소Jean-Jacques Rousseau는 인간복음을 설파한다. "자신의 목소리에 귀 기울여라. 자신에게 충실하라. 자신을 믿어라. 마음이 이끄는 대로 행동하라. 자신이 좋다고 느끼는 것을 하라." 이제 인간은 자신이 중심이 되어 모든 것을 사고한다. 지동설이 아닌 모든 세상이 나를 중심으로 돈다. 위그노 전쟁의 폐허 너머 은둔의 성에서 몽테뉴가 깊은 회의懷疑 속에서 묻는다.

"Que sais-je?"

"내가 아는 것이 무엇인가?"

이에 깊은 성찰省察 끝에 데카르트가 답한다.

"Cogito, ergo sum."

"나는 생각한다, 고로 존재한다."

데우스 사케르

물신物神이 지배하는 광장에서 니체가 외쳤다, "신은 죽었다."

그러나 좀 더 정확히 이야기하자면 '우리가 신을 죽였다.'가 맞지 않을까? 신을 또다시 못 박은, 신이 떠난 교회, 신을 살해한 인간의 마음. 너무 늦은 외침이었는지도 모른다.

데우스 사케르-Deus Sacer, 추방당한 신-. 신은 이미 인간들의 세상으로부터 추방당했다.

홀로코스트

인간기계가 폭주하는 재앙의 시대. 개인은 멸종하고 군중과 민족과 국가의 깃발들만 펄럭인다. 20세기는 전쟁의 시대, 세계대전, 국지전, 내전……. 환시자들-견자들-은 이미 20세기를 예견했다. 국가가 개인을 통제하고 이데올로기가 인간을 분류, 배제시키는 시대. 모든 것들이 분열되고 초토화되는 시대.

인간은 더 이상 자기 자신을 믿지 못한다. 그러나 떠난 신마저 아직 우리를 돌아보지 않으신다. 악마에게 바쳐진 시대, 홀로코스트-Holocaust, 신에게 불태워 바쳐진 제물-. 불타는 인육의 향내를 맡은 신은 사탄이 아니었을는지. 모든 것들을 불살라 버리고 잿더미만 남은 인간의 대지. 우리는 이 폐허에서 어떻게 다시 일어설 것인가.

호모 사케르 1

아브라함과 이집트의 여종 하가르 사이에서 태어난 장남 이스마엘-추방자, 망명자란 의미로 쓰임-과 그의 자손들이 쫓겨나 도착했다는 아라비아. 그 후손들 중 마호메트라는 상인이 622년 하느님의 예언자로 메카에서 핍박을 피해 메디나로 헤지라-혈연, 지연을 끊고 스스로를 분리시킴-를 한다.

알라-Allāh '하느님'의 아랍어-에게 이슬람- al-islām '복종', '순종'의 아랍어-하는 무슬림, 무슬리마, 인류의 4분의1. 그 아름다운 신비의 도시 바그다드는 왜 고통의 근원이 되었는가. 누가, 왜, 무엇을 위하여, 대다수의 선량한 무슬림을 '충격과 공포-Shock and awe-'로 몰아넣었는가.

그 옛날 이스마엘처럼, 현재 단일 종교로서는 가장 많은 인간이 따르는 이슬람 무슬림-세계 종교 통계, 이슬람 23%, 가톨릭 15%, 힌두교 13.5%, 개신교 11.4%, 불교 7%-은 가장 핍박받고 소외되고 고통받는 사람들이다.

알라시여, 그들의 기도를 들어주시고 평화를 허락하소서.

호모 사케르 2

신을 추방한 인간, 그는 이제 자신마저 추방한다. 21세기는 난민의 시대. 우리 모두는 언제든지, 지금 당장이라도 난민이 될 수 있다. 아니, 난민 자격조차 부여받지 못하는 물건으로 전락할 수 있다.

유구한 역사와 아름다움을 머금었던 중동의 보석, 시리아 알레포. 지금 그 모든 것은 파괴되었고 사람들은 떠났다. 난민들은 지금 이 시각에도 바다에서, 철조망 쳐진 국경선에서 목숨을 건 사투를 벌이고 있다. 어린 소년 옴란 다크니시Omran Daqneesh는 폭격으로 온몸에 회색 먼지를 뒤집어쓰고 피를 흘리면서도 울지도 화내지도 않는다. 전쟁 중 태어나 전쟁의 폐허가 일상이 되어버린 세대, '잃어버린 세대'.

그 비극은 그들만의 것이 아니다. 시리아를 포함한 수많은 나라, 전 세계 약 7,000만 명의 난민들이 지금 이 순간 죽을 고비를 넘기고 있다. 인간이 만든 시스템 안에 더 이상 인간은 없고 껍데기만 남았다. 인간 중심, 인본주의 체제. 그러나 이제 그 체제로부터 인간은 추방된다. 우리 모두 **호모 사케르-Homo Sacer, 추방된 인간**-이다.

그 이후, 또 다시 방주

스티븐 호킹Stephen William Hawking은 죽기 전 예언으로 앞으로 200년 이내에 인간은 이 지구를 떠나야 한다고 하였다. 이유는 AI-Artificial Intelligence, 인공지능-가 인간 이성 능력을 넘어서서 인간을 지배하고 멸종시킨다는 것이다. 영화 《매트릭스》에서처럼 인간은 세상을 지배하는 컴퓨터에 에너지를 공급하는 소모성 배터리 수준으로 전락한다는 예언이다.

그러나 인류 최후의 시간은 그보다 더 빨리 당겨질 듯싶다. 지금의 자원소모와 환경오염의 수준은 돌이킬 수 없는 임계치-티핑포인트-를 넘어섰다. 인간의 게걸스러운 탐욕은 모든 것을 집어 삼키고 모든 것을 쓰레기로 바꿔버린다. 자연에게 있어 인간은 더 이상 창조주를 대신하는 관리인이 아니다. 약탈자이고 바이러스이다. 세상을 좀 먹는 악성 바이러스, 암세포. 인간의 더러운 온갖 배설물들은 더욱더 강력한 바이러스의 온상이 되어 숙주인 인간을 파멸시킬 것이다.

과학자들, 환경학자들이 여러 조건들의 값을 조정해보면서 지구생존, 인류생존의 가능성을 수없이 시뮬레이션 해 본다. 그러나 인간과 자연의 자정능력을 되돌릴 수 있는 조건값들을 거의 상실했다. 모든 환경은 회복 불가능한 상태로 악화되었다.

누구는 새로운 행성을 이야기하고, 획기적인 환경개선을 할 수 있는 기술개발을 이야기한다. 가능성이 없는 것은 아니다. 그러나 혹성의 탈출이든 회복이든 우리 인간에서 실효성이 있을 정도의 유의미한 결과를 창출하는 것은 불가능하다. 그러나 우리 인간은 부정적인 뉴스는 거부하고 1%의 가능성이 있을지라도 긍정에 목매단다. 우리는 우리의 유일한 지구가 얼마나 이미 썩어들어 갔는지, 불모의 영토가 되었는지 모른다. 알려고도 하지 않고 알고 싶어 하지도 않는다.

그러나 이러한 종말의 시그널이 가난한 이들에게는 이미 자신의 생존 문제로 들이닥치고 있다. 더욱 거세지는 태풍으로 인해 자신의 집 거실과 방이 물로 가득차고 있고, 반면 또 다른 이들은 마실 물 한 모금 구하기도 힘들다. 그러나 우리는 그런 피해 영상을 너무나도 쉽게 TV와 영화, 인터넷으로 보기에 어지간해선 감흥도 없다.

그러나 그 허망한 1%의 가능성에 대한 기대가 언젠가는 목줄이 되어, 나 자신의 목도 졸라올 것이다.

다시 방주가 만들어질 것이다. 이 방주-설국열차-의 탑승자격은 권력 서열과 소유 자본 금액에 의해서 정해질 것이다. 99.9999%의 인간은 전멸할 것이다. 그렇지만 그러한 폐허에서 끝까지 살아남는다는 것이 무슨 의미가 있으랴. 열차 차장 밖 불모의 설국이 아름답게 느껴질까. 차라리 먼저 죽는 편이 낫지 않겠나. 그러나 인간은 끝까지 포기하지 못한다. 한 손에는 탐욕을 다른 한 손에는 알량한 공생의 희망을 들고 저울질한다. 아마 턱 밑에까지 물이 차올라 죽는 순간까지 우리는 양손을 번갈아 바라만 볼 것이다. 인류에게 점진적 개선이란 요원한 바람에 불과하다.

신들의 강가

인디아는 현존하는 신들의 세상이다. 모든 신들은 신두-Sindhu 大河, 인더스 강의 산스크리트 명칭-에서 태어난다. 교주도 창시자도 없다. 신들의 세상에 인간은 잠시 머물다 갈 뿐이다. 브라마Brahma는 창조의 신이다. 우주의 근본 원리이며 우주적 정신이다. 비슈누Vishnu는 정의의 신. 그는 인간으로 화인-아바타 Avatāra 신의 화신(神의 化身)-한다. 인류를 악으로부터 구하고 정의를 회복한다. 그 아홉 번째 아바타인 고타마 붓다-Gautoma Buddha-까지 왔다 갔으며, 앞으로 마지막 열 번째 칼키-Kalki-아바타가 출현할 것이다.

무자비한 신들에 의해 통치되어지는 세상은 인간이 견디기 힘들다. 어떠한 인간 역사에서도 볼 수 없었던 가장 잔인한 세상을 목도하게 될지도 모른다. 신의 나라 건설을 위하여 인간은 한낮 일개 부품, 도구로 활용되어질 것이다. 12억 인간들에게 인디아 스택India Stack의 표식을 찍는 생체인증 부품 코드화 프로젝트가 진행 중이다. 고타마 붓다가 자비로써 이루지 못한 정의는 칼키가 빅브라더Big Brother가 되어 통제사회로 완성할지도 모른다.

인류교의 최후 지상 낙원

온전한 인간 중심 세상이 이루어진다면 그것은 아마도 중국에서일 것이다. 지극히 다원적 진화가 최고도로 진행된 생물 집단 체계, 최후의 인간. 신이 없이 인간만이 완벽히 존재하는 세상. 올더스 헉슬리가 이야기하는 '멋진 신세계'. 그러나 지금의 체제는 로자 룩셈부르크Rosa Luxemburg가 이야기했듯이 국가 독점자본주의 일당 공산당 집단이 모든 것을 독식할 뿐 결코 유토피아적 공산주의는 아니다.

해가 제일 먼저 뜨는 가장 동쪽 끝

한국은 자연과 인간이 하나였다. 자연이 곧 신이고, 인간은 자연과 함께 살다 자연으로 돌아갔다. 범신론汎神論적 영원한 유토피아. 그러나 이 에덴동산 같던 유토피아는 보리달마의 선禪 가르침을 받아 붓다의 고통과 해탈에 마음의 눈을 뜨게 된다. 그리고 그 사회체계는 또 다시 중국의 지극히 인간 중심적인 유교문화로 계급화됐다.

부처가 되지 못하는 한 모든 인간은 윤회의 사슬에 매어있다. 그 불국토의 세상은 시작도 끝도 없이 영원하다. 의지도 목적도 욕망도 없다. 영원회귀의 세계, 다다이즘, 니힐리즘 극치의 종교적 승화. 인간적 고뇌를 깨달은 셈이 해가 뜨는 곳을 쫓아 쫓아서 이곳에 이르러 성불하였던가. 한국에서는 모든 종교와 문화가 융화된다. 할아버지는 유교요, 할머니는 불교요, 부모는 천주교요, 며느리는 개신교도이다.

식민지가 된 천국

인간과 바이러스의 폭력에 의해 파괴된 또 다른 신국, 라틴 아메리카. 그들은 아직도 과거 식민지에서 헤어나질 못하고 있다. 그들은 철저히 파괴되었다.

푸른 불꽃이 나무에 의지하며_ 팔월

제국들에 의해 구획지어진 지구상 에덴 검은 대륙 아프리카. 인간의 탐욕이 에덴까지 뻗쳤다. 에덴의 자손들은 멸망한 또 다른 신국으로 노예가 되어 팔려나갔다.

동토

과거로 돌아가는 땅, 러시아. 그들은 가장 인간적인 세상을 꿈꾸다 무너져 모든 문들을 걸어 잠그고 제정군주시대로 회귀하고 있다. 어둡고 광활한 대륙 깊숙이 인민들이 숨죽이며 살아가고 있다.

푸른 불꽃이 나무에 의지하며_ 팔월

기울어가는 저녁노을을 한없이 바라보고 싶다

원광석이 빛을 빨아들이며_ 구월

잃어버린 나_ 지하철 단상

여의도발 동대문역사문화공원 행 5호선.

금요일 저녁 퇴근 인파로 가득하다.

회색빛 하늘이 우울하다. 지하철이, 그리고 그 안을 휩쓸려 다니는 모든 이들이 회색빛이다. 그 사이 끼어 있는 나 자신도 마찬가지다.

    '나는 어디 있는 걸까'

내가 아닌 다른 나만이 인형처럼 인파 속에 휩쓸려 터덜터덜 흘러간다.

내 마음을 어디 둘지 모르고 안절부절못한다. 회색빛은 사람을 고문한다. 차라리 역겨움이 극도로 가득 차 구토를 해 버리면 속 시원할 터인데. 마치 사람을 고문하듯이 넘을 듯 말 듯 경계선 밑에서 찰랑거린다. 나를 둘러싸고 있는 모든 것들이 버겁다…

눈물이 핑 돈다. 나 자신을 못 찾을 것만 같다. 무참하게 굴러가는 시간과 공간 속 저 멀리 어딘가에, 휩쓸려가는 인파 속에서 손을 놓쳐 버린 것 같다. 나 자신을 영영 잃어버린 것 같다.

인간시장

나를 팔려고 내놓았다.

가격표를 달고 목록표도 달았다.

- 아내와 아이들이 곁에 있다 -

비굴하게 웃음을 보였다.

나의 단점을 예리하게 찌르며 들어온다.

역시 그들은 장사치였다.

생물을 유심히 살핀다.

싱싱함을 테스트한다.

반응을 본다.

나를 절대 팔려고 내놓지 않겠다고 맹세하였건만,

나를 배신하였다.

-나는 나를 슬픈 눈으로 쳐다보았다.

나는 하자가 있는 인간임에 분명하다.

해변의 사나이

지워져버리는 연기밖에 남기지 못하는 사람들. 위트와 나는 종종 흔적마저 사라져버린 그런 사람들의 이야기를 서로 나누곤 했었다. 그들은 어느 날 무(無)로부터 문득 나타났다가 반짝 빛을 발한 다음 다시 무로 돌아가 버린다. 미(美)의 여왕들, 멋쟁이 바람둥이들, 나비들, 그들 대부분은 심지어 살아있는 동안에도 결코 단단해지지 못할 수증기만큼의 밀도조차 지니지 못했다.

위트는 '해변의 사나이'라고 불리는 한 인간을 나에게 그 예로 들어 보이곤 했다. 그 남자는 사십 년 동안이나 바닷가나 수영장가에서 여름 피서객들과 할 일 없는 부자들과 한담을 나누며 보냈다. 수천수만 장의 바캉스 사진들 뒤쪽 한구석에 서서 그는 즐거워하는 사람들 그룹 저 너머에 수영복을 입은 채 찍혀 있지만 아무도 그의 이름이 무엇인지를 알지 못하며 왜 그가 그곳에 사진 찍혀 있는지 알 수 없다. 그리고 아무도 그가 어느 날 문득 사진들 속에서 보이지 않게 되었다는 것을 알아차리지 못할 것이다. 나는 위트에게 감히 그 말을 하지는 못했지만 나는 그 '해변의 사나이'는 바로 나라고 생각했다. 하기야 그 말을 위트에게

했다 해도 그는 놀라지 않았을 것이다. 따지고 보면 우리는 모두 '해변의 사나이'들이며 '모래는 - 그의 말을 그대로 인용하자면 - 우리들 발자국을 기껏해야 몇 초 동안밖에 간직하지 않는다.'고 위트는 늘 말하곤 했다.

- 파트릭 모디아노Patrick Modiano
『어두운 상점들의 거리』中

모든 인간들이 다 그러하지 않을까. 어느 누군가의 사진 한 귀퉁이 찍힌 이름 모를, 아니 있었는지조차 몰랐던 사람처럼 그렇게 머물렀다가 사라져가는 것은 아닐까. 내가 이 세상을 떠난 후 20년 아니, 10년 후 몇 사람이나 나를 기억해 줄까. '보이지 않게 될 나'를 위해서 나 자신은 무엇인가를 해야 하는가? 그렇다면 그 무엇인가는 도대체 무엇인가.

85

갑충

어느 날 아침, 그레고르 잠자는 불안한 꿈에서 깨어나자
자신이 침대 속에서 한 마리의 흉측한 벌레로 변해 있는 것을
발견했다.

- 카프카《변신》中

갓 구워 낸 따뜻한 빵보다, 며칠 묵은 다른 음식 찌꺼기들과 섞여
진물진물 국물 흐르는 곰팡이 슬은 빵이 내겐 더 향긋하다. 오물에
섞여 며칠 묵은 음식물 쓰레기 냄새가 내 침을 더욱 돌게 한다.
나는 햇빛을 혐오한다. 청정한 공기보다 냉장고 밑 물기 배어 있는
습한 공기가 나에겐 더욱 쾌적했다.

검은색의 두껍고 단단한 나의 껍질이 내게 더한 포근함을 준다.
나를 충분히 감출 수 있다. 아무도 껍질 속에 숨어 있는 나를
알아보지 못할 것이다. 그리고 나의 다리들은 여럿이어서 내가
원하는 곳으로 자유자재로 옮겨갈 수 있게 해 준다. 나는 소파
밑으로 납작 엎드려 기어들어갈 수도 있고, 장 틈 사이로 기어오를
수도 있다. 천장에 거꾸로 매달려 있을 수도 있다.
그들은 나를 절대 찾지 못할 것이다. 그리고 나를 알아 볼 수도

없다. 이 검은 껍질에 여러 발을 달고 있는 존재가 나라는 것을 설령 알게 된다고 할지라도, 결코 내 속내까지는 알 수 없을 것이다.

'하, 하, 핫.'

나는 나의 과거를 잊은 지 오래다. 나는 태어날 때부터 '갑충' 이었다. 내가 두 발로 걸어 다녔다는 것은 아마도 기억이 아닌, 꿈인 듯싶다. 아니다. 그것도 아닌, 다른 인간들을 보고 내가 상상한 나의 모습이었는지도 모른다. 내가 인간이었을지도 모른다는 상상을 하면 할수록 온 다리들의 털들이 바짝 곤두선다. **혐오스럽다.**
그들이 안쓰럽다. 그들은 발가벗고 다니는 것이나 마찬가지다. 그들의 속은 금세 읽혀진다. 둔하고 몸집이 너무 크다. 재빠르게 상황을 판단하고 숨을 수 있는 능력도 없고, 변화하는 환경에 적응하지도 못한다. 전체 군집의 힘이 클지언정, 그 개체 하나하나는 허술하고, 나약하기 그지없다. 그들이 지배하는 세상은 잠시뿐이다.

나는 그들이 모두 어서 빨리 갑충으로 진화되기를 바란다. 그것만이 그들이 영원히 이 지구에 생존할 수 있는 유일한 길이다. 습하고 미끈하고 어둡고 두꺼운 껍질 속에 자신의 마음을 숨겨야 한다, 자신의 외모를 숨겨야 한다. 그리고 어디로나 숨을 수 있는 순발력 있는 많은 다리를 가져야 한다. 아무리 나를 해부해 본들 흐물흐물하고 문들문들한 썩은 오물 냄새나는 속만을 볼 수 있으리라. 아니 그 전에 누군가 나를 발견하면 그 혐오스러운 외모에 놀라 그 순간 나를 밟아 죽여 버리도록 해야 한다.

이 얼마나 훌륭한 자기 방어인가, 그 누구도 나를 알아 낼 수 없다. 어쩔 수 없는 최후가 다가온다면 나는 상대의 힘을 빌려 스스로를 파괴한다. 그것만이 지금 이 혼탁한 세상에서 자신의 존재를 유지할 수 있는 유일한 방법이다.

86

너무나 투명해 쓰라린_ 수인

횔덜린Friedrich Hölderlin

이념과 송가를 넘어서, 자신의 현존재를 깨닫는 순간이 있다. 〈반평생〉을 노래하며 육지를 담은 호수에 입 맞추는 백조를, 겨울 광야에 부는 바람에 흔들리는 풍향기 옆에 차갑게 서있는 성벽을 '볼' 수 있게 된 그. 고결한 사랑, 디오티마의 죽음은 그에게 모든 희망을 거둬낸 노파의 얼굴 같은 세상을 볼 수 있게 한 것인가.

너무나도 생생하여 눈이 시린 그 정경을 더는 버티지 못한다. 모든 대상이 여과 없이 투영되는 마음의 방을 오래 견딜 수 없다. 그는 눈을 감고 스스로 가둘 수밖에 없다. 벌거벗겨진 존재가 본능적으로 생존하고자 숨어든 36년 반평생 네바강변 옥탑방. 그는 스스로 갇혔지만 그 옥탑의 서늘한 벽의 찬기로부터 위안을 받는다. 그는 그때부터 옥탑방 창 너머로만 세상을 보게 된다.

주장도 찬양도 아닌, 발가벗겨진 자신으로 인해 쓰라려 하지도 않은 채, 덤덤하게 자기 눈앞에, 생각과 마음 앞에 흘러가는 봄·여름·가을·겨울의 모습들. 정경情景이 아닌 풍경風景을, *그저 본다*.

원광석이 빛을 빨아들이며_ 구월

짧은 시간 동안에 많은 것들이 종말을 짓고
쟁기질을 뒤돌아보는 농부는
한 해가 즐거운 종말로 기울어져가는 것을 보고 있다.
그러한 영상들 속에 인간의 하루는 완성된다.

지구의 둥그러미 저녁이면 사라지는
구름들과 달리 바위들로 장식되어
황금빛 한낮에 그 모습 드러내니
그 완벽함은 슬퍼할 일 없도다.

- 횔덜린 〈가을〉 中

신을 시험한 죄_ 수인

돈 후안Don Juan

스페인의 어느 궁벽한 외딴 수도원, 스스로 자신을 가둔다. 깊은 옥탑 공방 속 벽 틈 창으로 자신의 차가운 영혼이 평원을 거니는 모습을 바라본다.

그가 맞섰던 대상은 누구인가. 절대자. 그에게 반복하여 시비 걸듯 시험하며 내뱉었던 말,

"올 테면 오라지.
참 오래도록 나를 지켜봐 주시네!"

- 티르소 데 몰리나Tirso de Molina
『돈 후안, 석상에 초대받은 세비야의 유혹자』中

-

그 스스로 선택한 감금, 고립된 수도원에서 죽음이 다다를 때까지 견딜 것이다. 그렇다고 스스로 죽음을 자초하지는 않을 것이다. 하루하루 해가 뜨고 황량한 지평선 너머로 질 때까지, 스스로의 때가 찰 때까지 바라보고 버틸 것이다.

소돔성의 변태성욕자_ 수인

사드D. A. F. de Sade

그는 자신을 가두고 있는 **자유, *Liberte***라는 이름의 독방 벽을 더듬는다. 자연에 의해 지어진 육신은 그 벽을 결코 넘어설 수 없다. 그러기에 그의 영혼은 인간 정신의 바닥인 극단의 악덕을 손톱이 빠져라 긁어모은다.

'자유'의 독방에서 역사상 가장 혐오스러운 '소돔성'이 건설된다. 11센티미터 너비의 종이들을 이어붙인, 총 길이 12미터에 이르는 두루마리의 앞뒷면에 깨알만한 글씨로 빼곡히 기술한 『소돔의 120일』은 소돔성에 살던 아브라함의 조카 롯에게 방문한 천사들-남성으로 표현된-과 재미를 좀 봐야겠다-『성경』《창세기》 19:5는 변태성욕자들을 비웃기라도 하듯이 더욱 전위적前衛的이고 독신적瀆神的이다.

15년간 감옥과 14년간 정신병원에 수인된 사드의 몸에서 뿜어져 나오는 이성의 광기狂氣는 '세상은 미덕과 악덕의 균형'으로 이루어져 있다는 그노시즘-영지주의靈知主義, Gnosticism-을 설교한다. 종부성사를 진행하려는 사제에게 오히려 죽어가는 이가 가르친다. 자연은 악덕이든 미덕이든 똑같은 욕구를 가지고 있다고. 단테가 『신곡』에서 천국-성덕-에 이르는 일곱 개의 연옥 관문을 만들었다면, 사드는 다섯 개의 험로와 두 개의 성벽으로 철저하게 은닉한 소돔성-악덕, 검은 숲의 뒤세르 저택-을 구축하였다.

저 깊이 감금된 성벽 안에서 광인의 목소리가 절규하듯 메아리쳐온다, **"나에게 자유를 달라."**고. 그가 요구하는 자유는 법 앞에서, 신 앞에서의 자유가 아니다. 그 모든 것을 벗어난 무자비한 자연에의 자유이다. 그렇기에 법 안에, 신 앞에 거주하기를 바라는 우리 범인凡人들에게는 그의 글과 소설들은 차마 눈 뜨고 볼 수 없는 악마적 상상이 극에 달한 변태성욕의 아수라이다.

물론 '광인'에 대한 정의는 구조적 관점에 따라 다르겠지만 그가 정말로 '광인'이었을까. 그는 29년간의 수감 생활에서 수많은 소설과 희곡, 서한 및 메모들을 남겼다. 철저한 고증과 철학을 하고자 많은 독서를 했으며 논리정연하게 자신의 생각을 기록했다.

그가 말하듯 많은 이들이 천국의 아름다움을 그리고자 노력했다면, 그 자신은 상대적으로 외면되어지고 감추어진 인간의 잔인하고 추악한 심연을 파헤쳐보고자 노력했다. 우리는 200년이 지난 지금도 그의 소돔을 보기를 두려워한다. 롯의 아내가 불타는 소돔을 돌아보다 소금기둥이 된 것처럼, 우리도 사드의 '소돔성'을 들춰보면 천벌을 받을지 모른다는 두려움이 심중에 각인되어 있다. 그러나 현대시의 선구자였던 기욤 아뽈리네르가 평했듯이, 그는 역사상 '최초의 자유인'이었을지도 모른다.

29년간 수인된 자유인, 사드.

반대로 우리는 자유인이라 자칭하면서도 실은 스스로 가두고 있는 수인들은 아닐까. 그의 목소리가 감옥에서, 정신병동 어두운 복도를 타고 울려나온다.

"나는 내 말을 알아들을 능력이 있는 사람들만을 상대로 이야기하니, 그들은 아무 위험 없이 나를 읽을 것이다."

- 기욤 아뽈리네르 〈신성한 추락〉
- D. A. F. 드 사드 『사제와 죽어가는 자의 대화』中

89

인간을 사랑한 죄_ 수인

낭떠러지 바위에 결박당한 자

프로메테우스는 물과 흙으로 인간을 만든 다음 제우스 몰래 그의 벼락에서 훔친 불씨를 회향나무 가지 안에 감춰 지상의 인간들에게 주었다. 이 사실을 알게된 제우는 그를 스퀴리스Skythis의 카우카소스Kaukasos 산에 묶어놓았다. 프로메테우스는 여러 해 동안 그곳에 묶여 있었다. 낮이면 독수리가 내리 덮쳐 그의 간을 쪼아먹었다. 그러나 밤이 되면 그것은 다시 회복되었다. 이것이 프로메테우스가 인간을 도운 죄로 받은 벌이었다.

역사 속에 재림한 프로메테우스

신들에 대한 증오와 인간에 대한 사랑을 외치면서, 제우스에 등을 돌리고 필사의 인간들 편으로 돌아와 그들을 이끌고 하늘을 공격한다. 그러나 인간은 유약하고 비겁하다. 쾌락과 행복을 사랑한다. 그들을 위대하게 만들려면 그들을 조직하고, 나날의 꿀을 거부하라고 가르쳐야 한다. 이렇게 해서 프로메테우스가 주인이 된다. 처음에는 가르치고,

원광석이 빛을 빨아들이며_ 구월

다음에는 명령을 내린다. 투쟁이 길어지면 인간들은 태양의 왕국에 과연 도달하게 될지, 존재하기는 하는지 의심하게 된다. 영웅은 그들에게 말한다. "나는 왕국을 알고 있다. 내가 왕국을 알고 있는 유일한 자다." 이 말을 의심하는 자는 처형당한다. 다른 사람들은 이후 생각에 잠긴 고독한 주인의 뒤를 따라 암흑 속으로 걸어갈 뿐이다. 프로메테우스만이 혼자 신이 되어 인간들의 고독 위에 군림한다. 그가 제우스로부터 쟁취한 것은 오로지 고독과 잔인함뿐이다. 그는 더 이상 프로메테우스가 아니라 황제이다.

진정한 프로메테우스는 이제 희생자들 중 어느 하나의 얼굴을 갖게 되었다. 기나긴 과거의 밑바닥으로부터 솟아오르던 그 똑같은 절규가 스키타이 사막 저 깊숙한 곳으로부터 여전히 메아리쳐 올라오고 있다.

- 카뮈 『반항하는 인간』 中

앞서 생각하는 자, 선지자 프로메테우스-Prometheus 미리 아는 자-. 인간을 사랑한 죄, 너무도 인간을 사랑하여 그들의 황제가 된 자. 인간을 이끌고 하늘에 대적하는 자. 끝까지 굴복하지 않는 자.

고립무원의 산, 골짜기 벼랑에 묶여 그의 눈빛은 강도 호수도 없이 광활한 평야의 지평선을 바라보고 있다. 천신에 의해 수인된 자. 그에게 내려진 형벌은 끝없이 반복되는 소멸-절망-과 소생-희망-의 *윤회*이다.

"아, 나의 거룩한 어머니 대지시여.

오, 대기여, 태양이여

나를 보라.

억울하도다!"

- 아이스퀼로스Aeschylus 『결박당한 프로메테우스』中

농익은 과일이 떨어질 때_ 시월

90

가을날 해질녘

모차르트Wolfgang Amadeus Mozart
《구도자를 위한 저녁기도 중 Laudate Dominum》

어릴 적 속초 바닷가 언덕 위에 우리 집이 있었다. 앞뜰에 서
있노라면 드넓은 동해 바다가 한눈에 들어왔고, 소금기 배인
바닷바람에 나의 머리카락이 흩날렸다.

뒤꼍엔 포도넝쿨이 있었고, 그 담 너머로 작은 성당이 있었다.
동생과 나는 학교를 파하고 집에 돌아오면, 작은 정원의 앞뜰과
포도넝쿨로 그늘진 뒤뜰을 정신없이 뛰어다니며 놀았다.

가을 저녁 바닷가는 도시보다 빨리 어둠이 찾아든다. 보랏빛
수채물감이 흘러내리는 듯한 둥근 하늘. 지금도 기억난다. 그리고
여섯 시가 되면 성당 삼종기도 종이 울렸다.

돌아보면 어릴 적 가장 행복했던 순간이다. 지금도 내 맘 속에는
가을에 무르익던 뒤뜰 포도 향기와 담 너머 성당에서 울려오던
종소리가 은은하다. 그리고 윤기 나는 검은 머리카락을 찰랑이며
내 앞에서 뛰어가던 어린 동생이 눈에 선하다…….

가을의 해질녘 저녁시간은 시인에게도, 수도자에게도 그리고
내게도 무언가 불안하게 하고, 무언가 기억하게 하고, 무언가를
갈망케 하는 순수의 시간이다.

주여, 시간이 되었습니다. 여름은 참으로 위대했습니다.
해시계 위에 당신의 그림자를 얹으시고
들판에 바람을 풀어 주옵소서.

마지막 열매를 알차게 하시고
이틀만 더 남녘의 빛을 주시어
무르익도록 재촉하시고
마지막 단맛이 무거워져가는 포도에 스미게 하소서.

지금 집에 없는 자는 집을 짓지 못합니다.
지금 홀로인 사람은 오래도록 그렇게 살 것이며
잠자지 않고 읽고 긴 편지를 쓸 것이며
바람에 나뭇잎이 구를 때면 불안스러이
이리저리 가로수 사이를 헤맬 것입니다.

- 릴케 〈가을날〉

91

가을순간

이른 새벽 새소리에 잠에서 깨어 책장을 넘긴다.

등교시간 쏟아지는 아침햇살 그 아래 부서지는 친구들의 조잘거림. 차가운 보도블록 또각또각 부딪치는 맑은 구두 소리. 붉은 단풍이 수놓아진 코발트블루 유화 하늘 캔버스. 선명한 나무그늘 마로니에 공원에 흩어져 날리는 그녀의 투명한 웃음소리.

(…)

모두들 어딘가로 사라져 버린 침묵의 오후. 그 느린 시간은 나무들의 몫이다. 그 찬란한 오후, 전라의 나무들은 자신의 강직한 나뭇가지 팔들을 회색궁륭을 향해 힘껏 뻗는다. 모두가 떠난 텅 빈 캠퍼스의 늦은 오후, 아크로폴리스에 흐르는 리스트Franz Liszt의 〈리벤스트라움 Liebenstraum〉. '사랑할 수 있는 한 사랑하라.'

(…)

해질녘 골목 안 집집들의 밥 뜸 드는 내음. 가을 학예회를 준비하는 초등학교 음악실 창가 불빛과 함께 스며 나오는 낭랑한 청라언덕. '친구들의 노랫소리, 선생님의 오르간 소리는 지금도 귓가에 쟁쟁하건만.' 어둑어둑해지는 숨바꼭질, 아직 찾지 못한 동무. 공터에 버려져 구르는 자치기 막대. 쓸쓸한 전봇대의 그림자. 골대만 덩그러니 남겨진 텅 빈 운동장. 어스름해지는 창가. 스며드는 존재의 불안. '이것이냐, 저것이냐.'

(…)

노을 지는 지하철 출구. 꽃장수 리어카 위 국화꽃 향기. 퇴근하는 아버지 손 안 따뜻한 군밤. 밤늦은 지 모르는 시장 골목 두런두런 피어오르는 술국과 대포의 유쾌함. 아무도 없는 어두운 골목을 내려 비추는 노란색 가로등 불빛. 어느 동네 성당에서 울리고 있을 모차르트의 〈라우다테 도미눔 Laudate Dominum〉.

(…)

그리운 이에게 기나긴 편지를 쓰는 만년필의 사각거림. 하얀 종이 위 끝나지 않을 릴케의 〈가을날〉 기도. '주여, 지난여름은 참으로 위대하였습니다.'

늦은 밤 어둔 숲 나뭇잎 파도소리에 잠 못 이루고 책장을 넘긴다.

- 그렇게 가을은 과거와 현재와 미래를 *순간-Augenblick*-으로

끌어 모아 형형색색 물들여 다시 영원으로 흩어버린다 -

농익은 과일이 떨어질 때_ 시월

92

만추晚秋

베토벤《피아노협주곡 5번 '황제' 2악장》

검푸른 여름의 울창한 숲 깊은 어느 동굴 속,
붉은 심장의 가을이 뛰고 있다.

가을이 진다.

입김 불며 기다리는 출근길 버스 정류장에
사무실 창 밖 바쁜 차로 위로
거리를 지나가시는 할머니 구부러진 어깨 위로
찬바람 맞으며 빠져나오는 저녁 퇴근길 지하철 출구에
붕어빵 파는 리어카 아줌마 굳은 손등 위로
마로니에 공원 앞 연극표 파는 젊은이의 쉰 목소리 사이로
대폿집 창문 안 따뜻한 정종 위 서리는 김 위로
아이들이 뛰어놀다 돌아간 해 질 녘 놀이터 덩그런 그네 위에
해 진 집 앞 작은 골목 따뜻한 방의 창문 불빛을 받으며

내 공상에
내 기쁨에

내 슬픔에

내 이마에

내 눈가에

내 손등에

내 가슴에

내 삶의 한가운데에

붉디붉은 낙엽이 소리 없이

한 닢씩 한 닢씩

내려앉고 있다.

93

가을장마

명동 사무실에서

24층 창 밖 하늘이 온통 검회색이다.

남산 산줄기 어깨들이 더욱 검어졌다.

모두들 서둘러 퇴근했다.

빗방울이 하나 둘 창을 때리기 시작한다.

밝은 LED 백색 등 아래

수백의 텅 빈 책상들과 의자들

나만 홀로 덩그러니 남았다.

비는 자꾸 거세지는데,

사무실 창문에 굵은 줄을 새긴다.

길 아래 버스 정류장

사람들이 머리에 손을 얹고 다급히 차에 오른다.

비는 자꾸만 거세지는데,

나만 홀로 우두커니 남았다.

어둠에 묻힌 명동성당 그러나

창에 비쳐진 낯선 얼굴

지우려 해도 지워지지 않는다.

빗물을 따라 흘러내린다.

비는 더 거세지는데, 거세지는데,

나만 홀로 남았다.

뜻밖의 이별 통지

[부고] 친구 xxx 본인상. xx병원 5호실. 발인 10/xx

친구가 세상을 떠났다. 자신을 돌아볼 겨를도 없이, 갑자기.
핸드폰에 문자가 뜨듯이 그렇게 순전히 우연처럼, 마치 아무 일도
아닌 듯이. 그에게는 죽기 전 어떠한 암시라도 있었을까? 모르겠다.
우리의 물리적 끝, 죽음은 그렇게 무자비하게 우리에게 닥친다.
그는 아무 고통도 못 느꼈을까? 정말 10초도 안 걸렸을 고통 중에
모든 것은 종말을 고할 수 있는 것인가? 그렇게 친구는 교통사고로
떠났다. 그의 차가 새벽 간선도로에서 덤프트럭 밑으로 달려
들어갔다. 그 마지막 장면과 함께 무대와 관객 사이 검은 휘장이
쳐졌다. 연극은 끝났다.

연극 같은 인생의 의미는 무엇일까? 셰익스피어William
Shakespeare의 맥베드가 이야기하듯 인생이란 걸어가는
그림자에 지나지 않는 것일까, 잠시 동안 무대 위에서 흥이
나서 덩실거리지만 얼마 안 가서 잊히는 처량한 배우일 뿐인가.
갑작스러운 종말 앞에서 의미를 찾는 것은 가능한가. 친구의 삶은
무의미한 것이었는가? 아닐 것이다. 그것이 전부는 아닐 것이다.

아니, 아니어야 한다.

우友 위령 서곡

- 쇼팽Frédéric François Chopin

《피아노 소나타 2번 3악장 'Marche funèbre 장송곡'》

화려한 잔치는 끝났다.

어젯밤 바람이 심하게 불었다.

창틀이 흔들리며 소리를 냈으며

그 사이로 나무들이 어두운 밤하늘로

바람의 채찍을 맞은 붉은 잎들이 날리는 소리가 들려 왔다.

쏴-악,,, 쏴-악,,,

가을 운동회

재잘거리는 아이들로 운동장이 가득 찼다.

운동장, 그 즐거움과 환희는 어디론가 사라지고

해질녘 모두가 돌아간 운동장에는

나무 사이사이 걸어 두었던

만국기들만이 바닥에 떨어져 뒹굴고 있다.

친구가 죽었다.

상갓집은 북적였다.

어린 아이들과 처만을 남겨 놓고

이 녀석은 왜 그리 급하게 간 것일까.
그러나 그 상갓집의 북적임도 잠시
모두가 돌아가고 장사를 치르고 나면
가족들에게 그때부터 슬픔은 현실이 된다.

화려한 축제가 끝나고
내 맘 가득히 채웠던 모든 것이
텅 빈 운동장마냥 비워져
모래가 바람에 날릴 때
나는 벌거벗은 나 자신을 바라본다
그 텅 빈 운동장 한 가운데에서.

가식의 가면을 모두 벗어던진
전라全裸의 이 순간.
서로 마주보는 나와 -나, 너와 나 눈빛 사이
절절하고 가슴 아픈
그래서 더욱 아름다운
쇼팽의 피아노 〈Marche funèbre〉가 울린다.

외줄타기

어릴 적엔 들판을 거닐고
나이 들어선 밧줄을 타듯 고개를 넘는다.
원래 세상이란 그러한 것을.
세상이 변한 것이 아니고
내가 너무 순진했던 것.

세상은 외줄타기다.

수술실

하얗고 밝은 방

하얀 방

백색 수술 등이 켜진

빈틈없이 쏟아지는 빛의 폭포 아래

십자형 검은 수술대 위에

K는 누워 있었다.

차가운 알코올 솜이 팔 안쪽에 문질러졌다.

겁에 질려 파랗게 드러난 혈관은

알코올보다 차가운 금속 바늘을 참아내야만 한다.

빙하보다 찬 수액이

혈관 벽을 긁으며 뇌를 향해 치솟아 오른다.

-

하나.

둘.

셋.

-

순간 어둠의 장막이 마치 두꺼운 커튼을 치듯
K의 의식을 덮었다.
K는 커튼을 걷어내려고 애를 썼지만
너무 무거웠다.
대형 오페라 극장 무대 커튼처럼.

커튼 바깥 웅성웅성 사람들의 소리가
메아리처럼 아득해져 갔다.
무대가 뒤쪽으로 끝도 없이 빠르게 후퇴해간다.

'죽는 순간도 이런 느낌일까…….'

97

심연深淵에 갇힌 자_ 수인

영원한 것을 붙든다는 것은 위대한 일이지만, 시간적인 것을
버리고 나서도 역시 그 시간적인 것을 '꽉 붙들고 있다'는
것은 더욱 위대한 일이다. 이리하여 때가 찼다.

- 키에르케고르 『공포와 전율』中

어둠에 갇힌 자는 순간을 꽉 붙들고 버텨야 한다. 흩어져 버리는
과거와 희망할 수 없는 미래 사이에서 존재하지 않는 현재의
순간에 자신을 고착시켜야만 한다. 불가능한 일인 줄 알면서도,
알코올처럼 싸한 냄새를 피우며 증발해버리는 현재라는 시각에
무쇠처럼 무거운 자신을 매달아 보려고 애써야만 한다. 그것만이
그 어둠 속에서 그에게 허용된 유일한 임무이다.

그러나 그 누군가는 지하 감방 녹슬어 굳어버린 철문이 열리는
극적인 순간의 때를 맞이할 것이고, 또 다른 누군가는 끝 모를
어둠의 절망 속에서 미쳐버리고 말 것이다. 극적인 순간이 그의
절망에 비해 너무 늦게 올 수도 있고, 아니면 그를 잊고 이미
스쳐지나갔는지도 모른다. 이미 영원히 돌이킬 수 없는 사건이

되어버린, 잊혀진 존재. 어둠 밖의 세상은 그를 잊었다.

절망에서 헤어날 수 없다는 확신. 그리고 그만큼 강렬한 부조리에 대한 저항. 진정으로 미친 인간의 조건. 존재하지 않는 현재에 매여 수인된 그에게 허용되는 유일한 것은 존재하지 않는 또 다른 '그때'를 **응시하며 버티는 것**뿐이다. 정말 어려운 일이다, 정말로.

98

먼 곳으로부터 들려오는_ 수인

Wie aus der Ferne

1854년 2월 27일 얼어붙은 라인강에 자신을 던졌으나 죽지 못한 그 사람, 그의 육신은 타인에 의해서 건져졌으나, 그의 영혼은 건질 수 없었다. 살얼음이 낀 강 표면, 스며드는 시들한 겨울 햇빛을 울렁이는 물결 밑 부유물들이 난반사시켰다. 그 먹먹한 무중력의 공간에 그는 갇혔다.

이 강을 건너고 싶었다. 먼저 세상을 떠난 사랑하는 이들을 쫓아서, 누이 에밀리에, 형과 형수, 그리고 친구 슌케…. 그의 악보에 자주 쓰이던 제목과 지시어들이 있다. **먼 곳**die Ferne, **낯선 곳**die Fremde. 그가 그러한 '낯섦'을 의식하게 된 이유는 뭘까. 피아니스트가 되려고 무리한 노력을 하다 결국 연주할 수 없게 불구가 된 손가락? 아니면 사랑하는 클라라의 어느 순간 변해버린 눈빛? 그 자신이 아니고서야 알 수 없겠지. 그러나 그의 영혼은 라인강에 뛰어들기 전부터 이미 심연-어둔 내면-에 갇혀 있었는지도 모른다.

강 이편의 클라라도, 자신의 피아노에게도, 그리고 강 저편 먼 곳으로 떠나버린 사랑하던 사람들에게도 다가갈 수 없는 강물 속

고립감.

　'아, 이 시간이 단지 한 순간으로 지나가 버리면 좋으련만.
　순간이 왜곡된 회오리에 휩쓸려 '영원'이 되어버렸구나.'

그 아득한 내면의 영원 속에서 강 밖의 존재들은 멀고 낯선 대상이
되었다.

2년 후 1856년 7월, 엔데니히 정신병원에서 그는 죽는다. 그 때
먼 곳, 낯선 곳에서 울려오던 소리를 좇아 그의 영혼도 길을 떠날
수 있었을까. 아니면 라인강 어둔 심연에 여전히 갇혀 있는 걸까.
그만이 알 것이다.

　내가 가고 싶은
　그 먼 곳에서 - in die Ferne -
　사랑하는 이가
　나를 기다리네
　당신네, 말 없는 별들이여,
　나를 위해 그 먼 곳으로 신호를 보내주오
　나를 위해 인사를 전해주오
　내 사랑하는 이에게

> - 슈만Robert Schumann《Sehnsucht 향수》
> 물데강에 투신자살한 누이 에밀리에를 기리며,
> 미셸 슈나이더 『슈만, 내면의 풍경』中

슈만에게 원래부터 특징적인 것은 자기를 스스로 붙잡지 않는 것, 자신을 주어버리는 것, 내던져 버리는 것이다. 즉, 자아를 포기하는 것을 지칭한다.

- 아도르노 『베토벤, 음악의 철학』 中

99

샤이니의 눈물_ 패러독스

텅 빈 영혼

난 속에서부터 고장 났다. 천천히 날 갉아먹던 우울은 결국 날 집어 삼켰고 난 그걸 이길 수가 없었다. 무슨 말을 더 해. 그냥 수고했다고 해 줘, 이만하면 잘 했다고. 고생했다고 해 줘. 웃지는 못하더라도 탓하며 보내진 말아줘. 수고했어.

- 샤이니 종현 〈유서〉 中, 2017. 12. 18

검게 멍든, 치유하기 힘들게 방치될 수밖에 없는 소외된 마음 한구석. 그러나 그곳으로부터 울려오는 공허는 마음 전체를 절망케 하기에 충분하다. 검은 뒷골목으로부터 싸늘히 불어오는 바람.

나는 도대체 누구인가? 나는 무엇을 하는 사람인가? 나에게 진정 의미 있는 삶이란 어떠한 삶인가? 우리 모두 반드시, 언젠가는 이 모든 질문에 맞닥뜨릴 수밖에 없다. 그리고 답을 회피할 수도 없다. 반드시 답변해야 한다.

하지만 그 답은 우리 이성의 한계 안에서 답할 수 없음이 역설이다. 그 답은 이성 너머에 있다. 그러나 우리가 그 이성의 지평 끝까지 달려갔을 때, 마주하게 되는 것은 더 이상 앞으로 나아갈 수 없는 절벽이다. 그때 우리는 그 한계의 절벽에 절망하여 낭떠러지로 추락하면 안 된다. 그 이성의 끝에서 날아오르는 방법을 반드시 터득해야만 한다.

어느 기사에선가 본 눈물 흘리던 종현의 얼굴이 잊히지 않고 자꾸 떠오른다. 선택할 수 없이 궁지에 몰려 절박했을 그 마음에 가슴이 아프다. 투명하고 여린 영혼들이 버텨내지 못하는 이 세상.
참 미안하다.

100

검은 바닷가 가장 슬픈 노래

When I am laid, am laid in earth,

May my wrongs create

No trouble, no trouble in thy breast ;

Remember me, remember me,

But ah! forget my fate.

Remember me,

But ah! forget my fate.

내가 땅에 누웠을 때,

내 잘못이

그대 가슴을 괴롭히지 않기를.

나를 기억해주오, 나를 기억해주오.

그러나 아아!

내 운명은 잊어 주오.

그러나 아아!

내 운명은 잊어 주오.

- 헨리 퍼셀Henry Purcell《Dido and Aeneas》
〈Dido's Lament 디도의 탄식〉

실연한 여인의 마지막 탄식의 노래. 아이네아스가 떠나버린 바닷가. 자결하는 카르타고의 여왕, 디도. 검은 절벽 바닷가 심연 깊은 곳으로 가라앉은 가장 슬픈 아리아.

사랑은, 첫눈에 종말을 알아보고, 죽음도 갈라놓지 못하며, 죽어서도 결코 잊지 못한다.

실연한 남자의 노래. 죽은 애인 바닷가 무덤 곁을 떠나지 못하고 영원히 그리워하는 남자. 검은 달빛 바닷가 가장 슬픈 시.

For the moon never beams, without bringing me
dreams
And the stars rise, but I feel the bright eyes
Of the beautiful Annabel Lee ;
And so, all the night-tide, I lie down by the side
Of my darling, my darling, my life and my bride
In her sepulchre there by the sea -
In her tomb by the sounding sea.

아름다운 애너벨 리의
꿈을 꿀 때만, 달도 빛을 발하고
빛나는 눈동자를 내가 느낄 때만, 별들도 떠올라요.
그래서, 밤물결 내내, 나의 사랑, 나의 사랑,
내 삶의 전부인 내 신부 곁에 누워 있어요.

바닷가 그곳 그녀의 무덤 옆에 -

파도 소리 들리는 그녀의 주검 곁에.

- 에드거 앨런 포Edgar Allan Poe
〈ANNABEL LEE 애너벨 리〉中

날카로운 보석이 찬 빛을 발하며_ 십일월

101

종로 뒷골목 고등어회

두 손 안에
따듯한 소주가 가득
마주한 친구들의 눈빛, 웃음
허름한 가게 안 손님들의 유쾌함
김 서린 유리창.

살살한 고 한 점을 살짝 상추에 올리고
겨자를 버무린 초장을 묻힌 마늘을 곁들여
입 안에 넣으면,
마르셀의 마들렌보다 더 향긋한
청춘의 옛 기억들이 되살아나지.

무의식의 심연에서
펄떡이며 튀어 오르는 푸른 등 결의 고등어!
우리네 여름날도
햇빛을 반사하는 그 비늘처럼
눈부시게 빛났었다.

날카로운 보석이 찬 빛을 발하며_ 십일월

떠들썩한 가게

밖

종로 뒷골목

푸른 기억 그때처럼

눈이 내리기 시작한다

소리 없이.

보고 싶은 친구 J에게

1990

K는 D학점을 받기가 일쑤였다. 그는 적응력이 떨어졌다. 과 동료들은 그를 이상한 친구로 여겼고, 그와 자리를 같이하는 것을 어색하게 여겼다. K 또한 마찬가지였다. 동료들과 같이 한 자리에서도 그는 언제나 딴 세상에 있는 사람처럼 멍하기도 하였고, 혼자서 무언가에 골똘히 빠져 있는 것 같기도 했다. 그는 그의 부모에게 떠밀려서 취업을 위해 공대에 입학하게 되었고, 물리보단 화학을 덜 싫어하여 화학 관련 전공학과를 선택하게 되었다. 그 과의 친구들은 전국에서 올라온 우수한 학생들이었고, 공학을 배우기를 열망한 공학도들이었다. 푸르고 푸른 밀밭에 엉뚱한 볍씨 한 톨이 떨어진 것과 같았다.

그 과 동기 60명 중 여학생이 한 명 있었다. '홍.일.점' J. 그녀의 눈은 조용하고 순진한 마음을 품고 있는 고요한 호수 같았다. 그 억센 남자 동기들의 군 입대를 바리바리 다 챙겨주었다. 말수가 적은 편이었지만, 여자 혼자라는 어색함을 티 내지 않으려고 과모임에도 적극적으로 참여했다. 공부는 항상 상위권이었다.

당연히 동기들, 선배들에게도, 교수님들로부터도 사랑과 우정을 듬뿍 받았다. 그녀는 항상 대학 도서관에서 늦게까지 공부했다. 아웃사이더인 K와 홍일점 J가 마주치는 일은 거의 없었다. 강의실에서도 모임에서도 그들의 자리는 항상 멀었다.

그러던 12월 어느 날 종강파티 때였다. 그날도 역시 K는 구석자리에 앉아 시계만 바라보고 있었다. 어울리지도 못했을 뿐더러, 술맛도 잘 몰랐기 때문이다. 그렇다고 그 자리를 떨치고 일어서 나가지도 못한다. 그럴 용기 또한 없었기 때문이다. 그 지겨운 시간, 남들의 말에 공감도 하지 못하면서, 그렇다고 떨쳐내지도 못하는 회색인간이 되어 그 자리를 그림자처럼 지키고 있었다.

그 자리가 파하고 술꾼 친구들은 더 마시러 2차를 가려고 떼를 지었으나, 대부분의 친구들은 자신의 하숙집으로 기숙사로 집으로 발길을 돌렸다. 그날은 너무 추웠기 때문이다. 술집을 나섰을 때, 칼바람이 큰 가로수의 마지막 잎새들을 어두운 밤하늘로 날렸다. 이미 저녁 10시가 넘은 시간, 지하철을 탔다면 버스보단 30분가량 더 일찍 집에 도착할 수 있었을 것이다. 그러나 K는 지하철이 아닌 버스를 타기로 했다. 술기운이 약간 오른 날이나, 울적한 날, 아니 아무 일도 없는 날에도 괜히 느린 버스를 선택하곤 했다. 터덜터덜 길들을 돌고 돌아가는 구식 버스의 속도가 자신에게 편했기 때문이다.

그날 그 시각 학교 앞 버스 정류장에는 인적이 드물었다. 이미 일기예보에서 강추위를 예보해서인지, 길가엔 인적조차 드물었다. K도 혼자 옷깃을 여미고 발을 동동 구르며 버스를 기다리고 있었다. 그때 언제인지 모르게 J가 버스 정류장, K 옆에 와 서 있었다. 그녀는 좀 취해서인지 얼굴에 붉은 기운이 돌았다. 그러나 그녀는 큰 목도리로 얼굴의 대부분을 감고 있었기에 눈만 보였다. 그녀가 붉은 기운이 돌았다고 생각한 것은 아마 자신만의 착각이었을지도 모른다. 하여튼 K에게 그녀는 붉은 기운을 뿜었다.

같은 학과 동료이면서도 단 한 번도 같이 식사를 하거나, 별 이야기를 나눠보지 않았던 친구. 그저 먼발치에서 서로의 존재가 J, K라는 호칭으로만 인식되었던 사이. 같은 공간에서 2, 3년을 같이 했건만, 그 가까웠던 거리가 그들의 관계를 오히려 더욱더 멀게 느껴지게 하였다.

    "너도 여기서 버스를 타는구나. 그런데 왜 한 번도 너를 보지
    못했을까."

J가 K에 말을 걸었다. K는 자주는 아니지만 그래도 가끔은 이 정류장에서 버스를 탔다. 그러나 K는 곧 알았다. 버스를 기다리는 시간이 달랐음을. 그녀는 아마도 밤늦게 도서관을 나서는 지금 이 시간쯤이었을 것이다. 그러나 K는 어디로 가야할지 막막할 때, 그저 어쩔 수 없이 집으로 가야할 해질녘에 이 정류장을 이용했던 것이다.

날카로운 보석이 찬 빛을 발하며_ 십일월

"글쎄, 왜 그랬을까. 나도 여기서 버스를 자주 타는데……"

핑계 아닌 핑계 같이 대충 얼버무리며 그녀의 인사에 답변했다. 그러고서는 5분, 10분 서로 아무런 이야기를 주고받지 않았다. K는 그저 멀리서 전조등을 밝히며 달려오는 버스들의 번호판만을 노려보고 있었다. 다시 한번 J가 K에게 말을 걸었다.

"너 책 좋아하니? 이 책 너 봐라."

J는 그녀의 큰 코트 주머니에서 이미 많이 읽어 낡은 듯한 작은 책 하나를 꺼내어 K에게 전해 주었다.

'J. D. 샐린저의 『호밀밭의 파수꾼』.'

그리고 책을 전해 주기가 무섭게 J가 기다리던 버스가 먼저 도착했다.

"먼저 간다. 안녕."

J를 실은 버스는 칼바람 몰아치는 어두운 거리를 달려 앞 사거리에서 우회전하여 사라졌다. K는 그때 그 책을 읽지 않았다. K에겐 '호밀밭'도 '파수꾼'도 별로 관심이 없었기 때문이다. 그것이 아마도 K가 J와 유일하게 둘이서 오래 있었던, 그리고 서로에게 가장 많은 이야기를 했던 때가 아닌가 싶다…….

K는 대학을 졸업하고 국내 최고 정보기술회사에 취업을 했다. 정보기술이 최고의 직종으로 유행하던 때였다. 그는 자신을 변신시켜 보고자 애썼다. 그러나 그러면 그럴수록 K가 닮고자 하는 직장 동료들의 모습은 더 어색하고 가식적으로 느껴질 뿐이었다. 탈을 쓰고 연극을 하는 것처럼, 그들은 어떻게 저렇게도 자연스럽게 비위를 맞춰가는 것일까. 그는 직장에서도 학교에서와 마찬가지로 여전히 아웃사이더였다.

그는 매일 밤은 아니지만, 정기적으로 동일한 내용의 악몽에 시달렸다. A 전공 필수과목이 너무너무 싫어 결석을 밥 먹듯이 하여 결국에 학기말까지 몇 번을 출석하지 않았다. 이미 출석점수에서 기본적으로 F 학점을 받아 놓은 것이나 다름없었다.

　'A 과목을 패스하지 못하면 졸업할 수가 없어……'

식은땀이 흐른다.

　'시험이라도 치고, 교수님을 찾아뵈어 사정을 이야기하면
　선처해 주실까……'

그러나 A 과목 교수님의 얼굴을 떠올리자 K는 그럴 용기도 나질 않았다. 그럴 때면 앞자리에서 공부에 열중하던 J의 뒷모습도

스쳐지나갔다.

그러나 그는 알고 있었다. 이 꿈에 익숙해졌기 때문이다. 이것은 꿈이라는 것. 이제 조금만 버티면 K는 이 난처한 상황에서 벗어날 수 있다는 것을 안다. 그러나 알 수가 없었다. 왜, 매번 동일한 악몽을 꾸는지……. 그건 정말로 지겹게 반복되는 악몽이었다.

-

몇 년 만에 학교 근처에서 어색한 대학 동기 모임에 참석하게 되었다. 모두들 자리 잘 잡고 제법 사회인 티가 났다. 흰 머리도 간간이 보이고, 대머리도 보이고, 배 나온 친구도 보이고, 시간의 흐름이 외모에 빛바랜 회색 물을 들이고 있었다. 그러나 J의 모습은 보이지 않았다. 그녀는 대학을 졸업하고 KST라는 국내 최고 공학 전문 대학원에 합격하였다. 그러나 대학원을 졸업한 후, 모 대기업 연구소에 입사한 이후의 행방이 묘연하였다. 모두들 그녀에 대해 아는 바가 있는지를 서로에게 물었다. 그러나 어느 누구도 알지 못하였다.

그 대학 동기 모임도 역시 송년 모임이어서 12월의 추운 겨울이었다. 1차에서 모두들 거나하게 취했다. 바깥이 추울수록 따뜻한 국물에 소주는 우리들을 더욱 취하게 하는 법이다. 거의 1차가 파할 9시가 넘어갈 즈음, 뒤늦게 한 친구가 도착을 하였다. 지방 연구소에서 근무하고 있는 친구였다. 그도 친구들을 무척이나 좋아했고, 함께 마시는 술은 더 좋아했다. 그래서 이 저녁에 친구들을 보러 대전에서부터 서울까지 달려온 것이었다.

몇 순배 술이 더 돌았다. 그 친구도 얼어붙은 손과 얼굴을 녹이고 술기운이 오르기 시작할 즈음이었다. 다른 누군가가 그 친구가 J와 같이 KST를 나온 것을 문득 기억하고는 J에 대해서 다시 물었다. 그 친구가 J에 대해서 이야기 했다.

"KST를 잘 졸업하고, 모 대기업 연구소에 취직을 했지. 몇 년간 잘 다녔다고 소리를 들었어. 그런데 이유는 모르겠지만, 어느 날 연구소의 연구 기구들, 비이커며 플라스크를 모두 던져 깨버리고, 소리 지르고 울며 그만 두었다고 하네. 그리고 수녀가 되고자 모 수녀원으로 들어갔다고……."

그 친구도 더 이상은 알지 못했다. 그리고 다른 친구들도 더 이상은 묻지 못했다. K도 취중에 그 이야기를 구석에서 들었다.

동기 모임은 끝났다. K는 다시 지하철이 아닌, 버스를 타기로 마음먹었다. 그때 그 정류장은 그대로 있었다. 지금은 결혼하여 다른 곳으로 이사를 했으니 기다리는 버스도 예전의 그 버스는 아니었다. 그러나 어두운 사거리 모퉁이를 돌아가는 버스의 뒷모습을 본 순간 J가 생각났다. 언뜻 정류장 주변을 둘러보았다. 마치 J가 스쳐지나간 듯 온기가 느껴졌기 때문이다.

날카로운 보석이 찬 빛을 발하며_ 십일월

왜인지는 모르겠다. 잊었다고 생각했는데, 20여 년 전 어두운 정거장에서 보았던 J의 차분했던 눈빛이 생생하게 기억났다. 'J가 보고 싶다.' K는 생각했다, 집에 돌아가면 J가 자기에게 건네준 20년 전의 그 책을 찾아 열어 봐야겠다고. 어딘가 먼지 쌓인 책장 한 구석에 꽂혀 있을 그 책 속에서 친구 J에 대해 더 알 수 있는 그 무언가를 찾을 수 있을지도 모른다⋯⋯.

사실 내가 어떻게 생각하고 있는지조차 몰랐다. 나는 그런 일에 대해 많은 사람에게 이야기한 것을 후회한다. 내가 느끼고 있는 것은 내가 여기서 언급했던 사람들이 지금은 내 곁에 한 명도 남아 있지 않기 때문에 보고 싶다는 것뿐이다. 예컨대 스트라드레이터와 애클리마저 그립다. 그놈의 모리스 녀석도 그립다. 웃기는 이야기다. 누구에게든 아무 말 하지 않는 것이 좋다. 말을 하면 모든 인간이 그리워지기 시작하니까.

- J. D. 샐린저 『호밀밭의 파수꾼』 中

103

동대문_ 버스 단상

술이 많이 취했다. 겨울을 재촉하는 비가 습하게 내린다.
뿌옇게 김 서린 버스 차창을 빗방울들이 빗금 치며 흘러내린다.
창밖으로 노란 조명 빛에 휘감긴 동대문이 어둡고 칙칙한 차량의
행렬 위로 도드라져 보인다.

『무진기행』 김승옥의 가난한 젊은 작가 '나'는 창신동 판잣집
하숙을 하며 알게 된 옆방 막노동꾼 40대 서씨에 대한 기이한
이야기를 전한다. 어느 날 밤 서씨는 보여줄 것이 있노라고 잠자는
'나'를 흔들어 깨웠다. 통금시간이 한참 지나 인적 없이 고요한
골목을 거의 빠져나와 '나'만 남겨두고 서씨는 건너편 동대문
성벽으로 소리 없이 바람처럼 뛰어간다. 기왓장 하나하나까지
셀 수 있을 만큼의 밝은 조명을 받으며 우뚝 서 있는 동대문 성벽
위로 그 육중한 서씨가 마치 곡마단의 원숭이 마냥 날쌔게 올라가
서더니 금고만 한 한 돌덩이를 양 손에 하나씩 들고 머리 위로
추켜올렸다 내렸다를 반복하며 '나'를 보고 씨-익 웃는다. 그 서씨는
역사力士 집안의 후손이었던 것이다.

그가 들어 올렸다 내려놓은 돌덩이가 지금도 저기에 그대로

날카로운 보석이 찬 빛을 발하며_ 십일월

있겠지… 창 밖 빗물에 굴절된 황금색 동대문. 서씨도, 그때 '나'도 이미 떠난 창신동과 동대문 사이를 지금의 '나'는 지나가고 있다.

동대문 성벽 위, 두 팔을 번쩍 들고 웃던 서씨의 모습이 지금도 눈에 선하다.

104

굴

Der Bau

생명의 기운이 가장 왕성한 지금 이 순간에도 그 어두운 이끼 부근이 내 죽음의 장소가 되지 않을까 하는 걱정 때문에 마음이 편치가 않다. 혐오스러운 코가 킁킁 냄새를 맡으며 돌아다니는 꿈을 꾸기도 한다.

- 카프카 《Der Bau 굴》 中

그렇게 우리는 자신이 파놓은 하나의 굴속을 평생 기어 다니며 살아가는지도 모른다. 겁 없는 젊은 시절, 혈기 왕성한 젊은이는 자신이 만들어가는 굴을 보며 만족해하고 행복해한다. 아직 이룬 것이 없고 시작하는 단계이니 잃는다는 것에 대한 큰 두려움도 없다. 잃는다면, 훌훌 털고 다시 시작하면 그만이다. 타인, 적의 공격을 받아 빼앗긴다 할지라도 다시 시작할 시간과 용기가 있다.

그러나 나이가 들어갈수록 더욱 깊어지고 정교해지는 굴을 보며 만족을 넘어서는 집착이 자라나고, 감각들은 더욱 더 예민해져서 굴의 미세한 균열, 사각거리는 미지의 소리를 겁내기 시작한다. 애초에 예상했던 것과는 달리 점차 다가오는 알 수 없는 외부의 공격-사각거림-은 내 굴의 사방으로 번져간다. 젊은 시절 예상했던 공격은 자신이 예측할 수 있는 몇 가지 방향뿐이었다. 그러나 지금 실제로 다가오는 위협의 방향은 알 수가 없고, 그 크기 또한 판단할 수 없다. 그 위협은 급하지도 않고, 강하지도 않은 양 슬그머니 시작되는 것이다. 그러나 그 균열의 미세한 소리는 끊임없이 나의 굴 온 사방에서 들려오며 나 자신을 옥죄어 온다.

내가 평생에 걸쳐 이루어 온 것, 시간과 열정을 쏟아 부었던 대상, 내가 그 과정에서, 그리고 그 완성되어가는 모습에서 행복했던 대상, 내 모든 것을 걸었던 그 대상에 위협이 가해지고, 그 위협이 어떠한 이유에서인지조차 알 수 없을 때, 지금까지 공들여 왔던 나의 모든 수고와 시간들은 한순간에 의심받고 후회스럽게 되어버린다. 그 사각거리는 소리는 어쩌면 최후 붕괴-죽음-의 조짐인지도 모른다. 나만이 나만의 동굴 속에서 들을 수 있는 그 미세한 소음. 아주 조그맣게 그러나 동굴 어느 곳에서나 들려오는 그 *사각거림*. 어느 순간 그 사각거림은 나의 동굴 벽들을 무너뜨리고 피할 수 없는 나와 맞닥뜨리게 될 것이다.

그때 나는 어떻게 해야만 하는가. 더 이상 나를 보호해 줄 수 있는 보루를 잃은, 남아있을 수도, 그렇다고 밖으로 뛰쳐나갈 수도 없는 벌거벗겨진 상태. 모든 인간들이 최후에는 받아들여야만 하는 상황, 그 한계 상황을 '아는' 척한다. 그저 그러한 순간이 언젠가는 모든 이에게, 그리고 나에게도 올 것이라는 사실을 단지 '알고' 있을 뿐이다. 그러나 우리가 숱하게 보는 주변의 붕괴는 나에게는 벌어지지 않은 그저 남의 최후일 뿐이다. 나에게는 언제까지 유예될 것처럼 보인다.

너무 많은 뉴스, 드라마, 영화, 가상세계에서 보아온 터라 그 붕괴의 두려움 자체가 무뎌져 버렸다. 그 사각거리는 소리 자체도 듣지 못하는 감각의 퇴보. 내 눈 앞에서 무너져 내릴 때까지 결코 나의 현실로 받아들이지 못하게 된 정신적, 생물학적 퇴화. 스펙터클하게 선명한 세계가 개인 존재에게 끼치는 병폐이다. 인간은 많이 앎으로써, 오히려 무감각해진다. 자기만의 굴을 구축하여 그 굴 벽면에 비치는 그림자들만을 바라보며 웅크리고 앉아 있는 형상이다.

내 굴에도 그 사각거림이 어느 한구석 벌써 시작되었다. 나는 인생의 중반기에 서서, 조금씩 들려오기 시작하는 이 기분 나쁜 미세한 균열의 소리를 어떻게 받아들이고 견디어 낼 것인가. 내 굴, 내가 세워놓은 모든 것들을 조금씩 갉아 부스러뜨리며 다가오는 그 존재는 무시한다고 해서 사라지지는 않는다. 정면으로 바라볼 수도 없다. 정면으로 바라보는 그 순간은 오직 최후의 순간일 뿐이다.

105

동해안 7번 해안도로

베토벤《교향곡 7번 2악장》

동해안 7번 해안도로를 해 뜰 녘에 차의 모든 창을 내리고 차체가 음악에 진동할 정도로 볼륨을 높이고 달린다. 항상 낯선 바다, 새벽바람, 파도 소리, 새벽어둠이 채 가시지 않은 바다의 소금 냄새는 밤새 무겁게 내려앉은 안개와 섞여 더 비리고 원시적이다. 그리고 그 모든 감각의 씨실과 날실을 쟁쟁하게 엮어 선하게 떠오르는 새벽 햇살처럼 심장을 물들여 오는 음악.

베토벤.
청춘의 해질녘
원숙함 그리고
끝없는 어둠으로 떨어지는 청각
그만큼 더 타인들에게
괴팍함.
체코의 보헤미안
열렬하고 그렇기에
더욱 쓸쓸한 사랑
불멸의 연인.

그 모든 것들이 섞여 만들어진

7번 2악장 알레그레토.

베토벤은 알고 있을까. 지금 이 동틀 녘 바닷가에서 당신의 음악이 한 사람의 마음을 아프게 하고, 쓸쓸하여 저미게 하며, 그래서 눈물이 날 정도로 벅차게 만들고 있다는 것을?

나는 눈을 감고 수도 없이 동해안 7번 해안도로를 오르내리고 있다, 그의 검붉은 빛 보헤미안의 랩소디를 들으며. 쓸쓸하고 적막한 그의 사랑은 내 가슴을 더욱 쓰리게 한다. 안개 날리는 붉은 새벽 동해안 7번 해안도로, 거기에 나를 사랑하는 절절한 내 마음이 있다.

11월_ 1

11월 그 모서리의 불안함 그리고 아름다움

나는 일 년 중 이때가 가장 좋다. 가을과 겨울의 모서리, 완전함과 충분함이 아닌 경계, 불안함, 넘어감, 우울함. 모호한 것들에 더 마음이 끌린다.

완전함, 충만함은 결론이다. 모든 것이 끝나 버린 허탈함을 품고 있다.

그러나 모서리, 위태로운 듯 날카로운 그 *경계*는 우리의 영혼과 육체가 더욱 예민해지도록 몰아세운다. 그 외적인 침투와 경계 사이에서 내가 살아 있음을, 숨 쉬고 느끼고 있음을 깨닫는다.

11월이다. 집 앞 은행나무들이 노란 단풍잎들을 거리에 분분이 날리고 있다. 우이동牛耳洞으로 넘어가는 언덕 양 옆 인도가 노란 단풍잎들로 수북하다. 시간과 바람이 단풍잎들을 계속 떨구고 있고, 그 거리에 내가 서 있다.

PS. 나의 생일을 자축하며.

비움

카스파르 프리드리히Caspar Friedrich《바닷가의 수도승》

가을은 '비움'의 계절이다.

비움이란 아무것도 없이 진공으로 만든다는 의미는 아니다. 아무것도 없이 속을 비워 낼 수 있다면, 아마도 공기를 빼내어 함몰되어지는 플라스틱 병처럼, 그 형체 자체가 모두 파괴되어질 것이다. 그러나 비움은 그 형체 자체를 파괴함을 의미하지는 않는다.

비움은 가을 저녁 검은 숲 우듬지에서 일어, 추수하여 텅 빈 들녘을 날아 내 귓가를 스치는 바람에서 느낄 수 있다. 그 불안하고, 스산한, 그러면서도 따뜻한 나의 심장을 꼭 쥐고 싶게, 움츠리게 만드는 바람이다. 그 바람은 나의 가슴의 찌꺼기들을 비워버리고, 휘휘하게 만든다. 그리고 조금은 낯설고 차가운 가을 저녁 선선함으로 내 마음을 다시 채운다.

그 빈 마음에 들어와 아직은 따뜻해지지 못한, 자리 잡지 못한 바람을 느낄 수 있다. 정적이지 않은 아직 동적인 순간. 바람이

날카로운 보석이 찬 빛을 발하며_ 십일월

아직 가라앉지 못하고 찬 기운으로 내 마음속을 어수선히 부유하는 시간. 내 마음은 그 순간 불안하여 떨린다.

그러나 그 마음의 산란함은 결코 어떠한 만족이나 부족함 때문은 아니다. 그저 모든 것들이 바람에 의해 쓸려갔다는, 그리고 창공을 날던 스산한 바람 한 조각을 내 마음 속에 고스란히 담기에는 아직 역부족이라 느끼는 기분氣分 때문일 것이다.

그러나 모든 바람이 들고 나는 것을, 찌꺼기들이 흩날려 사라지고, 내 마음을 비우는 것을 내 의지로 통제하지 않고 옆에 두고 바라볼 뿐이다. 마치 남의 일인 양 무심히. 그러면 어느덧 두 팔을 늘어뜨린 채 추수한 텅 빈 가을 들판을 달리는 바람만을 가슴 가득히 느낄 뿐이다.

어떤 수도승이 황량한 바닷가에서 구름 가득한 하늘을 바라보고 있다. 그의 존재는 안과 밖을 나누기도 힘들 정도로 미미하다. 그저 화폭 가득 하늘과 바다와 땅이 있고, 그들 사이 경계에 자그마한 그가 놓여 있다. 허무함이 느껴지는가? 아니다, 잠시의 불안은 내 존재를 비움으로써 느껴지는 순간적인 황량함일 뿐이다. 그 황량함을 조금만 견딘다면, 밖과 안이 따로 구분되지 않고, 그저 전체의 한 부분인 자신을 발견할 수 있을 것이다.

그렇다면, 비움은 안과 밖의 구분 없이 하나가 됨을 의미하는 것은 아닐는지…….

빈 마음, 그것을 무심無心이라고 한다.

빈 마음이 곧 우리들의 본마음이다.

무엇인가 채워져 있으면 본마음이 아니다.

텅 비우고 있어야 거기 울림이 있다.

울림이 있어야 삶이 신선하고 활기 있는 것이다.

- 법정스님 『물소리 바람소리』中

11월_ 2

지난밤 어수선한 바람
마지막 버티던 잎새들
검은 하늘로 흩어졌다.

잿빛 새벽 지친 가지
침잠한 경계의 모서리
밤새 놓지 못한 책날개에
베인 손끝이 쓰리다.

11월의 서울 아득히
쓸쓸하다.

차라리 어서
눈이라도 내렸으면
좋겠다.

Funny Face

죽음을 마주보며

아름다움을 보면
슬프다.
죽음을 떠오르게
하기 때문이다.
헵번Audrey Hepburn의 *Funny Face*
춤을 보면 슬퍼지는 이유는…

모든 것은 시작이 있으며 끝이 있다.

자신의 종말-죽음-을
생각할 수 있는 존재.
모든 사람들의 뒷모습은
슬프다.

인간은
'죽을 자 das Sterbliche'
소멸해 버리는 존재가 아닌

날카로운 보석이 찬 빛을 발하며_ 십일월

죽음을 죽음으로써 인수引受할 수 있는 존재
경이驚異로써 죽음을 맞이하라.
죽음을 통해서 자신에게 고지해오는
더 큰 존재 전체에
이미 내맡겨져 있는 자신을
인정-인수-하라.
죽음은 더 큰 존재에로 나아가는
관문일 뿐이다.
- 하이데거 -

그렇지만
정말 그래야 하겠지만…
아주 기쁠 때나 슬플 때나
모두 눈물이 난다.
기쁨과 슬픔은 동전의 양면과 같은 걸까.
그 양면의 모서리가 죽음인가.

기쁨이 없는 자는 슬픔도 없고
슬픔이 없는 자는 기쁨도 없다.

시작도 끝도 없는 존재는
기쁨도 슬픔도 없다.

110

태양은 다시 떠오른다

한 세대가 가고 또 한 세대가 오지만 이 땅은 영원히 그대로이다. 떴다 지는 해는 다시 떴던 곳으로 숨 가삐 가고 남쪽으로 불어갔다 북쪽으로 돌아오는 바람은 돌고 돌아 제자리로 돌아온다. 모든 강이 바다로 흘러드는데 바다는 넘치는 일이 없구나. 강물은 떠났던 곳으로 돌아가서 다시 흘러내리는 것을.

- 헤밍웨이 『태양은 다시 떠오른다』 제사

『성경』《전도서·코헬렛》 1:4~1:7

헤밍웨이가 성경에서 인용한 위의 구절 앞뒤로는 다음과 같은 구절들이 감싸고 있다.

허무로다, 허무! 코헬렛이 말한다.
허무로다, 허무! 모든 것이 허무로다!
태양 아래에서 애쓰는 모든 노고가 사람에게 무슨 보람이 있으랴?
(…)
온갖 말로 애써 말하지만 아무도 다 말하지 못한다.

눈은 보아도 만족하지 못하고 귀는 들어도 가득 차지 못한다.

있던 것은 다시 있을 것이고 이루어진 것은 다시 이루어질

것이니 태양 아래 새로운 것이란 없다.

- 『성경』《전도서·코헬렛》 1:2~3, 1:8~9

1차 세계 대전 후 미국의 문화와 더불어 많은 미국 작가들이
프랑스 파리로 넘어가 활동을 하였다. 그때 유명했던 작가들이
헤밍웨이를 포함하여 에즈라 파운드, F. 스콧 피치제렐드, T. S.
엘리엇 같은 사람들이다. 당시 이 젊은 작가들이 파리에서 활동할
수 있게 후원해 준 대모代母격의 후원자가 있었는데, 그녀가 바로
거투르드 스타인Gertrude Stein이다. 그녀가 1차 세계 대전 후의
젊은 세대들을 일컬어 ***잃어버린 세대-로스트 제너레이션-***라고 한
말이 유명하다.

"자네들은 모두 잃어버린 세대generation perdue야.

자네들은 아무것도 존중하지 않잖아. 죽도록 술만 퍼마실

뿐이지……."

- 헤밍웨이 『파리는 날마다 축제』〈"잃어버린 세대"〉 中

그래, 맞는 말이다. 헤밍웨이의 『태양은 다시 떠오른다』가 1차
대전 후 파리에서 생활하는 미국 신문기자의 이야기를 풀어 가는데
처음부터 끝까지 술이 빠지질 않는다. 주인공들은 모두 술에 절어
있다. 그들은 1차 대전을 겪으며 모든 가치관들이 무너지는 것을
직접 몸으로 부딪치며 목도하였다. 끊임없이 쏟아지는 포탄 속

시궁창 참호 안에서 팔다리가 찢겨 죽어가는 동료들을 지켜보아야 했고, 소설의 주인공 제이크처럼 전사는 하지 않았더라도 치유될 수 없는 불구가 되었다.

나이든 어른들이 10대, 20대 청춘들을 사지로 몰아넣고 체스판 놀음처럼 땅따먹기 전쟁놀이를 즐겼다. 그 어른들은 더 이상 존경의 대상이 될 수 없었다. 정신적 육체적 불구가 된 젊은이들이 의지할 수 있는 것이라곤 술과 자신의 주먹뿐이었다. 헤밍웨이가 스타인 여사의 말에 대꾸한다.

> 도대체 누가 누구를 일컬어 '잃어버린 세대'라고 하는지 이해할 수 없었다. (…)
> 어떤 의미에서는 모든 세대가 잃어버린 세대이고, 과거에도 그랬듯이 미래에도 그럴 것이라는 생각이 들었다.
>
> - 헤밍웨이 『파리는 날마다 축제』〈"잃어버린 세대"〉中

그렇다, 과연 그 어떤 세대가 정의롭고 올바른 세대라고 자부할 수 있을까. 늙은이들은 젊은 세대를 자기 아집으로 몰아붙인다. 자신의 편협한 체제와 이데올로기로 재단하려 든다. 그러나 그에 반항하던 젊은 세대도 나이가 들면 이전 세대보다 더 나으리란 보장도 없다. 아니, 더하면 더했지 약해지지 않는다.

앞에 인용한 성경 구절이 말하듯이 영원히 뜨고 질 태양 아래 모든 인간의 노고는 헛되이 돌고 돌 뿐일까. 세대 간 지역 간 서로 다투고

물어뜯는 이 아수라는 끝이 없는 것일까. 인간은 태양 아래 도도히 흐르는 강 물 위에 잠시 피어났다 사라지는 물방울, 무한히 구르는 윤회의 수레바퀴에 한순간 연기처럼 피었다 사라지는 흙먼지에 불과할 뿐인가.

그 불멸의 수레바퀴 위 현기증에 누구보다 민감했던 사람, 헤밍웨이. 약관의 나이 26세에 쓴 첫 장편소설 『태양은 다시 떠오른다』는 결국 그가 말년까지 그 허무하고 허망한 굴레를 벗어나지 못하리라는 예감이었을지도 모르겠다. 회색의 파리에서 이타카 강의 송어낚시, 팜플로나 투우의 아피시온-apicion 열정-, 다시 우울한 회색의 도시 파리로…. 그의 소설의 종말이 회색의 파리로의 복귀가 아니라, 그 여로에서 다른 곳으로 벗어났다면 그의 생도 달라졌을까. 그는 결국 61세의 나이에 우울에서 벗어나지 못하고 잃어버린 세대의 마지막 주인공처럼 스스로 생을 마감한다.

나다 이 뿌에스 나다. nada y pues nada.
아무것도 아니야, 그리고 어, 아냐, 아무것도.

- 헤밍웨이 〈나다 이 뿌에스 나다〉
자살하기 3개월 전에 쓴 에세이 中

괴테_『젊은 베르테르의 슬픔』

운명적인, 그래서 더욱 치명적인

사회 부적격자, 베르테르 씨

12월 23이 자정, 발하임 근처 한 호텔에서 25세 남성 W씨가 유서를 남기고 권총 자살을 시도하였다. 그는 객실 관리인에 의해서 오전 6시에 발견되었다. 그는 오른쪽 눈에 총구를 대고 방아쇠를 당긴 것으로 추측되며 발견 당시 의식은 없었으나, 아직 사망하지 않은 것으로 확인되었다. 의사에 의해서 응급처치가 취해졌으나 이미 과다 출혈 및 뇌손상으로 회복하기는 불가능한 것으로 판단되었다. 그는 정오경 숨졌다. 유서로 남겨진 편지 내용과 주변인들의 증언에 따르면 평소 알고 지내던 L씨에게 연정을 품고 있었으나, L씨는 이미 약혼한 상태로 이루어질 수 없는 내연의 관계에 비관한 나머지 자살한 것으로 판단된다.

질병관리본부 최근 조사에 의하면, 이삼십 대 주요 사망원인이 자살이고 그 자살의 주요 원인은 우울증이며, 그 우울증의 주요 원인은 연인과의 갈등이다. W씨는 우울증의 전형적인 모습을 그대로 우리에게 보여준다. 모든 일에서 흥미나 의욕이 떨어지고, 잠을 잘 못 자는 현상이 2주 이상 지속되어 일상생활에 지장을 일으키면 우울증으로 진단한다. 우울증이 생기면 기분을 좌우하는 호르몬인 세로토닌, 도파민 등의 물질이 줄어든다. 이것이 계속되면 감정을 더 이상 조절할 수 없어 극단적인 선택을 하는 경우도 있다.

\- 베르테르 씨 자살사건 단편 기사

어떠한가, 베르테르 씨의 자살 사건과 그 원인들에 대해서 일목요연하게 정리가 되지 않는가. 우리의 지식 체계에서 숨겨짐 없이 수술실의 밝은 불빛 밑에 드러난 곪아터진 상처의 부위처럼 의심 없이 확인되지 않는가. 결과에 대한 논리적 원인들을 수사관처럼, 학자처럼 파고 들어간다. 우리는 촛불도 아니오, 백열등도 아니며, 형광등도 아닌, LED등을 비추는 시대에 살고 있다. 어두움을 두려워하여 더욱 밝게, 그림자 없이 모든 것을 선명히 보기를 바란다.

언제부터인가 우리들은 체계적인 사고 구조에 의해서 모든 현상들, 사건들을 분류하고 명명해야만 하는 강박 아닌 강박에 사로잡혀 있다. 푸코Michel Foucault가 주장하듯, 예전에는 숨기고자 했던 '성性'에 대해서 담론화하고 정의 짓고자 한다. '우리는 성적으로 억압되어 있다.'고 이야기하는 그 배경이 무엇인가. '억압'이 정말 이 사회에서 '성'에 대해 이야기하고 싶은 핵심 단어인가. 그렇지 않다. 여기서 핵심 단어는 '있다'가 아닐까. 무엇인가 드러내고 단정 짓고자 하는 욕망. 인간에게 숨겨져 있던 하나하나를 조목조목 밝혀내어 분류하고 기록하는 것, 한 방향으로 몰아가고자 하는 '통제된 욕망'이 있다. 푸코에 의하면, 권력이란 모든 인간적

활동을 분류하고, 명명하고, 표준화하여 공공의 문화재로 지식의 목록에 등록하고자 하는 욕망이다. 이러한 권력은 사회학으로 또는 의학으로, 정신병리학이라는 지적인 탈을 쓰고 공공화된다.

'베르테르 씨의 사인死因은 짝사랑에 의한 우울증이 심화된 것이었으며, 주변에서 미리 관심을 가져 주었으면 치료받을 수 있는 대상이었던 것이다.' 우리는 한 남자의 자살이란 사건을 이렇게 정리하고 파일에 기록하여 서랍에 넣어버리고 싶어 한다. 권력은 지식에 의해 모든 것들을 분류, 정리하여 LED 불빛 아래에서 관찰, 조사하고자 한다. '투명한 사회.' 그러한 권력의 욕망은 사회뿐만 아니라 우리도 모르게 우리 각자의 정신세계에도 스며들어 있다.

시스템, 분류체계에 의해서 모든 것은 차곡차곡 구조화된 뇌 속 어느 칸에 넣어 두어야 편하다. 그 구조화된 뇌는 각자 개인이 스스로 만든 것이라기보다는 외부 권력에 의해서 훈육되어 세뇌되었다. 남이 만들어서 이식시켜 놓은 알고리즘이 내 판단의 프레임을 이룬다. 감옥이 생겨서 범죄자가 더 줄어들었는가, 정신병원이 생겨서 정신병자가 더 줄어들었는가. 누구를 위한 감옥이고 정신병원인가. 그 당사자가 아니다. 그 사회를 지배하는 권력'좌'를 위한 것이다. 자신들이 만들어 놓은 프레임, 잣대로 모든 것들을 재고, 줄 세우는 권력. 그 권력의 생산물이 '프로크루스테스의 침대'이다. 그 권력'좌'에 오른 모든 권력'자'들도 결코 예외는 아니다. 프로크루스테스의 규격, 권력'좌'의 규격에 맞지 않으면 언제든 잘려 나간다.

베르테르 씨는 정신적으로 문제가 있는 사람이고, 사회의 권력좌들이 보기에 사회 부적격자, 위험인물 더 이상, 더 이하도 아니다. 권력의 욕망은, 우리 사회는, 우리는, 아니 나 자신은 학문적으로 분류하여 우리가 보고자 원하는 것들만을 볼 뿐이다. 나머지 것들은 나뭇가지 치듯이 잘라버린다. 거리에 가지 쳐진 나무들. 낙화로 낙엽으로 도로가 더럽혀질까 봐 정말 무참하게 손과 발이 잘려져 나간 나무들. 거리를 더럽힌다는 이유만으로 무서우리만치 매정하게 삭발되어 버린 나무들의 모습처럼.

우리가 보고자 하는 모양만으로 베르테르 씨의 사랑을 '정의'할 수는 없다, 아니 해서는 안 된다. 우리는 우리 사고 체계로 그를 분류하기 위해서 백 가지 그의 모습 중 아흔아홉 가지를 베어 버리고 있는 것이다.

　　세상사가 양자택일로 되는 경우는 거의 없다는 걸세. 인간의
　　감정과 행동 방식에는 엄청나게 다양한 편차가 있다는 말일세.

피할 수 없는 잔

누구나 한 번쯤은 인생에서 기억에 남을 격렬한 사랑을 하게 된다. 가슴 아픈 사랑. 어찌해야 좋을지 모를 가슴이 터질 듯한 이별의 슬픔. 그 슬픔에서 나는 어떻게 벗어났는가. 나는 어떻게 포기를 했지?
혜화동의 카페, 혜화동에서 안국동으로 넘어가는 창경궁 옆 돌담길, 회색빛 가득한 하늘 아래, 아무것도 모른 채 나를 바라보는 그녀의 눈빛을 마주보며 그녀를 배신했다. 매달리던 그녀를 매정하게

뿌리쳤다. 그녀는 내게 얼마나 많이 매달렸던가. '다시 한 번 생각해 봐, 우리 사랑을.' 그러나 몇 개월이 지난 후 나는 몹시 후회했다. 다시 그녀를 찾아갔다. 그러나 그녀의 마음은 돌아서 있었다. 상처를 입고 돌아선 마음. 탁자 건너편에 앉은 그녀는 나를 바라보며 소리 없이 울었다……. '그때는 울지조차 못했었는데, 이제는 눈물은 흘릴 수가 있구나.' 그러나 아직 소리 내 울지는 못했다. 아니 어쩌면 그 몇 달 동안 목이 쉴 정도로 울어서 더 이상 소리를 낼 수 없는 것인지도 몰랐다. 내 가슴에도 나를 자책하는, 그리고 다시는 그녀와 함께할 수 없다는 영원한 단절을 그때 그녀의 소리 없이 흐르는 눈물에서 확인했다. 내 가슴으로도 소리 없이 뜨거운 눈물이 흘렀다. '이미 지나가 버린 사랑. 다시는 돌이킬 수 없는 시간. 다시는 가까이 할 수 없는 그녀와 나와의 거리……' 그 시간, 그 자리의 모습이 마지막이었다. 모든 것이 무너져버린 나의 생활, 무기력, 우울, 몇 개월을 병자처럼 지냈다, 정신병자처럼. 그 무엇으로도 메꿀 수 없는 가슴의 큰 구멍. 그때 나는 어떻게 그 슬픔과 후회에서 벗어났던 것일까. 다른 이들이 말하는 것처럼, 한 때 지나가는 성장통일 뿐이었던가. 누구나 한 번쯤 겪는 첫사랑이었을 뿐인가. 참고 견디면 사라져 버리는, 흐르는 시간 속에서 잊혀질 수 있는 진부한 사랑 이야기였을 뿐인가.

사랑하는 이와의 이별도, 사랑하는 이의 죽음도 시간이 지나면서 빛 바래는 사진처럼 흐려지고 잊혀진다. 그렇다면 우리의 사랑은 모두 거짓이었던가. 극한으로 치달아서 자신을 또는 상대를 파멸시키는 사랑은 사랑이 아니고 병이던가. 그렇다면 진실한 사랑이란 무엇인가. 영원히 변함없이 순수하고 희생적인 사랑만이 진실한 사랑인가.

누군가를 위해 나를 내놓아 희생하는 사랑. 누군가를 얻지 못하여 자신을 파멸시키는 사랑. 전자만이 진정한 사랑인가. 전자는 자비이고, 후자는 욕심일 뿐인가.

인간의 운명이란 무얼까, 결국 자신의 분수를 끝내 지켜내고 자신의 술잔을 끝까지 다 비우는 게 아닐까?

하늘에 계신 하느님의 술잔이 인간 예수의 입술로 마시기에도 쓰다면, 왜 굳이 내가 허세를 부려가며 그것을 마치 단 것처럼 마셔야 하는가? 그리고 왜 내가 이 끔찍한 순간에 부끄러워해야 하는가? 나의 온 존재가 사느냐 죽느냐의 갈림길에서 바르르 떨고, 과거는 미래의 어두운 심연 위에서 번개처럼 번쩍이고, 그리고 나를 둘러싼 모든 것이 가라앉고 나와 함께 세계가 멸망하는 이 끔찍한 순간에. 그런 순간에 그것은 내면의 힘도 고갈된 채 끝없이 심연으로 떨어지는, 그리고 헛되이 올라가려고 애쓰는 힘듦의 깊은 심연에서 '나의 하느님이시여! 나의 하느님이시여! 왜 당신은 나를 버리시나이까?' 하고 신음하는 완전히 궁지에 몰린 인간의 목소리가 아니던가? 그리고 왜 내가 그렇게 부르짖는 것을 부끄럽게 여겨야 하는가? 하늘을 마치 천을 말듯 둘둘 말았다고 하는 그분도 피하지 못했던 순간을 왜 내가 두려워해야 하는가?

(…)

그녀가 나의 죽음을 위하여 따른 술잔을 내게 내밀면 나는 서슴없이 기쁘게 다 마셔버리리라.

누구에게나 한 번씩 주어지는 운명의 술잔이 있다면, 가장 극적인 술잔은 아마도 예수님이 받으신 '십자가 처형'이라는 잔이었을 것이다. 제자들은 곤히 잠든 그 외로운 처형 전날 밤 예수님은 겟세마니 언덕에 올라 근심과 번민에 휩싸여 홀로 기도하신다. 자신에게 주어진 이 두려운 잔을 그냥 지나치게 해 주실 수 없냐고 하느님 아버지께 탄원하신다. 그러나 아버지는 침묵하신다. 그리고 결국 예수님은 그 잔을 받아 마신다. 베르테르에게 주어진 죽음과 맞바꾸기를 요구했던 운명의 술잔은 바로 **치명적 사랑**이었다.

오 장미여, 그대 병들었구나!
세찬 폭풍우 휘몰아칠 때
보이지 않는 벌레가
진홍빛 환희가 깃든
네 침대를 찾아내어
그의 어슴푸레한 비밀의 사랑이
그대 생명을 망치는구나.

- 블레이크《순수와 경험의 노래》〈병든 장미〉

베르테르의 마음에 날아든 치명적 사랑. 그 사랑이 그의 마음을 양분 삼아 기쁨을 얻으며, 갉아 먹는다. 이루어질 수 없는 고독한 사랑. 어쩌면 사랑한 상대인 로테가 자신을 사랑하는지조차 확실히 알지 못하는 고독한 외사랑.

인생에서 단 한 번 주어지는 운명의 순간. 그 순간을 피할 수 있을까. 그 잔을 피한다는 것은 또 어떠한 의미일까. 십자가 처형 전날 밤 예수님께서 베드로에게 다음과 같이 말씀하셨다, "베드로야, 내가 너에게 말한다, 오늘 닭이 울기 전에 너는 세 번이나 나를 모른다고 할 것이다." 이때, 베드로는 서글펐을 것이다. 그리고 다짐을 했다. "스승님과 함께 죽는 한이 있더라도, 저는 스승님을 모른다고 하지 않겠습니다." 그러나 그날 밤 그는 많은 사람들 앞에서 예수님을 모른다고 부정하며 배반한다. 자신 앞에 주어진 쓰디쓴 술잔에서 눈을 돌렸다, 그것도 세 번이나. 그리고 예수님이 예견한 새벽닭이 울고, 잡혀가시는 예수님이 자신을 쳐다보시는 것을 보았다. 그리고 그는 '밖으로' 나가 슬피 운다. 베드로는 절망의 어둠속으로 던져져 울었다. 그리고 그 어둠 속에서 자신에게 주어진 잔을 세 곱절로 받아 마셨다. 그의 눈물은 그 잔을 더욱 쓰게 만들었다. 결국 베드로는 예수님이 돌아가신 후 스승의 뜻을 전하는 최고의 사도가 되어서 많은 일들을 하고 순교한다. 최후에는 십자가에 거꾸로 매달리는 처형을 당한다. 스승이 받은 쓴 잔만큼 쓴 잔.

운명은 선택하는 것이 아니다. 운명은 짐 지워지는 것이다. 로테가

베르테르에게 전달한 술잔은 베르테르의 운명이었다. 목숨을 걸 수밖에 없는 사랑. 아무도 그 잔에 대하여 '옳다, 그르다'를 이야기할 수 없다. 운명의 잔은 그 당사자만이 그 순간 깨달을 수 있고, 결코 비켜갈 수 없다. 예수님의 잔도, 베드로의 잔도 결코 비켜갈 수 없었던 것처럼 말이다. 누구에게는 쓰디쓴 독주가, 또 다른 누구에게는 덜 쓴 잔이 주어질지는 모른다. 그러나 모든 이가 그 잔을 들게 될 것이며 그 잔을 다 비워야 한다. 스스로 마시던지, 아니면 남에 의해 강제로 마시게 되든지. 반드시 그 잔은 마셔야 한다.

죽음에 이르는 병

> 질병이 우리의 몸을 치명적으로 공격하여 우리의 모든 힘이 소진되고 더 이상 제대로 기능을 하지 못하는 상황이 되어 우리가 자력으로 병에서 다시 회복하지도 못하고 또 그 어떤 신통한 치료로도 정상 생활을 다시 할 수 없을 때, 우리는 그것을 죽음에 이르는 병이라고 부르지요.

사랑은 가장 치명적인 병이 될 수 있다. 사랑에 몰입한 우리의 천성이 그 사랑을 이루지 못했을 때, 헤어 나올 수 없는 미궁에 빠져서 출구를 찾지 못할 경우, 인간은 죽을 수밖에 없다는 것이 베르테르의 생각이다. 어찌 보면 '사랑'이란 무엇이라 정의할 수 없다. '사랑'이 나타내는 표현들, 형상들만을 나열할 수 있을 뿐, 그 자체가 무엇인지 정의하기는 어렵다. 물론 '사랑'뿐만 아니라 추상적인 모든 단어들이 그러하기는 매한가지다. '우정', '정의', '증오', 등등. 따라서 그 추상적인 본성을 분명히 알 수 없는 이유로 인하여 문제가 발생하면 그 모호한 본성만큼 해결하기도 쉽지 않다. '이룰 수 없는 사랑'이라는 독배가 주어진 베르테르에게 사랑은 당연히 죽음에까지 이를 수 있는 병이다.

> 사랑과 신의라는 인간의 가장 훌륭한 감정이 폭력과 살인으로 변질되어 있었습니다.

'이룰 수 없는 사랑'이라는 독배가 주어진 이들의 종말은 무엇인가. 그의 이마에 낙인찍힌 표식과도 같은 독배. 누구에 의해서 이런 표식이 그에게 새겨졌는지 모르겠다. 그러나 분명 '운명의 순간'이라는 것이 있고, 각자에게 주어지는 것이라면 그 순간만큼 괴롭고 잔인한 잔도 없으리라. 이 세상 그 어느 것도 부럽지 않았던 사랑이라는 감정. 그러나 그 붉은 빛의 아름다운 빛깔은 점점 검은 색으로 변해간다.

베르테르만큼 순수한 사랑을 했던 한 청년, 그는 그가 사랑한 미망인이 다른 남자와 사귀는 것에 분노하여 그 남자를 살해한다. "어떤 남자도 그녀를 가질 수 없고, 그녀 역시 어떤 남자도 가져서는 안돼요." 그의 마지막 말이다. 그가 받아들였던 아름답던 순간은 살인과 증오라는 검은 술잔으로 변해버렸다. 그 독배는 순수했던 청년을 어떻게 변하게 하였는가. 그 독배에는 사랑과 폭력과 살인이 뒤섞여있다.

자넨 목숨을 구할 수가 없네, 불쌍한 사람아! 우리가 목숨을 부지할 수 없다는 걸 난 잘 알고 있네.

베르테르도 그 청년을 보면서 메모를 남긴다. 이 메모는 그 청년에게 뿐만 아니라 자기 자신에 대해서도 확신하는 글이다. 그도 이제 그에게 주어진 잔이 독배임을 깨닫는다.

'나는 죽고 싶다!' 그것은 절망이 아니라 확신이었소. 나는 나의 고통을 견딜 만큼 견디어냈고, 이제 당신을 위해 나를 바치고 싶다는 것 말이오. 그래요, 로테! 그걸 뭣 하러 숨기겠소? 우리 셋 중에 하나는 빠져야 해요. 내가 그 역할을 맡겠소!

베르테르는 그 청년과는 다르게 자기 자신을 희생할 것을 결심한다. 그러나 그 희생도 자기 이외에 남게 되는 두 사람을 위한 것이었다고 할 수 있을까? 어쩌면 더 영원한 사랑을 꿈꿨기에 선택한 것이 아닐까? 지금 이룰 수 없는 사랑, 저승에서라도 이루고 싶다는. 그러나 사실 저승에서 이룰 수 있는지조차 알 수 없다. 로테가 자신을 조금이라도 사랑하는지를 끝까지 알 수 없었다. 베르테르가 끝까지 붙잡고 싶었던 마지막 희망이었을 뿐, 그 이상도 그 이하도 아니다.

정말로 지독히 외로운 사랑, 죽음에 이르는 병.

에밀리아 : 오, 아버님. 제가 아버님의 마음을 헤아릴 수 있다면! 하지만, 아니에요. 아버님도 그것을 원치 않아요. 그렇지 않으면 왜 망설이시지요? (괴로운 말투로 말하면서 장미를 꺾는다) 예전에 아버지가 한 분 계셨습니다. 그 분은 자기의 딸을 수치에서 구해내기 위해 그녀의 가슴에 칼을 꽂았습니다. 그래서 그녀에게 두 번째 생명을 주셨습니다. (…)

오도아르도 : 아니다, 아니야. 내 딸아! (딸의 가슴에 칼을 꽂으면서) 하느님, 제가 무슨 짓을 했습니까! (쓰러지려는 에밀리아를 자기 팔에 안는다)

에밀리아 : 폭풍으로 잎이 떨어지기 전에 장미는 꺾인 거예요. 아버님 입 맞추게 해 주세요. 아버님 손에.

- 레싱Gotthold Ephraim Lessing 『에밀리아 갈로티』 中

자살하던 날, 베르테르의 책상 위 펼쳐진 채 놓여 있던 레싱의 『에밀리아 갈로티』의 마지막 부분이다. 에밀리아는 결혼을 앞두고 있었는데, 그녀를 흠모하던 영주의 계략으로 약혼자를 잃고 자신의 순결을 지키고자 아버지에게 자신을 죽여 달라고 간청한다. 그녀의 아버지는 자기 딸의 소원을 들어준다.

물론 베르테르의 책상 위에 어떤 페이지가 펼쳐져 있었는지는 모를 일이지만, 이 마지막 대목이 아니었을까 싶다. 레싱의 딸과 아버지는 베르테르의 마음 속 두 양면이 아니었을까.
스스로 죽이려는 타당성을 어디선가 찾고자 애타했을 베르테르.
베르테르는 일심동체와도 같은 아버지와 딸의 모습에서 스스로를
죽이고 다시 두 번째 생명을 얻고자 소망했던 것이 아닐까.
폭풍으로 잎이 떨어지는 비참함 전에 스스로 장미를 꺾고 다시
태어나길 희망하면서. 이승에서 못 이룬 사랑을 저승에서라도
이루어보고자 한 바람이 간절하다.

"프란체스카, 당신의 괴로움은
참혹하고 불쌍해서 절로 눈물이 나는군요.
그러나 들려 주시오, 달콤한 한숨을 쉬던 무렵에
어떻게 해서 사랑의 허락을 받고
감추어진 상대편의 애정을 알아차릴 수가 있었습니까?"

그러자 여인이 내게 말했다. "불행 속에 있으면서
행복했던 시절을 회상하는 것만큼 쓰라린 일은 없습니다.
(…)
어느 날 우리는 심심풀이 삼아 란첼로토가 어떻게 해서
사랑에 끌렸는지 그 이야기를 읽고 있었습니다.
그 책을 읽는 도중, 수차 우리들의 시선이 맞부딪쳐
그때마다 얼굴빛이 변했습니다만
다음 한 구절에서 우리는 지고 만 것이에요.
그녀의 동경하던 미소에 그 멋진 연인이 입을 맞추는
구절을 읽었을 때,

나에게서 영원히 떠날 수 없는 이 사람은

떨면서 나에게 입을 맞추었습니다.

그 책을 쓴 사람은 갈레오토입니다.

그날 우리는 더 읽지를 못했습니다."

한 영혼이 이렇게 이야기하는 동안

다른 영혼은 하염없이 우니, 너무나 애처로워

나는 죽은 듯 넋을 잃고

죽은 몸이 넘어지듯이 쓰러졌다.

- 단테 『신곡』《지옥편》 제5곡 中

단테 『신곡』《지옥편》에 나오는 프란체스카와 파울로의 사랑 이야기이다. 이탈리아 라벤나 시 군주 폴렌타의 딸 프란체스카는 1275년 경 리미니 영주의 아들 잔치오토와 정략결혼을 한다. 그런데 선을 보는 자리에 추남인 잔치오토를 대신하여 동생 파울로가 참석해 결혼이 성사된다. 잔치오토는 흉한 외모만큼이나 성품도 잔인했다. 그녀는 결국 시동생 파울로와 사랑에 빠진다. 이를 안 잔치오토는 그녀와 동생을 무참하게 살해한다. 단테에 의하면 살해당한 이 두 연인은 지옥 중 제2옥에 처하여서 육욕의 죄 값을 치르게 된다. 그러나 그들의 사랑은 지극하여 지옥에서도 고통을 같이 하면서 영원히 지옥의 공간을 함께 떠돈다. 세상을 건너 지옥까지 같이하는 사랑, 세상에 전해져오는 가장 아름다운 사랑 이야기 중 하나이다.

프란체스카와 파울로의 뉘우치지 않는 사랑. 그들과 비교하면 베르테르의 외사랑이 너무도 안쓰럽다. ***베르테르-Werther, 소중한 사람***-는 우리 마음속에 간직되어 있는 순수한 사랑, 그래서 더욱 위태롭고 날카로운 칼날과도 같이 빛나는 소중한 사랑의 표상이다.

날카로운 보석이 찬 빛을 발하며_ 십일월

생각
사랑

덧붙임_ 실낙원 그 후_ 역사 단상

관점

- 1 -

양자역학quantum mechanics의 원리. 빛은 관찰하지 않을 때는 파동'처럼', 관찰하고자 할 때는 입자'처럼' 보인다. 역사를 파동으로만 보려 하는 것은 자연의 법칙에 위배된다. E. H. 카Edward Hallett Carr가 이야기했듯이, 관찰자-역사가-의 위치에 따라, 인간 개개인의 특정 시공간에 따라 역사의 의미는 달라진다.

- 2 -

열역학 제2법칙-엔트로피Entropy의 법칙-에 따르면, 극히 일부에 편중되고 집중되는 에너지와 힘은 그 시스템 전체를 불안하게 만든다. 우주의 법칙은 그 응어리진 덩어리를 부수어 흩어버린다. 모든 것들을 공평하게 나눈다. 그리고 종국에는 아무 쓸모없는 무용물로 변환시킨다. 물질계에 속한 인간의 종말 모습 또한 이 원리에서 벗어날 수는 없다. 그 끝은 아무 소리도 아무 움직임도 없는 무이며 공허뿐이다. 허무하다.

3

우주적 관점에서 보면 호킹의 닫힌 우주는 빅뱅Big Bang 특이점에서 시작하여 팽창하고 블랙홀들이 증가하여 빅크런치Big Crunch 특이점으로 수축한다. 좀 더 넓은 견해로 이탈리아의 천체 물리학자 카를로 로벨리Carlo Rovelli에 의하면 우주는 빅바운스Big Bounce로 인해 과거 우주가 호두알만큼 작아졌다가 다시 현재 우주로 팽창하였다. 그리고 이러한 빅바운스는 계속될 것이다. 빅바운스 사이, 빅뱅과 빅크런치 사이에서 엔트로피는 증가한다. 흩어짐과 무질서가 증가한다. 그리고 그 증가하는 엔트로피 안에서 무수한 운동들이 발생하며, 그 운동 간에 에너지를 소모하며 흩어져 사라진다. 우리의 문명은 그 무수히 명멸하는 운동들 중 하나에 불과하다.

역사는 분명한 방향성이 있다. 진보냐 보수냐도 아니고, 더 나아가 긍정이냐 부정이냐의 구분도 아니다. 절대적으로 엔트로피의 자유도가 증가하는 방향이다. 다윈의 진화, 인간 사회의 다양성과 평등의 요구를 포함하여 특정 장소나 시간에 따라 일부 제약은 있을지언정, 대세는 지속적으로 분산과 자유의 증가 방향이다. E. H. 카도 유사한 이야기를 했다. '역사에서의 판단기준은 어떤 '보편타당성을 요구하는 원리-principle claiming universal validity-'가 아니라, '가장 효율적인 것-that which works best-

이다.'라고. 가장 효율적이란 가장 높은 자유도로의 진화이다.
평등과 자유가 절대적 진보이고 긍정일까? 그것은 모르겠으나,
역사 방향의 분명한 기준은 자유도-흩어짐의 정도-의 증가이다.

- 5 -

현 상태는 어느 시점 특정 조건-임계점critical point, 특이점singularity,
티핑 포인트tipping point-에 이르면 전혀 다른 상태로의 전이轉移가
일어나며 멱함수power function에 의해서 폭발한다. 점진적인 양적인
부풀어 오름이 일부 구간에서는 있을 수 있어도 패러다임의 변화는
결국 질적인 것이다. 임계점을 기준으로 전과 후는 전혀 다른
세상이다. 세상은 우리가 편하게 받아들일 수 있도록 따스하거나
부드럽지 않다. 우리가 티핑 포인트 이후를 예상하는 것은
불가능하다.

- 6 -

키에르케고르가 말하듯이 역사는 변증법적 지양이 아닌
양자택일이다. 또한 역사는 개인을 포착할 수는 없고 군집 통계적인
대중만을 포착한다. 역사에서 개인 실존적 의미는 배제된다. 비록
개인이 실존적으로 역사에 앙가주망engagement할지라도 그 주관적
의도대로 반영되지는 않는다.

- 7 -

현재의 시공간에서 의미를 찾는 것. 그것이 '역사'이다. 예전까지는 아무 의미가 없었던 사건들이 지금, 여기 상황에서 새로운 의미를 부여받는다. 키에르케고르의 '순간-Augenblick'은 과거와 미래의 분기점이자 만나는 지점이기도 하다. 역사는 지금·여기에서 항상 시작된다.

역사는 현재를 중심으로 과거와 미래를 바라보는 것이다. E. H. 카의 말처럼, 우리는 역사의 움직이는 행렬moving procession에 끼어 터벅터벅 걷고 있다. 그 행렬이 이리 휘기도 하고 저리 휘기도 하면서 아주 먼 과거의 꼬리와 가까워지기도 한다. 그러나 E. H. 카의 논리에 좀 더 의견을 보탠다면 그 행렬의 휨은 지극히 우연적이다. 즉 역사는 헤겔이 이야기하듯 필연으로만 이루어진 것이 아니라 우연과 가능성으로 이루어진다. 카의 '행렬의 휨'이 키에르케고르의 '가능성'이다. 역사는 지금, 여기 특정 시공간을 중심으로 무한히 휜 행렬의 열린 과거, 열린 미래를 가능성 가지고 바라보는 것이다.

역사를 이끄는 특별한 힘이나 정신이 따로 존재하는 것은 아니다. 그저 앞으로 나아가는 관성만이 있을 뿐이다. 흩어짐으로 나아가고자 하는 관성. 종말은 모든 것이 분산되는 흩어짐이다. 역사의 한 사건, 한 인물이 무언가를 만들어 내어 절대적 의미를 부여하고 응집시키는 듯싶어도 그것은 절대 완전하지 못하고 시간의 흐름에 따라 또 하나의 가능성으로 남을 뿐이다. 무한히 많은 가능성들의 열거, 점점 더 흩어지는 역사. 마치 처음에는 개울물과도 같고 천川과 강을 이루어 방향과 힘이 있었을지라도 종국에는 모두 바다로 나아간다. 바다는 모든 순간들과 가능성들을 포괄한다. 역사는 발전하여 산꼭대기로 오르는 것이 아니라 낮은 곳으로 나아가며, 섞이고 흩어지는 것이다.

지금

- 10 -

역사의 종점, 지상에서의 천국, 유토피아를 이야기하는 예언자들, 헤겔과 마르크스Karl Marx. 역사의 과정을 미래에 투사하지 않고, 현재에 멈추게 한 오류. 지나온 과거의 진보는 인정했으나 미래의 그것은 거부했다. - E. H. 카

- 11 -

모든 회의에도 불구하고 인류는 항상 더 나은 것으로의 진보과정에 있어왔으며 또 앞으로도 계속 진보해 갈 것이다.

- 칸트 『역사철학』 中

그러길 바라는 것과 철학하기는 좀 다른 것이 아닐까.

- 12 -

그리하여 무너진 세상에 들어간 것은 나였다.

환영 같은 사랑의 무리를 뒤쫓기 위하여,

그 목소리는 바람 속 찰나구나.

(어디로 던져졌는지 나는 모른다)

그러나 절망스러운 선택 하나하나에 매달리는 데엔

오래가지 않을 테니.

- 테네시 윌리엄스Tennessee Williams『욕망이라는 이름의 전차』제사.
하트 크레인Hart Crane 〈무너진 탑〉中

세계 제1차 대전. 1916년 서부전선 솜 강 참호 속에서 죽어간 젊은
희생자들을 추모하며. - 7월 1일부터 11월 18일까지 140여 일 동안
120만 명의 사상자가 발생함 -

- 13 -

기억하라 우리를 -가능하다면-

난폭한 영혼들이 아닌, 그저

속 빈 자들

박제된 인간으로

Remember us -if at all-

Violent souls, but only

As the hollow men

The stuffed men

- T. S. 엘리엇 《The Hollow Men 속 빈 자들》中

인간 군중은 볏짚으로 만든 허수아비들일 뿐.

- 14 -

토마스 모어의 '유토피아'의 역설.

유토피아Utopia의 어원, 누수쿠암Nusquam. '아무 데에도 없다.'
유토피아는 오직 거울 속에만 있는 법. 나르키소스와 같이 거울을
통해서 자기 자신을 비춰볼 뿐이다. 환상을 가지고 바라볼 순
있어도 결코 다가갈 수는 없는 곳. 거울을 통해서 분열된 자아만을
깨달을 수 있을 뿐. 우리는 이상과 현실의 불협화음을 원초적으로
안고 태어난 프랑켄슈타인 박사의 괴물처럼 불완전한 피조물.
그러나 역사의 진보는 우리가 그 유토피아에 다다를 수 있으리라는
허망한 믿음을 심어 주었다. 그러나 우리가 다가갈 수 있는
유토피아는 반쪽짜리 현상일 뿐. 칸트에 따른다면 현상으로서의
자신을 알 수 있지만 그 현상을 바라보는 자기 자신은 알 수 없다.
'나는 나다.'라고 자기의식으로 의식될 뿐, 그 구체적인 내용은
규정되지 않으므로 인식될 수 없다. 현상 너머를, 현상 너머 실재를

바라볼 수는 없다. 유토피아도 그러하다.

- 15 -

칸트와 헤겔, 오언Robert Owen, 생시몽Henri de Rouvroy, de Saint-Simon, 푸리에Charles Fourier의 상상계를 이어받은 마르크스의 공산주의는 여전히 유토피아일 뿐이다. 레닌Vladimir Ilyich Ulyanov과 볼셰비키의 러시아혁명은 국가자본주의로, 이탈리아와 독일은 파시즘 제국주의를 경험했고, 나머지는 무한 방임자본주의로 타락했지만 모두 동일하게 노동과 자본이 사회의 근간이 되고 그 위에 경제, 정치, 문화가 세워진다는 유물론적 관점은 현대의 역사를 판단할 수 있는 가장 강력한 프레임이다.

- 16 -

그리고 나는 저 엄숙하고 괴로워하는 대지에
숨김없이 내 마음을 바쳤노니, 하여,
몇 번이나, 성스러운 밤이면, 대지가 진
저 무거운 숙명의 짐과 더불어, 죽는 날까지,
두려움 없이, 대지를 변함없이 사랑할 것과,
그의 어떤 풀 수 없는 수수께끼도 멸시하지
않을 것을 맹세하였노라. 그리하여 나는
대지와 죽음의 끈으로 맺어졌으니.

　　　　　- 휠덜린Friedrich Holderlinn 『엠페도클래스의 죽음』 中

이에 대한 20세기 답사

"나는 반항한다. 그러므로 우리는 존재한다."

- 카뮈 『반항하는 인간』中

- 17 -

인간이 자신의 조건을 자각하지 않〈는 한〉,

끈질기게 자신을 속이〈는 한〉,

독창적 의견과 영합적인 의견을 구별하지 않〈는 한〉,

나쁜 문화가 종식되지 않〈는 한〉,

착취가 계속되〈는 한〉,

지적 허영심과 위선이 지속되〈는 한〉,

투시와 관음이 구별되지 않〈는 한〉,

말할 필요도 〈없고〉,

사랑할 필요도 〈없고〉,

죽을 필요도, 살 필요도 〈없다〉

- 앙드레 부르통André Breton
『초현실주의 제3선언 여부에 붙이는 전언』中, 1942

산다는 것과 살기를 그친다는 것,

그것은 상상의 해결책이다.

삶은 다른 곳에 있다.

- 앙드레 부르통 『초현실주의 선언』中, 1924

탈구조주의, 포스트모더니즘의 예언자, 앙드레 부르통.

\- 18 -

　"금지를 금한다!"

- 68혁명 구호

1968년, 모더니즘에서 포스트모더니즘으로.
벤야민, 카뮈와 오엘에서 샤르트르를 넘어, 바타이유Georges Bataille,
들뢰즈Gilles Deleuze, 푸코, 데리다, 손택, 네그리Antonio Negri,
바디우Alain Badiou, 아감벤Giorgio Agamben, 지젝Slavoj Žižek으로.
짜여진 매트릭스에 저항하는 레지스탕스들.

\- 19 -

　"우린 죽은 사람이야." 그가 말했다.
　"우린 죽은 사람이에요." 줄리아도 마지못해 따라 했다.
　"너희는 죽은 사람이다." 뒤에서 금속성의 음성이 들렸다.

- 조지 오웰 『1984』 中

빅브라더는 언제 어디서든 우리를 지켜보고 있다. 파놉티콘Panopticon의
첨탑을 중심으로 거미줄보다 촘촘하게 매트릭스들이 짜여 있다.
인간들은 그 매트릭스의 지정된 위치, 정해진 좌표의 기호로서만
인식될 수 있도록 고정되어 있다. 파놉티콘 망루 위 빅브라더의 눈을

피할 수 있는 자는 아무도 없다.

- No place to hide -

- 20 -

자유민주주의 유토피아의 도래. 후쿠야마Francis Yoshihiro
Fukuyama는 1989년 폴란드 인민공화국의 붕괴를 시작으로 한
공산정권의 몰락을 역사의 종말이라고 하였다. 헤겔식 정치구조의
종착역. 그러나 그 유토피아는 1991년 소련의 붕괴 이후 10년밖에
가지 못한다. 잠시 머물렀던 10년의 유토피아. 그러나 그 10년은
예측 불가능한 다음 시대로 넘어가는 특이점이었을 뿐이다. 2001년
9월 11일 새로운 역사가 시작된다. 거대 쌍둥이가 화염에 휩싸여
무너져 내리는 TV 장면은 전 세계인들에게 현실과 영화가 구분이
안 되는 트라우마가 되었다.

- 21 -

순수 공산주의는 유토피아를 현실에 건설하려고 하였다. 그러나
자본주의는 결코 '지금'을 이야기하지 않는다. '유토피아의 완성은
미래에 있다. 그 완성을 위하여 현재를 투자하라.' 자본주의는
지상에서 절대로 이룰 수 없는 유토피아의 진정한 속성을 알고
있다. 대부분의 인간은 계속 유예되는 유토피아를 꿈꾸며 인생을
소모하다 소멸될 뿐이다.

22

There are known knows. 알고 있는 아는 것들. There are things we know that we know.

We also know these are known unknowns. 알고 있는 모르는 것들. That is to say, these are things that we know that we don't know.

But there are also unknown unknowns. 모른다는 것을 모르는 것들. There are things we don't know we don't know.

- 럼스펠트Donald Henry Rumsfeld 전 미국방장관 (2003)

이 세 가지 knowns에 유고슬라비아의 철학자 슬라보예 지젝이 하나 더 덧붙인다. 'Unknown knowns! 우리가 이미 알고 있다는 사실을 알지 못하도록 부인된 믿음과 가정.' 과연 1991년 소비에트 연방 붕괴 이후, 자유민주주의 이외에는 대안은 없는가. 'Unknown knowns'는 우리에게 그 정답을 심어 놓았다. '없다. 오직 자유민주주의만이 답이다.' 이것이 이데올로기다. - 이현우『로쟈와 함께 읽는 지젝』中

23

환상을 품지 않고, 낙담하지 않으며,

극도로 힘든 과업에 다가서면서 몇 번이고 다시

'처음부터 시작할 to begin from the beginning'

힘과 유연성을 유지하는 공산주의자는 운이 다하지 않는다.

- 레닌 〈고산 등반에 관하여〉 中

다시 시도하라.

또 실패하라.

더 낮게 실패하라.

- 사뮈엘 베케트 〈최악을 향하여〉 中

카뮈의 시지프를 이어 20세기 부조리에 맞서는 실존주의자의 모습.
'중단 없는 전진.'

미래

- 24 -

안사의 난安史之亂, 755년에서 763년까지 8년간 당나라의 현종과
양귀비의 부패에 대항한 내란. 역사상 가장 많은 희생자를
발생시켰다. 8세기 당시 3,600만 명. 지금의 인구수로 환산한다면
4억 2,900만 명이 희생된 셈이다. 제2차 세계대전의 희생자
수는 5,600만 명. 그중 거의 절반은 러시아 국민들이었다. 현재
진행 중인 가장 큰 내전은 시리아 내전. 아랍의 봄바람은 계절을
거슬러 시리아에 끝이 보이지 않는 고통의 겨울을 안겨 주었다.
2011년부터 51만 명 이상의 사망자가 발생하였고, 40만 명 이상의

난민이 지금 이 순간도 고통을 겪고 있다. 그 희생자의 반 수 이상은 18세 미만이다.

라크리모사-Lacrimosa, 눈물의 날-는 현재 진행형이다.

Lacrimosa dies illa

Qua resurget et favilla

Judicantus homo reus.

Huic ergo parce, Deus,

Pie Jesu Domine,

Dona eis requiem.

Amen.

눈물겨운 그날이 오면

심판받을 죄인들이 먼지에서 일어나리.

눈물겨운 그날이 오면

심판받을 죄인들이 먼지에서 일어나리.

주여, 죄인을 용서해 주소서.

인자하신 우리 주 예수여,

영원한 안식을 그들에게 베푸소서.

아멘.

- 모차르트《Requiem 진혼곡》〈Lacrimosa 눈물의 날〉

덧붙임_ 실낙원 그 후_ 역사 단상

\- 25 -

BTS는 클라우드이다. 비틀즈를 이은 그들은 강철의 대오와 같은
역사의 수레바퀴에서 소외된 젊은이들의 영혼을 해방시켜 하늘로
끌어올린다.

\- 26 -

세계 어디에서나, 평균보다 훨씬 더 높은 소득은 사람을 훨씬 더
행복하게 해 준다. 군중 속 '행복'은 비교우위에 있다.
비교, 비교, 비교…….
우리는 모태에서부터 무덤까지 끊임없이 비교한다. 누구의
묏자리가 더 비싼지까지 비교한다.

\- 27 -

프랑스 경제학자 다니엘 코엔Daniel Cohen에 따르면,
계급에 따른 '인간의 용도 폐기' 속도가 다르다.
최상위 계층은 생몰기간이 용도기간과 거의 일치하지만
최하위 계층은 생몰기간이 용도기간보다 훨씬 길다.
그래서 그들은 말하곤 한다, "죽지 못해 산다."

\- 28 -

"Welcome to the Desert of the Real."

- 실재의 사막에 온 것을 환영한다. -

- 영화 《매트릭스》 中 모피어스의 대사

우리 모두 죽기 전에 한 번은 반드시 눈에 씌워진 비늘을 벗고 가상 이미지 너머 생생한 파노라마와 같은 현실과 마주하게 될 것이다.

- 29 -

창조 주체가 누구인가?

신에서 인간으로. 그리고 그 다음엔 알고리즘으로.

창조주의 기독교에서 인류교로, 그리고 그 다음엔 데이터교로.

호모 데우스Homo Deus가 되지 못한 인간은 '무용인간無用人間'으로 전락할 것이다. - 데이터교의 선지자, 유발 하라리Yuval Noah Harari

- 30 -

개인을 벗어난 인간 종의 역사는 허무하다. 절대적 정의란 없으며 흐르는 강물과 같은 것. 영웅이 강물 위에 햇빛을 받아 잠시 반짝인다. 그는 빛나는 모습으로 기억되지만, 그가 물줄기를 바꾸는 것은 아니다. 단기적으로 보면 힘의 논리로 보이지만, 장기적으로 보면 그 이상의 방향이라는 것이 있다. 종말에서 종말로. 방주에서 설국열차로. 새로 만들어질 방주는 물이 아닌 잿더미 위에 뜨게 될 것이다. 그것만은 확실하다.

신화와 역사 속에 많은 방주들이 있었다. 우리 시대에도 살아 있는 방주가 있었다. 1912년 4월 11일 영국을 출항한 호화여객선 '타이타닉'. 배 높이 30미터, 너비 28미터, 길이 270미터, 무게 6만 톤, 승선인원 2,200명.

인류 최고의 전성기, 계몽주의 절정 빅토리아 시대1837~1901, 벨 에포크1880~1914, 메이지 유신1868~1912 등 일본 제국주의가 최고조였던 시대의 표상으로서 '타이타닉'은 새로운 유토피아 미국을 향해 출항한다. 그러나 상징과도 같이 타이타닉호는 침몰한다. 생존자 705명, 사망자 수 1,500명 이상. 그 사망자들 가운데 상당수는 맨 아래층 3등 객실 가난한 이민자-지금의 난민과도 같은- 승객들이었다.

우리 인류 최후의 방주를 예견하는 표징이다. 묵시록적 최후의 그때가 오면 가난한 자들부터 전멸할 것이다.

> 다만 한 가지
> 설명할 필요도 없이 분명한 것이 있으니,
> 일등 선실이 맨 우선이며
> 우유나 신발들이 늘 모두에게 다
> 돌아가지 못하듯이
> 구명보트들도 모든 사람들에게 충분히

돌아가지는 않는다는 것이다.

(…)

우리는 모두가 한 배에 타고 있다,

그러나 가난한 자는 더 빨리 침몰한다.

(…)

슬피 운다.

모두가, 나는 슬피 운다, 지금까지 그랬듯이, 모두가

좌우로 흔들리고, 모두가 통제되고, 모두가 뛰어간다,

비스듬히 내리는 빗속에서 그 사람들은 익사했다. 유감이다,

괜찮다, 슬피 울기에는, 역시 좋다,

불분명하다, 왜 그런지, 말하기는 어렵다. 슬피 울면서

나는 헤엄을 친다,

계속해서.

- 한스 마그누스 엔첸스베르거Hans Magnus Enzensberger

『타이타닉의 침몰』中

여행에 동행한 고마운 책들

성경

_『성경』주교회의 성서위원회 편찬, 한국천주교중앙협의회, 2009

_『해설판 공동번역 성서』국제가톨릭성서공회 편찬, 일과놀이, 1999

불경

_『숫타니파타』법정 옮김, 이레, 1999

_『법구경』석지현 옮김, 민족사, 2019

호메로스 Homer, BC750

_『오디세이아』김원익 옮김, 서해문집, 2014

_『오디세이아』임명현 옮김, 돋을새김, 2015

_『오뒷세이아』천병희 옮김, 숲, 2015 / p.124

탈레스 Thales, BC625~BC547

_『소크라테스 이전 철학자들의 단편 선집』이재홍 외 옮김, 아카넷, 2017

_『초기 그리스 철학』피터 애덤슨 지음, 신우승, 김은정 옮김, 전기가오리, 2017

_『단숨에 정리되는 그리스철학 이야기』이한규 지음, 좋은날들, 2014

아이스퀼로스 Aeschylus, BC525~BC456

_『그리스 비극』곽복록, 조우현 옮김, 동서문화사, 2015 / p.329

아폴로도로스 Apollodoros, BC180~BC120

_『원전으로 읽는 그리스 신화』천병희 옮김, 숲, 2016

푸블리우스 베르길리우스 마로 Publius Vergilius Maro, BC70~BC19

_『아이네이스』레히너 풀어지음, 김은애 옮김, 문학과지성사, 2017

퀸투스 호라티우스 Quintus Horatius, BC65~BC8

_『카르페 디엠』김남우 옮김, 민음사, 2016

마르쿠스 아우렐리우스 Marcus Aurelius, 121~180

_『명상록』천병희 옮김, 숲, 2105

단테 알리기에리 Durante degli Alighieri-Dante, 1265~1321

_ 『신곡』 허인 옮김, 동서문화사, 2010 / p.57, 398

토마스 모어 Thomas More, 1478~1535

_ 『유토피아』 주경철 옮김, 을유문화사, 2017

미셸 드 몽테뉴 Michel de Montaigne, 1533~1592

_ 『몽테뉴 수상록』 손우성 옮김, 동서문화사, 2016

_ 『몽테뉴와 파스칼』 이환 지음, 민음사, 2010

윌리엄 셰익스피어 William Shakespeare, 1564~1616

_ 『맥베드』 신정옥 옮김, 전예원, 2002

티르소 데 몰리나 Tirso de Molina, 1579~1648

_ 『돈 후안 외』 전기순 옮김, 을유문화사, 2010 / p.323

르네 데카르트 René Descartes, 1596~1650

_ 『방법서설』 이현복 옮김, 문예출판사, 2017 / p.220

_ 『성찰』 이현복 옮김, 문예출판사, 2016

_ 『성찰』 양진호 옮김, 책세상, 2016 / p.225

블레즈 파스칼 Blaise Pascal, 1623~1662

_ 『팡세』 현미애 옮김, 을유문화사, 2015 / p.214

_ 『팡세』 이환 옮김, 민음사, 2016

함월 선사, 1691~1770

_ 『올 때는 흰 구름 더불어 왔고 갈 때는 함박눈 따라서 갔네』 법정 효봉 휴정 외, 책읽는섬, 2017 / p.179

G. E. 레싱 Gotthold Ephraim Lessing, 1729~1781

_ 『에밀리아 갈로티』 송전 옮김, 서문당, 2006 / p.396

칼 필립 모리츠 Karl Philipp Moritz, 1756~1793

_ 『안톤 라이저』 장희권 옮김, 문학과지성사, 2003 / p.133, 193

임마누엘 칸트 Immanuel Kant, 1724~1804

_ 『순수이성비판』 백종현 옮김, 아카넷, 2018

_ 『칸트의 역사철학』 이한구 옮김, 서광사, 2018

_ 『칸트 철학에의 초대』 한자경 지음, 서광사, 2016

_ 『순수이성비판, 이성을 법정에 세우다』 진은영 지음, 그린비, 2018

D. A. F. 드 사드 D. A. F. de Sade, 1740~1814

_ 『소돔의 120일』 김문운 옮김, 동서문화사, 2016

_『사제와 죽어가는 자의 대화』 성귀수 옮김, 워크룸 프레스, 2014 / p.326

윌리엄 블레이크 William Blake, 1757~1827

_『블레이크 시선』 서강목 옮김, 지만지, 2012

_『천국과 지옥의 결혼』 김종철 옮김, 민음사, 2014

_『영원한 세계의 명시』 지기운 옮김, 혜원출판사, 1982 / p.391

게오르크 헤겔 Georg Wilhelm Friedrich Hegel, 1770~1831

_『정신현상학』 김양순 옮김, 동서문화사, 2016

_『헤겔 정신현상학 이해』 한자경 지음, 서광사, 2016

_『헤겔 & 마르크스 : 역사를 움직이는 힘』 손철성 지음, 김영사, 2018

요한 볼프강 폰 괴테 Johann Wolfgang von Goethe, 1749~1832

_『젊은 베르테르의 슬픔』 김재혁 옮김, 펭귄클래식코리아, 2011 / p.388 ~ 395

_『파우스트』 김재혁 옮김, 펭귄클래식코리아, 2012 / p.44

제러미 벤담 Jeremy Bentham, 1748~1832

_『파놉티콘』 신건수 옮김, 책세상, 2015

새뮤얼 테일러 코리지 Samuel Coleridge, 1772~1834

_『노수부의 노래』 이정호 옮김, 창조문예사, 2008 / p.177

프리드리히 횔덜린 Friedrich Hölderlin, 1770~1843

_『횔덜린 시 전집』 장영태 옮김, 책세상, 2017 / p.322

_『빵과 포도주』 박설호 옮김, 민음사, 2014

에드거 앨런 포 Edgar Allan Poe, 1809~1849

_『애너벨 리』 김경주 옮김, 민음사, 2016

쇠렌 키에르케고르 Søren Kierkegaard, 1813~1855

_『죽음에 이르는 병』 임규정 옮김, 한길그레이트북스, 2014

_『두려움과 떨림: 변증법적 서정시』 임규정 옮김, 지만지, 2014

_『키에르케고르』 샤를 르 블랑 지음, 이창실 옮김, 동문선, 2004 / p.10, 234

_『키에르케고르, 코펜하겐의 고독한 영혼』 페터 로데 지음, 임규정 옮김, 한길사, 2003

_『키르케고르 읽기』 이명곤 지음, 세창미디어, 2014 / p.346

_『키르케고르, 나로 존재하는 용기』 고든 마리노 지음, 강주헌 옮김, 김영사, 2019

아르투어 쇼펜하우어 Arthur Schopenhauer, 1788~1860

_『의지와 표상으로서의 세계』 홍성광 옮김, 을유문화사, 2015 / p.110, 226

샤를 보들레르 Charles Pierre Baudelaire, 1821~1867

_『파리의 우울』황현산 옮김, 문학동네, 2018 / p.7

_『악의 꽃/파리의 우울』박철화 옮김, 동서문화사, 2013 / p.23, 117

표도르 도스토옙스키 Fyodor Mikhailovich Dostoevsky, 1821~1881

_『카라마조프 가의 형제들』김연경 옮김, 민음사, 2013

이반 투르게네프 Ivan Turgenev, 1818~1883

_『아버지와 아들』이항재 옮김, 문학동네, 2011 / p.86

빈센트 반 고흐 Vincent van Gogh, 1853~1890

_『반 고흐, 영혼의 편지』신성림 옮김, 위즈덤하우스, 2017 / p.112, 117, 138

허먼 멜빌 Herman Melville, 1819~1891

_『모비 딕』강수정 옮김, 열린책들, 2014 / p.245

아르튀르 랭보 Jean Nicolas Arthur Rimbaud, 1854~1891

_『지옥에서 보낸 한철』김현 옮김, 민음사, 2016

_『랭보 시선』곽민석 옮김, 지만지, 2012 / p.117

_『나의 방랑』한대균 옮김, 문학과지성사, 2018

_『랭보와 짐 모리슨』윌리스 파울리 지음, 이양준 옮김, 사람들, 2011

프리드리히 니체 Friedrich Wilhelm Nietzsche, 1844~1900

_『비극의 탄생』김남우 옮김, 열린책들, 2014 / p.107

_『차라투스트라는 이렇게 말했다』홍성광 옮김, 펭귄클래식코리아, 2015

_『차라투스트라는 이렇게 말했다』정동호 옮김, 책세상, 2012

_『디오니소스 찬가』이상일 옮김, 민음사, 2014

_『바그너의 경우·우상의 황혼·안티크리스트·이 사람을 보라·디오니소스 송가·
니체 대 바그너』백승영 옮김, 책세상, 2018 / p.109

_『우상의 황혼』박찬국 옮김, 아카넷, 2015 / p.113, 209

_『그대 자신이 되어라』박찬국 엮음, 부북스, 2016

이자벨 랭보 Isabelle Rimbaud, 1860~1917

_『랭보의 마지막 날』백선희 옮김, 마음산책, 2018 / p.115

마르셀 프루스트 Marcel Proust, 1871~1922

_『잃어버린 시간을 찾아서』김창석 옮김, 국일미디어, 2007 / p.175

프란츠 카프카 Franz Kafka, 1883~1924

_『성』이재황 옮김, 열린책들, 2015 / p.66, 67, 69, 71, 73

_ 『변신·시골의사』 전영애 옮김, 민음사, 2013

_ 『변신·유형지에서(외)』 박환덕 옮김, 범우, 2014 / p.318

_ 『카프카 우화집』 김진언 옮김, 현인, 2018 / p.369

라이너 릴케 Rainer Maria Rilke, 1875~1926

_ 『릴케의 로댕』 안상원 옮김, 미술문화, 2012 / p.29

_ 『영원한 세계의 명시』 지기운 옮김, 혜원출판사, 1982 / p.332

이사도라 던컨 Isadora Duncan, 1877~1927

_ 『이사도라 덩컨의 무용 에세이』 최혁순 옮김, 범우사, 2015 / p.121

이상, 1910~1937

_ 『날개』 범우사, 2011, p.114, 118

지그문트 프로이트 Sigmund Freud, 1856~1939

_ 『정신분석 입문』 최석진 편역, 돋을새김, 2011

_ 『종교의 기원』 이윤기 옮김, 열린책들, 2017

_ 『프로이트 & 라캉 – 무의식에로의 초대』 김석 지음, 김영사, 2014

발터 벤야민 Walter Benjamin, 1892~1940

_ 『역사의 개념에 대하여/폭력비판을 위하여/초현실주의 외』 최성만 옮김, 길,
2019 / p.291

F. 스콧 피츠제럴드 Francis Scott Key Fitzgerald, 1896~1940

_ 『위대한 개츠비』 김영하 옮김, 문학동네, 2014 / p.233

J. G. 프레이저 James George Frazer, 1854~1941

_ 『황금가지』 신상웅 옮김, 동서문화사, 2007

시몬 베유 Simone Weil, 1909~1943

_ 『중력과 은총』 이희영 옮김, 동서문화사, 2017

앙투안 드 생텍쥐페리 Antoine de Saint-Exupéry, 1900~1944

_ 『어린왕자』 김화영 옮김, 문학동네, 2016 / p.206

윤동주, 1917~1945

_ 『윤동주 시집』 범우사, 1996 / p.169

조지 오웰 George Orwell, 1903~1950

_ 『카탈루냐 찬가』 김옥수 옮김, 비꽃, 2017 / p.251 ~ 263

_ 『나는 왜 쓰는가』 이한중 옮김, 한겨레출판, 2015 / p.256, 263

_ 『1984』 김기혁 옮김, 문학동네, 2009 / p.411

_ 『1984』 정회성 옮김, 민음사, 2012

앙드레 지드 Andre Gide, 1869~1951

_ 『지상의 양식』 이휘영 옮김, 동서문화사, 2011 / p.218

_ 『지상의 양식』 김화영 옮김, 민음사, 2016

알베르 카뮈 Albert Camus, 1913~1960

_ 『이방인』 김화영 옮김, 민음사, 2013

_ 『이방인』 이정서 옮김, 새움, 2014 / p.236

_ 『시지프 신화』 김화영 옮김, 책세상, 2014

_ 『반항하는 인간』 김화영 옮김, 책세상, 2017 / p.327

_ 『태양의 후예』 김화영 옮김, 책세상, 2006 / p.432

어니스트 헤밍웨이 Ernest Hemingway, 1899~1961

_ 『태양은 다시 떠오른다』 권진아 옮김, 시공사, 2012 / P.381

_ 『누구를 위하여 좋은 울리나』 안은주 옮김, 시공사, 2012 / p.257 ~ 272

_ 『노인과 바다』 이인규 옮김, 문학동네, 2104 / p.81

_ 『파리는 날마다 축제』 주순애 옮김, 이숲, 2014 / p.33, 382, 383

_ 『헤밍웨이 언어의 사냥꾼』 제롬 카린 지음, 김양미 옮김, 시공사, 2011

로버트 프로스트 Robert Lee Frost, 1987~1963

_ 『영원한 세계의 명시』 지기운 옮김, 혜원출판사, 1982 / p.51

_ 『가지 않은 길』 손혜숙 옮김, 창비, 2018

실비아 플라스 Sylvia Plath, 1932~1963

_ 『실비아 플라스 드로잉집』 오현아 옮김, 마음산책, 2014 / p.112

올더스 헉슬리 Aldous Leonard Huxley, 1894~1963

_ 『멋진 신세계』 이덕형 옮김, 문예출판사, 1998 / p.275, 293

T. S. 엘리엇 Thomas Stearns Eliot, 1888~1965

_ 『FOUR QUARTETS』 Harcourt Brace & Company, 1971

_ 『사중주 네 편』 윤혜준 옮김, 문학과지성사, 2019

앙드레 부르통 André Breton, 1896~1966

_ 『초현실주의 선언』 황현산 옮김, 미메시스, 2018 / p.410

테오도르 아도르노 Theodor Adorno, 1903~1969

_ 『베토벤. 음악의 철학』 문병호, 김방현 옮김, 세창출판사, 2015 / P.350

_ 『이성은 신화다, 계몽의 변증법』 권용선 지음, 그린비, 2018

마르틴 하이데거 Martin Heidegger, 1889~1976

_『숲길』 신상희 옮김, 나남, 2010

_『하이데거 읽기』 박찬국 지음, 세창미디어, 2014 / p.294

_『하이데거의 <존재와 시간> 강독』 박찬국 지음, 그린비, 2015

_『하이데거 철학』 이서규 지음, 서광사, 2011

자크 프레베르 Jacques Prévert, 1900~1977

_『절망이 벤치에 앉아 있다』 김화영 옮김, 민음사, 2017

장폴 샤르트르 Jean-Paul Sartre, 1905~1980

_『실존주의는 휴머니즘이다』 방곤 옮김, 문예출판사, 2013 / p.211

E. H. 카 Edward Hallett Carr, 1892~1982

_『역사란 무엇인가』 김택현 옮김, 까치, 2017

테네시 윌리엄스 Tennessee Williams, 1911~1983

_『욕망이라는 이름의 전차』 김소임 옮김, 민음사, 2007

미셸 푸코 Michel Foucault, 1926~1984

_『감시와 처벌』 오생근 옮김, 나남, 2014

_『푸코, 바르트, 레비스트로스, 라캉 쉽게 읽기』 우치다 타츠루 지음, 이경덕 옮김, 갈라파고스, 2105

이탈로 칼비노 Italo Calvino, 1923~1985

_『보이지 않는 도시들』 이현경 옮김, 민음사, 2007

장 주네 Jean Genet, 1910~1986

_『자코메티의 아틀리에』 윤정임 옮김, 열화당, 2007 / p.54

지두 크리슈나무르티 Jiddu Krishnamurti, 1895~1986

_『아는 것으로부터의 자유』 정현종 옮김, 물병자리, 2011 / p.110

사뮈엘 베케트 Samuel Beckett, 1906~1989

_『고도를 기다리며』 시사영어사 옮김, 시사영어사, 1986 / p.278

_『고도를 기다리며』 오증자 옮김, 민음사, 2014

칼 세이건 Carl Sagan, 1934~1996

_『Pale Blue Dot』 Ballantine Books, 1997, p.216

_『창백한 푸른 점』 현정준 옮김, 사이언스북스, 2018

에드워드 W. 사이드 Edward Wadie Said, 1935~2003

_『말년의 양식에 관하여』 장호연 옮김, 마티, 2012

자크 데리다 Jacques Derrida, 1930~2004

_『데리다 & 들뢰즈 : 의미와 무의미의 경계에서』 박영욱 지음, 김영사, 2018

수잔 손택 Susan Sontag, 1933~2004

_『타인의 고통』 이재원 옮김, 이후, 2004

아서 밀러 Arthur Asher Miller, 1915~2005

_『세일즈맨의 죽음』 유희명 옮김, 청목, 2009 / p.83

_『세일즈맨의 죽음』 강유나 옮김, 민음사, 2015

프레데릭 프랭크 Frederick Sigfred Franck, 1909~2006

_『연필명상, Zen of Seeing』 김태훈 옮김, 워너스북, 2014 / p.111

주제 사라마구 José Saramago, 1922~2010

_『카인』 정영목 옮김, 해냄, 2016 / p.97, 101

J. D. 샐린저 Jerome David Salinger, 1919~2010

_『호밀밭의 파수꾼』 김재천 옮김, 소담출판사, 2003 / p.366

_『호밀밭의 파수꾼』 공경희 옮김, 민음사, 2014

법정스님, 1932~2010

_『무소유』 범우사, 1995 / p.205, 206

_『물소리 바람소리』 샘터사, 2001 / P.377

N. K. 샌다즈 N. K. Sandars, 1914~2015

_『길가메시 서사시』 이현주 옮김, 범우사, 2018 / p.296, 297

밀란 쿤데라 Milan Kundera, 1929~

_『참을 수 없는 존재의 가벼움』 이재룡 옮김, 민음사, 2015 / p.153

한스 마그누스 엔첸스베르거 Hans Magnus Enzensberger, 1929~

_『타이타닉의 침몰』 두행숙 옮김, 나남, 2007 / p.418

김승옥, 1941~

_『무진기행』 민음사, 2016

조르조 아감벤 Giorgio Agamben, 1942~

_『호모 사케르』 박진우 옮김, 새물결, 2008

_『조르조 아감벤 호모 사케르』 알렉스 머레이 지음, 김상운 옮김, 앨피, 2018

페터 한트케 Peter Handke, 1942~

_『관객모독』 윤용호 옮김, 민음사, 2017 / p.227

_『긴 이별을 위한 짧은 편지』 안장혁 옮김, 문학동네, 2014

미셸 슈나이더 Michel Schneider, 1944~

_『슈만, 내면의 풍경』 김남주 옮김, 그책, 2016 / p.349

파스칼 메르시어 Pascal Mercier, 1944~

_『리스본행 야간열차』 전은경 옮김, 들녘, 2014 / p.27, 36, 37, 38

이해인, 1945~

_『엄마』 샘터사, 2018 / p.200

파트릭 모디아노 Patrick Modiano, 1945~

_『어두운 상점들의 거리』 김화영 옮김, 문학동네, 2014 / p.316

김훈, 1948~

_『흑산』 학고재, 2014 / p.238, 240

승효상, 1952~

_『빈자의 미학』 느린걸음, 2016

홍익희, 1952~

_『유대인 이야기』 행성B잎새, 2013

다니엘 코엔 Daniel Cohen, 1953~

_『악의 번영』 이성재 정세은 옮김, 글항아리, 2010

_『출구 없는 사회』 박나리 옮김, 글항아리, 2019

베로니크 와이싱어 Veronique Weisinger, 1959~

_『자코메티』 김주경 옮김, 시공사, 2010 / p.53

유발 하라리 Yuval Noah Harari, 1976~

_『호모 데우스』 김명주 옮김, 김영사, 2017

참고한 책들을 직접 읽어보시기 바랍니다. 더 깊은 의미와 감동을 느끼실 수 있습니다.
인용 문구에 관해 의견이 있을 시에는 출판사나 저자에게 연락 주시기 바랍니다.

마치며

이 책의 90프로는 누군가의 생각을 인용한 것입니다. 그러나 나머지 10프로도 저의 순수한 생각이라 한다면 그것 또한 허세가 아닐는지 모르겠습니다.

도대체 우리는 서로에게 얼마나 많은 것들을 빚지며 살다 죽는 것일까요. 소소한 저의 이 글들이 당신에게 0.00001프로라도 어떤 의미가 되었다면, 그래서 당신의 반쪽인 '-나'를 향하는 생각 여행에서 가끔은 고개를 끄덕이고 미소 짓게 할 수 있었다면 나름 의미 있었다고 말할 수 있지 않을까요?

끝없이 펼쳐진 시공간의 푸른바다 경계, 생각의 백사장. 그곳에 한 줌의 모래를 보탤 수만 있다면… 그렇게 의미를 두고 싶습니다. 마지막으로 한 번 더 물어봅니다.

"당신의 '-나'는 안녕하시던가요."

- 우이동으로 넘어가는 은행나무길 숲속마을에서

김병관

마치며

우리들 뒤에도 또 다른 사람들이 이 땅 위에서 첫 번째 햇살을 받고,
서로 싸우고, 사랑과 죽음을 배우고, 수수께끼에 고개를 끄덕이고,
그리하여 마침내 낯선 미지인이 되어 제 집으로 돌아오리라.
삶이란 선물은 이리도 기막힌 것이니.

- 카뮈 『태양의 후예』 中

어느 시공간 속 -K에게

생각하는 사람

저   자 김병관

저작권자 김병관

1판 1쇄 발행 2020년 5월 25일

발 행 처 하움출판사
발 행 인 문현광
교정교열 홍새솔
편   집 조다영
주   소 전라북도 군산시 축동안3길 20, 2층(수송동)
I S B N 979-11-6440-136-9

홈페이지 http://haum.kr/
이 메 일 haum1000@naver.com

좋은 책을 만들겠습니다.
하움출판사는 독자 여러분의 의견에 항상 귀 기울이고 있습니다.

이 도서의 국립중앙도서관 출판예정도서목록(CIP)은 서지정보유통지원시스템 홈페이지(http://seoji.nl.go.kr)와
국가자료종합목록 구축시스템(http://kolis-net.nl.go.kr)에서 이용하실 수 있습니다.(CIP제어번호 : CIP2020013852)